心寄丝情

窦福龙 窦福龙评弹作品集

窦福龙 著

上海评弹团 编

上海人民出版社

编委会

主　编

高博文　唐燕能

副主编

赵倩倩

编　委

（按姓氏笔划排序）

冯幼兰　秦建国

蒋澄澜　程锡元

缘系高贤

1. 唐家璇与作者
2. 龚学平与作者
3. 朱达人与作者
4. 胡劲军与作者

缘系高贤

① 陈东、吴孝明与作者
② 吴宗锡、邢晏芝与作者
③ 姜昆与作者
④ 自左至右：李和声、窦福龙、
　蒋澄澜、范大政、程锡元

缘 系 高 贤

❶ 金庸、张明与作者
❷ 华君武与作者
❸ 周海婴夫妇与作者
❹ 方召麐、张明与作者

缘 系 高 贤

① 颜梅华、李蔷华与作者
② 董慕节夫妇与作者
③ 程十发、陈卫伯与作者
④ 万仰祖与作者

缘 系 高 贤

❶ 秦绿枝、舒适与作者

❷ 岑范与作者

❸ 周柏春与作者

❹ 自左至右：王柏荫、颜梅华、窦福龙、周少麟、杨华生、吴君玉

情结雅韵

❶ 蒋月泉夫妇与作者

❷ 左起：蒋云仙、姚荫梅、窦福龙

❸ 作者与杨振言在苏州人民广播电台做直播节目

❹ 前排：王柏荫、杨振雄、窦福龙
后排：谢毓菁、杨振言、陈希安

情结雅韵

❶ 王柏荫、高美玲夫妇与作者

❷ 中篇《赵氏孤儿》剧组　前排：杨振言、杨振雄、窦福龙　后排：余红仙、庄凤珠、张振华、吴君玉、秦建国、江文兰

❸ 赴港演出　前排：华士亭、杨振言、窦福龙、陈希安　后排：庄凤珠、吴君玉、邢晏芝、高博文

情结雅韵

❶ 前排：陈希安、高博文、张振华、窦福龙　后排：庄凤珠、徐檬丹、沈世华、薛惠君、董嘉玫

❷ 作者与邢晏芝唱《醉吟》，杨振雄现场指导

❸ 作者唱《芦苇青青》选段　张鉴国伴奏

❹ 作者唱《武松》选段　杨振言伴奏

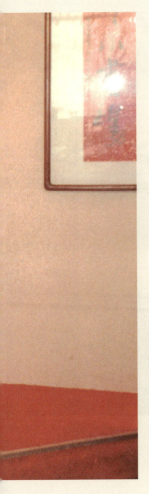

情结雅韵

❶ 庆贺电视书苑开播周年　陈希安与
作者合唱开篇

❷ 袁世海与作者

❸ 张君秋与作者

❹ 梅葆玖夫妇、梅葆玥与作者

情结雅韵

1 自左至右：窦福龙、王熙春、张南云、童祥苓
2 唐在炘、李世济与作者
3 关正明与作者
4 汪正华与作者

情结雅韵

❶ 尚长荣、李宝春与作者
❷ 张学津、周少麟与作者
❸ 舒昌玉、周少麟与作者

情结雅韵

❶ 自左至右：张学津、窦福龙、燕守平、马小曼、王佩瑜

❷ 前排左起：李炳淑、小王玉蓉、张学津、梅葆玖、周少麟、马长礼、李蔷华　后排左起：张达发、朱丹、窦福龙、范大政

❸ 前排左起：周介安、计镇华、窦福龙、杨振言、辛清华、蔡正仁　后排左起：刘异龙、岳美缇、张铭荣、宓哲明、张静娴

情结雅韵

❶ 作者与尚长荣、刘异龙清唱《法门寺》
❷ 作者与李蔷华、夏慧华清唱《三娘教子》
❸ 作者在逸夫舞台清唱《淮河营》 京胡伴奏：龙继舜

家也小康

家也小康

---

❶ 外公、外婆与外孙

❷ 二个女儿为老爸庆生

❸ 谁为谁伴奏？

目录

序一　时来屹立扶是堂

陈　东

陈东

　　恭喜窦福龙老师的剧作结集出版，先睹为快。为窦老师的新书写下感受，是我的荣幸。记得2016年初秋，在台湾落英缤纷的四所大学里开始响起一阵阵吴浓软语。济济一堂的台北市政厅剧场里，见证"汪辜会谈"的辜振甫大人听着评弹《林徽因》始终泪眼婆娑。台下坐在我身边的时任国民党主席洪秀柱轻声问我：这么好的剧本，谁写的？我颇为自豪地介绍：上海评弹团特约编剧——窦福龙老师。他是为评弹团提供多部作品的著名编剧。

　　从评弹《林徽因》的创作开始，与窦老师渐渐地走近。在收集资料和研究的阶段，我会时不时地关注素材并发给他。窦老师每每会为一个情节认真核实，例如一介书生金岳霖在西南联大为林徽因养病而养鸡的故事；例如梁思成、林徽因给200个县长写信寄钱要求一张当地最具特色古建筑的照片，而大部分都有回信和照片。我们会很认真地讨论素材的取舍、讨论在海内外不同版本的开放式结尾。窦老师的古文功底很扎实，且多才多艺。看他弹唱评弹，哼京剧；听他聊书法，谈诗词歌赋；端的是才华横溢且底蕴深厚。

一个文学青年追梦之旅可谓曲径通幽，终得善果。求学时就投稿成功，开始获奖。20多岁当了街道文化站站长，创作之树茂密生长。此后无奈为家庭生计着想，下海当了公司总经理。然心中那追逐文学的一把火，明明暗暗地燃起又被捂着；那火苗从未熄灭，生生地焖成了冲天大火。从退休前开始，创作故事、开篇、中篇，《金陵十二钗》《四大美人》《林徽因》……他的作品在各个社区传唱，在长三角、北京、香港、澳门，以及美国、澳洲轮番上演，广受好评。

窦老师是一位非典型的上海老克勒，为什么这么说？因为他是美食家，善品鉴但不挑剔；作为作家，他审美眼光独到，但不尖酸刻薄；是有个性的编剧，却非常难得地愿意听取各方反应一改再改剧本。紧紧抓住时代的变迁机遇，年逾八旬的老克勒至今没有停步；在改革开放的初期及时放马接住缰绳，接着就信马由缰地驰骋在文艺创作无垠的疆场。

场景回到台北市政厅的剧场，在全场看字幕听完《林徽因》的观众们热泪盈眶，长时间热烈鼓掌。作为编剧的窦福龙老师穿着格子风衣、拄着"斯迪克"（拐杖）、戴着金丝边镜框，充满自信风度翩翩地接受欢呼和赞誉。这一刻，时来屹立扶是堂。

序二　窦福龙才艺不凡

秦绿枝

秦绿枝与作者

　　在记忆中，我头一次见到仰慕已久的窦福龙兄是在 20 世纪 90 年代初，而且地点不在上海而在苏州。那时苏州正在举行一次评弹会演。我们《新民晚报》去了三个人，一个是副总编辑周宪法，一个是后来成为京剧学者的翁思再，还有一个就是我。好像是会演的最后一天，窦福龙突然在我们的住处出现了。时已入冬，他戴了一顶礼帽，身上穿着一件呢大衣，无边眼镜后面的双目炯炯有神。人确实有点瘦小，但看上去是很有才气。算起来，他那时五十岁还不到，正当盛年，感到他积蓄的潜力不可小觑，未来一定大有作为。

　　当天晚上，窦福龙兄在虎丘饭店请客。主宾当然是来参加会演的几位评弹名家，我们晚报的三个人叨陪末座。

在席上，我又发现窦福龙兄和几位评弹名家熟悉得好像是"自己人"的样子。他们之间的谈话直来直去，很亲切。说的一些事情好像福龙兄都知道，对事情的看法也与几位名家的看法差不多。当时我有点暗暗称奇。过后不久终于弄清楚了，窦福龙从少年时期就爱好评弹，能弹能唱，而且非常崇拜风流自赏的杨振雄先生，后来还拜杨振雄先生为师，杨振雄视窦福龙为自己的"得意门生"。在我看来，杨振雄最看中窦福龙的一点应该是他的写作才能。早在20世纪80年代中期，窦福龙就有作品问世了，就是取材《红楼梦》的系列开篇《金陵十二钗》。

记得《金陵十二钗》演出地点是当时在马当路的大华书场，我家在雁荡路兴安路，距离很近，一天晚上很自然地就买票入内了。开头听得很入神，也很有兴味，但渐渐地就有点分神，甚至有点疲乏了。因为听评弹主要还是听演员的说。评弹表演的四字诀是"说噱弹唱"，"说"是第一位的。如今评弹的唱，流派纷呈，各有各的美妙唱腔。但三只开篇连续一听，大体也就是那么个"味儿"，吸引力不怎么强烈了。

但《金陵十二钗》自有她的胜人一筹之处，就是唱词写得雅俗共赏。这要追溯到窦福龙兄从小就对中国古典诗词的研习下过功夫，现在写写评弹唱词自然是手到擒来的事。但也不妨直说，我对其中写秦可卿的那一曲觉得"持论近苛"。我读《红楼梦》，对秦可卿这位少妇还是很欣赏的。我想曹雪芹对秦可卿也有点"偏爱"，不然就不会把贾宝玉神游太虚幻境时遇到的那位仙女也叫"可卿"了（一说是暗喻秦可卿和贾宝玉其实真有那回事了）。后来秦可卿在天香楼忍辱自尽，是贾珍不好，秦可卿是被逼无奈的。

看完《金陵十二钗》的演出之后，我记住了窦福龙的名字，想不到后来果然做了朋友。等到彼此能常见面之后，竟到了可以说说心里话的程度，有了同伴可以一起打发老去光阴的孤单寂寞了。

这样的机缘起先来自上海评弹团办了一个京剧票房，主其事者为杨振言和吴君玉。以窦福龙和他们的交情，他是无法推辞而且一定要出力相助的。何况窦福龙又是一位擅唱马派须生的京剧爱好者。每个星期一次的聚会，主要就是他们三个人在大过戏瘾。我也常去客串，渐渐地成了这里的"班底"之一。大概是两年之后，福龙兄停止了空调生意，而在南京西路茂名路口一条弄堂里，开设了"乡味园"菜馆，评弹团票房也移师于此，自然也由福龙兄主政了。他慷慨好客，常有特别节目举办。早年曾经与周信芳先生长期合作的名旦王熙春这年已经88岁，在日本人说来是"米寿"。福龙兄知道了，便在几天之内为王熙春办了一场盛会，有不少京剧界和票界的名流参加。那天，王熙春显得异常兴奋。

香港的企业家金如新先生只要一到上海，也总要在"乡味园"请几次客，过几次戏瘾。金先生年轻时得到过名师传授。他的嗓音不高，但一张口便是行家风范，其韵味至今犹可咀嚼不已。

在此期间，福龙兄的马派须生也越唱越精进了。马连良的女儿马小曼到"乡味园"来听过之后，认可了窦福龙是马派传人之一。张学津则视窦福龙为可以共同切磋的知友。有一次在另一家票社，张学津把窦福龙拉倒一个偏僻的角落里，两人低声地共同磋商马派《四进士》宋士杰唱的两句西皮摇板，"三杯酒卜咽喉把大事误了，乘兴来败兴归重走一遭"的气口和行腔，唱到哪里应该稍有停顿，唱到哪里又应该稍显昂扬……总之要有层次地把宋士杰此时的心情表现出来。我远远地在一旁看着，心生感慨，觉得窦福龙这个人不说做正经事吧，就连玩一点什么都如此地身心投入，是我望尘莫及的。

至今回想，那几年"乡味园"的京剧活动，蒙福龙兄的照顾，使我能列席其间，是我退休以后，还能与社会保持接触的胜地，生活过得非但不寂寞，还相当有兴味。无奈受制于当今的风尚，乡味园的营业情况一直不理想。后来福龙兄不得不移交给别的青年人来经营，他自己也退下来了。

此时从表面上看，窦福龙出来的机会少了，我们见面的次数也不多了，但我相信他在默默地拿着笔，致力于他擅长的评弹创作。果然时隔不久，他的扛鼎之作《四大美人》问世了。这是一个弹词的中篇系列，可分可合，合起来可以选择各个中篇的一节，组成一场盛大的会演。那天我在上海大剧院观看的就是这一场，有几位现已故世的评弹名家参加，如金声伯、张振华等。我一向认为，看中国的戏曲如京剧、评弹等，观众多数是冲看演员去的。《四大美人》的故事为大家所熟悉，她们又屡屡在京剧舞台上现身。尤其是杨贵妃，又是杨振雄先生的得意之作长篇弹词《长生殿》中的主角，关于她的好话丑话差不多都说尽了，现在窦福龙又能写出什么新意来呢？当时我在台下隐约地觉得，是从政治上着眼的地方比较多，又吃不准。好在收有《四大美人》的书马上就要出版了。这可以说是窦福龙评弹创作上的一个里程碑。到时我定去购买一本，好好研读，感受作者不凡的才华。

福龙兄的另一部作品《胡雪岩传奇》是为外地的一个评弹团写的，我没有看过。但已故台湾作家高阳先生写胡雪岩的小说是看过的，觉得书里的故事情节很丰富，不知福龙兄是否取材于此，还是另有来路。反正我认为胡雪岩这个人的故事是可以入戏的。用弹词的形式来变现，更加适合，在这方面福龙兄是看得准，又能在他笔下得到充分发挥的。

现在可以坦率地说，我听到福龙兄创作《林徽因》的消息，曾有过顾虑，这个题材适合以评弹这种民间艺术的形式来表现吗？在我看来，林徽因终于选择嫁了梁思成，其他两个有学问的男人对她的爱慕，多半属于单相思，挖掘不出多少有趣的细节来。但评弹目前又要争取年轻的观众，则《林徽因》的尝试又对路了。听说中篇《林徽因》到几个大学里去演出，是很受欢迎的，我还有什么话好说？无非是我已年过九十，太老了，整年地足不出户，感受不到这个时代荡漾着的新的气息了。

福龙兄今年也年届八十，进入耄龄之列。

但我相信他的思维能力，笔下功夫还是相当旺盛的。他这个人又是耐不住寂寞的，新的评弹创作的构思说不定已在形成，在不久的将来，一定还有令人惊讶的作品问世。退一步说，即使他自己不想写，但上海评弹团等专业团体也饶不了他。我如果还能"苟延残喘"地活下去，到时一定能听到他的喜讯，并遥致祝贺。继老作家陈灵犀之后，窦福龙无疑是一个有功于评弹事业发展的人。

序三　隔山呐喊

吴孝明

吴孝明

　　放在读者面前的这本评弹作品集是一位我仰视的、没有艺术职称的中国著名评弹剧作家窦福龙先生的力作。在付梓前，嘱我写序。我是他的晚辈，一名文化的"店小二"，为书写序，还是头一回。但碍于既是晚辈、好友和忘年交，又是他的忠实读者、观众，因此斗胆应诺为之序。

　　评弹作品集是窦福龙先生几十年来倾心打造和打磨的精心之作，凝聚了他一辈子的心血。其中包含弹词系列开篇《金陵十二钗》（含12首开篇），评弹系列新篇《四大美人》，中篇评弹《孙武与胜玉》《胡雪岩传奇》《林徽因》，短篇评话《鱼肠剑》。他的这些作品几乎都获得过国家和地方各类奖项，包括文学奖。能取得如此成就，在业界为数不多，因为他作品的内核是坚实的，耐人咀嚼的。这种坚实，是由学识的密集、思想的独到二者相互交织成的，又由他个人的情感和情趣将它们调和成了一体。除此之外，还有几点重要的原因：一、窦福龙先生从七八岁开始接触戏剧和曲艺，已有70年的历史，形成了他自己独特和独到的艺术审美，可谓是一位文化杂家；二、几十年的历史学、戏剧文学、戏曲曲艺学的潜心研究，使他积累了丰富的历史知识和观点，因此能实现从触类旁通到随心所欲的飞跃，所以，他的历史题材作品有其鲜明的个性；三、自幼酷爱诗词，青年时代起就能写旧体诗词，故写唱词驾轻就熟、融会贯通；四、利用一切可能的时间，博览中外古今的文学作品，对各种故事情节和细节印象深刻，为日后的艺术创作打下了扎实的文学基础。尤其对红楼梦的研究乐此不疲，对红学的理解和研究非常深入，探其对评弹的"金陵十二钗"创作，就能充分感受到有别于旁人的精辟独到的见解；五、喜欢观剧赏戏，尤其对评弹艺术情有独钟，能弹会唱各种流派，深刻了解评弹艺术的三昧；六、长期与评弹艺术家们交往、交流，同时也深受这些艺术家们的熏陶和影响，才形成了他自己对评弹艺术的精神升华，到达了别人难以逾越的新高度；七、他的博学并不只是限于书本上的学问，还包括社会的、历史的、人生的学问。他这样的人没有任何学校能培养得出来，只能是长期脚踏实地、认真积累的结果。

记得高尔基有句名言："文学是人学。"他说得很精辟，是他诸多创作的经验之谈和研究其他作家作品得出的见解。从评弹作品集可以看出，窦福龙先生是从这个年代走过来的，受高尔基这一论点的影响颇深。不难看出，他的所有作品的主人公都被塑造成了活生生的、独特的艺术形象，读后令人尊敬，而又难以忘怀。这些作品中的其他人物，作者所花笔墨虽然各有所限，但个性却也鲜明。凡是好的和比较好的戏剧曲艺作品，之所以能感染、激励观众和读者，让他们沉浸在喜怒哀乐的海洋里得到灵魂的净化，归根到底还是因为其塑造的人物有其鲜明的人物艺术形象，所以才能引起人们的共鸣和思索。

在评弹艺术发展的今天，"都市评弹"符合这座城市大众审美情趣和审美要求。评弹创作更显其难能可贵。创作是评弹的核心竞争力，才能更加符合"出人、出戏、走正路"的时代要求。为此，我们要学习窦福龙先生不断传承、不断创新的坚持和坚守精神，感谢他这么多年来带给我们的新发现、新惊喜。

他是"都市评弹"的倡导者，更是实践者，他一直"在路上"。上海这座城市养育和培养了他，他用他的作品回报这座城市，这种精神也就是我们这座城市需要的"文化工匠"精神。我们要学习窦福龙先生孜孜不倦、刻苦学习、一丝不苟的钻研精神，把思想映在作品中，把精神放在人物上，努力追求作品的"步步精心"，倾听来自方方面面的意见和建议，边演边改，边改边演。用作品给观众以极大的愉悦和精神享受。灯火阑珊，意犹未尽。望着窗外的灯火和满天繁星，我在想：这座城市有没有窦福龙，无关紧要，但"都市评弹"有没有窦福龙确是至关重要，可谓极其不一样的。上海有你，真好，评弹有你，更好。因此，我们有责任为他好作品的推出鸣锣开道。

隔山呐喊，不知声传多远？是为序。

2019 年 4 月 4 日深夜

序四　自述

窦福龙

　　我于 1940 年 9 月生于上海，自幼酷爱文学与历
史，志向是要当文学家或历史学家。可惜由于所处年
代不容我有自己的选择，阴差阳错，偏让我在经济领
域奋斗了一辈子，把我的"志向"统通化为了"业余
爱好"，真是造物弄人。

　　说起"业余爱好"还真多！凡涉及文学艺术类
的，无不喜好。尤其对于历史的研究，更有"癖好"，
几十年乐此而不疲，这对我的本职工作似乎毫无关
系，亲朋好友对此都表示不能理解，其实这对于我写
剧本还是有点用处的，但亦仅此而已。

　　对文学艺术涉猎甚广，手不释卷，已成习惯，亦可
谓"博览群书"了。尤其对诗词的研究下过一番功夫。
而立之年就能吟诗填词，除了自娱之外，似乎亦一无用
处。不过有了诗词的功底，对以后写点唱词什么的，则
驾轻就熟了。我在 20 世纪 80 年代创作的《金陵十二
钗》就有所体现，看来终究还是派了点用场。

　　对于书画，亦是自小喜爱，有时也信手涂鸦，由于
工作关系，不容我用许多时间花在笔墨上，故而缺少根
底。尤其是后来工作责任加重，更无暇于此。当书法家
这辈子是没有指望了，不过是自娱自乐而已。好在我有
一些好友是著名的书画家，他们对我的影响与熏陶，使
我的书法虽不能登堂入室，却自有风格，居然亦有偏爱
者，如曲艺界大师级人物蒋月泉、杨振雄、杨华生、周
柏春等。都把我写的字幅挂在墙上或放在案头……

对戏曲的爱好更加广泛，如昆剧、京剧、评弹、豫剧、评剧、越剧以及北方曲艺等都十分喜爱。尤其对评弹和京剧情有独钟，不仅欣赏、研究，而且能自弹自唱。评弹，我最崇拜杨振雄先生，他与我是半师半友的忘年之交。我对"杨派艺术"的研究，以及我学唱的"杨调"，得到了振雄先生的高度肯定，他曾亲口"封"我为"杨派艺术的掌门弟子"。京剧，我最崇拜马连良先生，在纪念马先生诞辰一百周年时，我学唱了马派名剧，得到了马连良先生的长子马崇仁、幼女马小曼以及张学津的认可，当众承认我为"马门弟子"。因此我特地刻了一方印章名为"迷马醉杨"（指马连良与杨振雄），在我的名片上就钤了这方印。

由于我的"业余爱好"太广泛了，加之我的职业关系，不可能把全部精力投入其中（即便如此，我已有了"不务正业"之嫌）故而"杂而不专"，一事无成。《新民晚报》的一位资深编辑曾对我说："现今总经理之类多若牛毛，何止车载斗量，你的文采却是难得的，何不弃商从文？"我却有自知之明，以区区之才，自娱可以，以此养活一家数口则太难了！虽则是端错了饭碗，但是吃饭的问题还是至关重要的。

我利用业余时间，在20世纪80年代创作了《姑苏新歌》与评弹系列开篇《红楼梦·金陵十二钗》等。其中《金陵十二钗》受到各方的关注，得到了骆玉笙、刘兰芳等老艺术家的好评，荣获上海市第一届曲艺节优秀创作奖，历时三十几年，至今仍在传唱，甚感欣慰。2002年，我创作了评弹系列新篇《四大美人》，内含《西施篇》《昭君篇》《貂蝉篇》《杨妃篇》四部中篇评弹。2002年在上海大剧院首演，后分别于2006年赴香港演出，2010年赴台湾演出，2015年赴日本的东京、京都、大阪、横滨等地演出，都引起了轰动，好评如潮。于2008年荣获第五届中国曲艺牡丹奖文学奖。

凡参加过《四大美人》与《金陵十二钗》演出的老中青三代著名演员达七十余人，几乎囊括了苏浙沪所有的评弹名家。一部作品能有这么多的名家参演，是无先例的，也不枉我付出一腔心血。不虚此生了！

自《四大美人》之后，我创作活动一发而不可收。退休后，我又先后为苏州市吴中区评弹团创作了中篇评弹《孙武与胜玉》，荣获了2013年度全国优秀曲艺作品金奖。2014年，为浙江省曲艺团创作了中篇评弹《胡雪岩传奇》，荣获浙江省优秀创作奖。2015年，为上海评弹团创作了中篇评弹《林徽因》，至今已走遍了二十几个省，三十几个市，为弘扬评弹艺术作出了贡献。《林徽因》

还深入北大、清华等高校,受到了青年学生的热烈追捧……

"新枝折得非侥幸。"其实在求学时,我就开始舞文弄墨了,写过一些配合形势教育的评弹短篇与开篇。1961年,上海评弹团曾发函邀我写开篇。1963年至1966年,我任静安区威海街道文化站站长期间,创作了不少说唱节目等。尤其是应浙江省著名评弹艺术家王柏荫先生之邀,为他写了长篇弹词《满意勿满意》,那时我才25岁。十年浩劫开始后,我的创作活动才戛然而止。

所以,我后来的创作活动与成果,并不是偶然的。

1961年,上海市人民评弹团邀作者写开篇之信函

我于2008年被苏州评弹学校聘为客座教授,2013年被上海评弹团聘为特邀编剧。直到退休以后,我方能全身心地沉浸在我所钟爱的评弹艺术之中。

因此,我对宋代词人刘克庄的"沁园春"一词颇生感慨。正是"年光过尽,功名未立,书生老去,机会方来"。好的年代来了,我却垂垂老矣,只能"凄凉感旧,慷慨生哀"了!

2019年3月1日

四十岁时画马

七十五岁时之书法

弹词系列开篇·金陵十二钗

《金陵十二钗》大华书场首演，　上海市第一届曲艺节开幕式《金陵十二钗》美琪大戏院
主持人程之、石文磊　　　　　演出全体演员合影

《金陵十二钗》评弹交响音乐会在上海大剧院举行，余红仙领唱序曲

邢晏芝演唱《林黛玉》

可怜自幼失双亲，孤燕无依托侯门。

纵有那咏絮之才谁得似，却是个多愁多病的女儿身。

与宝玉相逢仿佛曾相识，莫非是转劫三生有旧因。

两小无猜情切切，人生难得遇知音。

娇音俏语闻朝夕，共读西厢伴黄昏。

落花时节伤春去，手把花锄独沉吟。

飘泊自怜悲歌发，阶前愁煞葬花人。

怡红公子用心苦，旧帕两方表衷情，哥哥啊！

我为君哪得不伤心。

夜雨秋风人不寐，隔窗和泪到天明，肠断潇湘诗已成。

意稍宽，病未轻，知心毕竟慰侬心。

沁芳桥畔闻消息，金玉缘假充木石盟，顿觉天昏地也崩。

千般恨，泣无声，把旧帕新诗一炬焚。

宝玉，你……你好！

心同灰烬绝痴情，质本洁来还洁去，家乡渺杳梦难寻，只落得

一弯冷月葬诗魂。

金陵十二钗·薛宝钗

陆雁华演唱《薛宝钗》

书香继世作皇商，待选才人上帝邦。

她是才出众，貌端庄，淡抹雅妆更大方。

守拙装愚人不妒，当众从不露锋芒。

助人不炫家豪富，不问是非短与长；殷勤侍奉在华堂，赢得个好名儿上下齐颂扬。

婀娜扑蝶花丛里，香汗涔涔湿罗裳。

滴翠亭前闻私语，使一个金蝉脱壳假佯装。

有缘识得通灵玉，灿若明霞不寻常，与奴这护身金锁巧相仿。

心忐忑，暗思量，莫非是金玉缘配一双？

叹宝玉混迹花前无大志，从不学仕途经济好文章；于家于国俱无望，怎能够荫子封妻立庙廊？

谁料想移花接木调包计，堂上一言点鸳鸯。

我是闺训不忘遵母命，只怕是怡红属意在潇湘。

洞房惊变神沮丧，满室慌张怎收场！

愁无限，泪千行，举案齐眉恐难长。

果然他狠心撇下我参禅去，抛却红尘落大荒；从此是生离死别两茫茫。

　　空怀着不离不弃黄金锁，直上青云梦一场，只落得孤灯伴影实凄凉。

秦建国、庄凤珠演唱《薛宝钗》

金陵十二钗·贾元春

蔡小华演唱《元春》

宫墙花影月朦胧，病榻呻吟听晓钟。

二十年来心酸事，泪痕未许上花容。

想当初是侯门女史称贤德，才选尚书凤藻宫。

允准省亲恩旨下，凤舆已起御街东；宝鼎焚香紫气浓。

不忍高堂长跪接，可怜白发已龙钟。

亲人相对难倾诉，无限伤心垂泪中。

寂寞长门深似海，未知何日再相逢。

说什么天恩祖德常思念，却不道骨肉天涯梦里通。

到如今人未老，病已重，榴花不似昔年红。

莫以为椒房贵戚多荣耀，着锦烹油圣眷隆；然而是前途未卜吉与凶。

官闱事秘人难测，伴驾谁知有隐衷。

爹娘呀！须要抽身退步早，荣华易尽怕虚空。

落花流水初春尽，万事全抛付西风。

虎兔相逢归大梦，芳魂消耗离九重，果然是身后萧条末路穷。

才自清明志自高，身逢家业渐萧条。

莫以为荣、宁世袭多煊赫，只怕是惊破黄粱梦已消。

休道是白玉为堂金作马，怎禁得穷奢极欲败家苗。

终究庶出闺中女，只能够联句吟诗冷眼瞧。

王凤姐独力难支身染病，三姑娘勇于任事一肩挑，欲图亡羊重补牢。

她是分利弊，把心操；勤理财，计分毫；实指望持家省俭渐丰饶，有谁知大厦将倾枉徒劳。

最可叹抄检先从自家起，大观园里起波涛。

姑娘闻讯生嗔怒，秉烛开门待查抄。

她是愤责恶奴声色厉，语多辛酸带讥嘲，无限悲凉上眉梢。

补天毕竟难为力，拍遍栏杆泪沾袍。

到头来婚配还须分嫡庶，可怜远嫁路迢迢。

爹娘呀！休挂念，莫心焦，圆缺阴晴望碧霄，悲欢离合数难逃。

一帆风雨三千里，骨肉家园一起抛，依依离却旧时巢。

清明时节江边望，隔断关山一梦遥，门庭消落似归潮。

金陵十二钗·史湘云

尤惠秋唱《史湘云》

祖籍金陵大江边，生于富贵绮罗间。

双亲过早黄泉去，襁褓之中失慈颜，伶仃孤苦有谁怜。

想那连枝同气有何用，叔婶心肠似太偏。

坎坷幼年心酸事，向隅独自泪涟涟。

幸得老祖宗爱惜多关切，问暖嘘寒常挂牵。

来到这大观园里无拘束，众姐妹相亲相近逐笑颜。

她是展双眉，乐心田，貌若夏塘出水莲，心似秋月惹人怜，才比薛林可并肩。

芦雪亭中烧鹿脯，腥膻不忌欲尝鲜。

乘兴难得畅怀饮，芍药轩旁带醉眠，蝶飞花落梦方甜。

红楼虽好难留久，临去还愁度日艰。

且喜是称心嫁得乘龙婿，才貌双全伴妆奁。

实指望朝画眉，小窗前，夜吟诗，题花笺。

情切切，意绵绵，夫唱妇随度华年。

谁料想檀郎一病终难起，霎时间云散高唐缥缈间，水月镜花化为烟。

袁小良演唱《史湘云》

金陵十二钗·妙玉

胡国梁演唱《妙玉》

晨钟暮鼓拜莲台，袅袅紫烟形影单。

只为幼年多病痛，皈依三宝望消灾；带发修行在栊翠庵。

她是厌罗绫，忌腥膻，天生孤癖气如兰。

好把禅机侃侃谈。

唯与钗黛投缘分，清净禅房才得来。

却对那怡红公子另相待，素手且斟绿玉杯。

云淡淡，月生辉，人寂寂，夜已阑。

清光何事照神龛？

忽闻远处吹横笛，独坐蒲团意亦烦；云裙月被下禅关；俨然天子降尘寰。

色空未必是，情欲最难违，妙公毕竟是女儿胎。

心猿意马神思乱，恶梦惊扰若痴呆。

可恨强徒生歹意，禅堂夜半遭劫难。

可怜她流落风尘无消息，肮脏不免与心违，

好一似无瑕白玉在土中埋！

孙淑英演唱《妙玉》

金陵十二钗·贾迎春

周红演唱《迎春》

轩窗寂寞紫菱洲，人去楼空水自流。

重露繁霜怀旧梦，蓼花摇落不胜愁。

当年娇养闺中女，懦弱性情面带羞。

闭户读书言讷讷，如花似柳也温柔。

锦衣玉食无所事，还有那婢子司棋勤侍候。

都只为绣香囊引得风波起，堂上夫人怒不休，大观园里查根由。

府中多少肮脏事，独把丫鬟苦追究，翻箱倒柜细细搜。

眼睁睁司棋被逐伤心去，懦小姐手执经书泪空流。

休道是家豪富，世封侯，鲜花着锦火烹油。

其实是日薄西山浑不觉，债台高筑危红楼。

贾赦是借钱无计难应付，把亲生女权当一注筹。

嫁与孙家登徒子，红颜从此填污沟。

夫婿是朝楚馆，暮秦楼，借醉咆哮骂不休。

全不念昔日父兄曾扶持，却不料一朝衰落竟如仇，作践千金似下流。

哭诉亲人难启口，一言未尽泪盈眸。

亲人叹息终何用，覆水已难点滴收。

痛惜金闺花柳质，怎禁折磨与搓揉，可怜一载赴冥幽。

范林元演唱《惜春》

诗礼传家浊似泥，簪缨华族已衰微。

沉酣一梦谁惊醒，勘破三春自惨凄。

莫道奴自幼生来孤癖性，其实是人生变幻费猜疑。

想那大姐是宫闱事秘难知恨，二姐她是遭遇登徒受尽欺。

三姐纵然是才分好，远嫁海疆苦别离，亲人从此各东西。

怎似我看破红尘无俗念，生关死劫悟禅机。

奴是不求富贵销金窟，不羡鸳鸯比翼飞。

佛门清净我无拘束，不问世间是与非，好一似闲云野鹤脱樊篱。

抛却了生花妙笔丹青稿，不画那锦绣红楼映绿漪。

奴要把万缕青丝齐铰去，皈依三宝作僧尼。

她是心如铁志不移，脱去罗裳换缁衣。

只道是遁入空门求超脱，怎不见罹难妙玉何处啼。

可怜绣户侯门女，礼佛颂经若痴迷，青灯一盏证菩提。

金陵十二钗·贾惜春

金陵十二钗·王熙凤

余红仙演唱《王熙凤》

为人何必太机伶，大智若愚含意深。

谁人不识王熙凤，八面威风坐荣宁。

粉面含春威不露，丹唇未启笑先闻。

当面一盆火，转身冷若冰，假仁假义假惺惺，翻手为雨覆手云，贪得无厌爱金银。

心叵测毒设相思局，贾天祥堕落枉死城。

逞豪强弄权铁槛寺，一封书得贿三千金。

害得那多情女子悬梁死，公子投河亦殉情，怕什么造孽多端落骂名。

偏有那贾琏偷娶尤二姐，一朝败露泄真情。

王熙凤，闻此事，顿吃惊，怒不休，气难平，咬银牙，凤目睁，杀机微露在眉心。

立刻吩咐轿一乘，带领奴婢与家丁，似狼似虎赶上门。

她是兴师不问罪，偏作巧伪人，甜言又蜜语，屈尊把姐姐称，尤二姐被骗入侯门。

王熙凤她是杀人不用刀，棉里藏金针，朝折磨，晚欺凌，可怜那尤二姐有口口难说，有冤冤难申，上天天无路，入地地无门，叫天天不应，呼地地不灵，她秉性懦弱苦不胜，只落得吞金了残生。

都只为荣宁府家道已衰落，要借助那丰年大"雪"巨富绅。

弄乖巧密谋调包计，说什么"金玉良缘"天作成，其实是李代桃僵害颦卿。

　　这边是鼓乐笙箫完花烛，那边是潇湘风雨哭断魂。

　　休以为恣意纵横无所忌，谁料想东窗事发大祸临，她作茧自缚难抽身。

　　荡悠悠惊喜三更梦，意戚戚空悬半世心。昏惨惨万盏灯火灭，瘦怯怯心血耗费尽，势危危进退已无门，忽喇喇一朝大厦崩。

　　恶贯满盈终须报，机关算尽人聪明，反误卿卿一命倾。

王瑾演唱《王熙凤》
袁小良伴奏

金陵十二钗·巧姐

高博文演唱《巧姐》

侯门蓦地起风波，抄没家财百万多。

五世难留君子泽，眼前恍惚梦南柯。

真是回天乏术难维持，势败运衰恶事多，大厦将倾谁肯扶。

亲情远，故人疏。门庭冷落车马无，一代恩荣转眼枯。

王熙凤她百忧交集身亡故，贾琏是海疆探父奔长途，撇下了掌上明珠小凤雏，乐煞了丧尽天良的众刁徒。

奸兄恶舅生歹意，骨肉之情全不顾，欲将弱女换青蚨，暗盘算卖与藩王作女奴。

姑娘她闻消息，主意无，低头痛哭仰天呼。

我好比鱼儿离了水，鸟儿入网罗。

任人宰割任人捕，我只求苍天救救我。

亏得乡亲刘姥姥，是一个见多识广的老婆婆。

她不忘凤姐垂危嘱，在病榻弥留曾托孤。

为救千金思良策，金蝉脱壳出门户，暂游异乡离帝都。

姥姥啊！

虽则是要铺草席，住茅庐，穿布裙，食糠麸，学纺织，种青禾，捕鱼虾，养鸡鹅，强似那受人凌辱的女奚奴，做一个无忧无虑的小村姑。

倒不如嫁与农家子，从此远离是非窝，耕织夫妻百事和。

刘韵若演唱《李纨》

温良贤淑美婵娟，快婿乘龙意甚欢。

琴瑟和谐情切切，似鱼得水好姻缘。

实指望终身相靠能长久，有谁知桃李春风结子完。

镜里恩情梦里圆。

年少寡居当简出，含辛茹苦抚遗男。

形同槁木无知觉，心似死灰不再燃。

料理不周家务事，只欺她素性宽厚手无权。

评诗论句众心服，结社主坛在大观园，愁容难得下眉端。

吉日良辰应回避，潇湘叹月已心酸，相对愁肠夜正寒。

孀妇不祥人所忌，闭门教子读经传。

娇儿啊！

但愿你是十载寒窗苦，一朝点状元。

簪缨头上戴，金印胸前悬。

爵禄高登雨露沾。

纵然是她披凤袄，戴珠冠，怎抵得半生寂寞泪已干。

如冰化水空相羡，留得虚名也枉然，从来是贞节牌坊血泪捐。

金陵十二钗·秦可卿

侯小莉演唱《秦可卿》

权倾朝野势滔天，公侯承袭仰祖先。
诗礼传家虚有表，卷上珠帘见嫮妍。
花容月貌秦氏女，嫁归宁府俱称贤。
她通练达，巧周旋，承欢带笑在堂前。
八面玲珑不等闲。
虽则是绣户鸳衾陈宝镜，然而是不由自主
亦堪怜。
皆因为聚之乱无廉耻，家事消亡不识艰。
乐极生悲自古说，箕裘颓堕欲难填。
刹时荣辱能颠倒，梦醒黄粱在顷刻间。
何不留后路，置祀田，须防一旦散盛筵，
将来衣食可周全。

心凄恻，泪涟涟，春恨秋悲夜不眠，满怀心事向谁言。
忧伤成疾难支撑，挣扎人前病更添，画梁春尽落黄泉。
果然后事真如料，富贵荣华化为烟，到底无才去补天。

黄霞芬演唱《秦可卿》

弹词系列开篇《金陵十二钗》演出大事记

《金陵十二钗》于1987年完成创作，录制音带出版，先后在苏州书场和上海大华书场各演出一场。

演员：陈希安、尤惠秋、余红仙、赵开生、邢晏芝、邢晏春、赵丽芳、秦建国、侯小莉、赵慧兰、沈世华、范林元、杨骢

主持人：程之、石文磊

制作人：华觉平

音带编辑：胡国梁

1988年，《金陵十二钗》以大型民族乐队伴奏，配以伴舞，在上海市第一届曲艺节开幕式上公演于美琪大戏院。

演员：余红仙、刘韵若、沈世华、倪迎春、沈伟辰、孙淑英、陆雁华、侯小莉、王惠凤、孙庆、庄凤珠、潘新云、陆蓓蓓等。

主持人：朱庆涛、杨骢

唱腔设计：吕咏鸣

配器指挥：龚国泰

2001年《金陵十二钗》评弹交响音乐会在上海大剧院公演。

演员：邢晏芝、秦建国、庄凤珠、袁小良、周红、王瑾、胡国梁、范林元、徐惠新、高博文、余红仙、蔡小华、毛新琳、黄霞芬、查莱莱、许芸芸

主持人：方亚芬

导　演：李家耀

作　曲：金复载等

指　挥：王永吉

评弹系列新篇·四大美人

序曲　沉鱼曲

卧薪尝胆，兴越灭吴，

美人计亏了范大夫。

沉鱼溪畔，佳人何在？

扁舟一叶泛江湖。

第一回　浣纱溪

幕后合唱：

苎萝山下雨初晴，若耶溪头晚霞明。

一别三年音信绝，溪边愁煞浣纱人。

西　施（唱）：思无限，轻轻叹一声，唉！

范　蠡（白）：西施姑娘——

西　施（唱）：抬头只见意中人。

（白）：真的是我日思夜想的范蠡，是真的吗？

（唱）：我是魂牵梦绕难寻见，蓦地相逢我要认一认清。

（表）：西施要紧拭一拭眼睛，再仔细一看，果然是自己日思夜想的范蠡。西施一阵激动，真的想奔过去把你范蠡紧紧相拥。

倒是有点不好意思——为什么？过去没有像现在这样开放了呀！要紧把浣的纱往篮里一放，站起身来，含情脉脉——

（白）：唔，范……范……

（表）：范了两声还没范出来。本来想叫一声"范郎"，但是三年不见，只觉得难为情，口都软了。

（白）：唔，范大夫，夷光有礼了！

范　蠡（表）：夷光是西施的小名，她本姓施，家住在苎萝西村，因为她实在漂亮，远近闻名，大家都习惯叫她西施，现在她自称小名，可见她与范蠡的关系非同一般。

范蠡对西施仔细一看，唷！比三年前更加妩媚动人。真可谓倾国倾城，有人说，多喝酒会醉，但只要看西施一眼，心也会醉。

（白）：姑娘，一向可好？

西　施（表）：不好！这三年来不但天天想念你，而且天天在为你担心。听说你被吴国俘虏，带到姑苏当奴隶，我如何不担心？

（唱）：我心忧如焚倚门盼，日日思君不见君；泪流如雨湿衣裙。

今日里形容憔悴归故里，想必是历尽苦难碎尽了心。

（白）：唷！你受了苦了！

范　蠡（表）：西施真是聪明绝顶、善解人意。想想我三年来，吃点苦不算啥！但是所受的屈辱，你没有亲身经历，凭你聪明也难以想象。

（白）：唉，真是一言难尽！

（唱）：吴越相争数十秋，霸业未成终不休；烽火难消世代仇。

大战椒山成败局，君臣被困对面愁。

保全国家无二策，行成只得委屈求。

（表）：啥叫"行成"？就是投降。三年前吴越交兵，在椒山一战，越军大败，越王勾践围困在会稽山，眼看就要亡国，幸亏大夫文种重金贿赂吴国太宰伯嚭。说服吴王接受投降，后来越王勾践夫妇作为人质，押往吴国，我主动要求随同前往，好与越王同甘共苦，分忧解愁。

（唱）：留得青山在，且为阶下囚，相随君王同往吴国作马牛。

雨凄凄，风飕飕，处身下贱志难酬；

把那复国报仇暗藏在心头。

苦熬三年归故土，叫人怎不恨悠悠；叫人怎不恨悠悠！

西　施（表）：听你范蠡讲，三年里过的是非人的生活，西施心里非常难过。不过谢天谢地，现在总算脱险回来了，从此我可以与你在一起永不分离了。看到他的神情十分伤感，让我说点快活的事情，让他听听，一解愁肠。

（白）：唷，范大夫！你可曾记得三年之前，你我在此初次相遇吗？

范　蠡（表）：怎么会不记得！三年前亦是在此地——若耶溪旁，我与你邂逅相逢。想到当时的情景，范蠡顿时觉得精神一振，心里涌出一股甜甜的热流。

（唱）：姑娘啊，此情此景难忘却，

西　施（唱）：萍水相逢意气投。

范　蠡（唱）：我是一睹芳容惊绝色，

西　施（唱）：你是英姿勃勃自风流。

范　蠡（唱）：多蒙淑女心相许，

西　施（唱）：君子翩翩结好逑，结好逑。

范　蠡（唱）：能有三生幸，莫非前世修；

西　施（唱）：从此无离别，永世结鸾俦；

（合唱）：生生死死，生生死死到白头。

西　施（表）：西施再也熬不住了，扑到范蠡怀抱之中。你这个人啊，我不能放手，手一松你就要飞走。从此以后，你我生死相依永不分离。

范　蠡（表）：西施的一片痴情范蠡既感动又难过。假如今天我把来的目的和她讲清楚，她肯定受不了这个打击。

索性你对我没有感情，今天看见我无动于衷，事情倒好办了。现在叫我如何开口？所以长叹一声——

（白）：唉！姑娘，想我范蠡能与姑娘永结百年之好，乃梦寐以求之愿也。然而国家正处危急存亡之际，我身为越国上大夫，又蒙越王知遇之恩，复国报仇，责无旁贷，赴汤蹈火，万死不辞。我，怎敢以私误公！

（唱）：山河破碎金瓯缺，刻骨难忘家国仇。
卧薪尝胆待时日，我要亲率三军统貔貅；
直捣姑苏擒敌酋。

（表）：但是要打败吴王夫差谈何容易。因为他年轻有为，雄心勃勃，又加上相国伍子胥全力辅佐，要想动摇吴国的根本，真是难上加难！要达到我们的目的，首先必须迷惑他的心志，消磨他的斗志，使他沉湎于酒色之中，醉倒在温柔之乡。所以定下复国之计七条，第一条计就是美人计。

（唱）：君臣设下美人计，引诱吴王吞钓钩。

访遍山川寻美色，倾国倾城没处搜。

西　施（表）：美人？美人就是漂亮的女子。啊呀，漂亮的女子不要太多，我们村里就有不少，怎么会寻不到呢？

范　蠡（表）：吴王夫差不是好色之徒，一般的漂亮女子根本不在他眼里。何况吴国山清水秀，美女众多。要使美人计成功，必须要找一位绝世花容、摄人心魄的女子。为此我与文种访遍了越国的山山水水，还是寻不到！

西　施（白）：难道罢了不成？

范　蠡（表）：这个——唉！对西施看看，你再怎么聪明也猜不到只有你才能充当美人计的主角。

（唱）：姑娘呀！

我思良久，苦心头，没奈何且把恩情丢；

我只得亲到苎萝当面求。

将你——将我送到姑苏去，迷惑吴王用计谋。

夷光啊，你要忍辱负重成大事，不报国仇誓不休。

（表）：范蠡说完，只觉得脸上泛红，羞愧难当，

（白）：还望姑娘成全！

西　施（表）：西施听到这里，宛如晴天一个霹雳。什么？噢，原来你要把复国报仇的计划全寄托在我西施的身上？

西施是一位非常刚烈的女子，她并没有掉眼泪，但是她的心好痛好痛。万万想不到，自己的一片痴情并未换得范蠡的一片真情。也就是说，山盟海誓，白头到老全都是假的。

我心目中的丈夫，心目中的英雄，为了国家的大业竟然愿意献出他自己的最爱。对，你是越国的上大夫，你是顶天立地的奇男子，但是你可知道，我西施只不过是一个女儿家。这份深厚的情结你叫我如何割得断？

（唱）：揪心事，没来由，肝肠裂，泪盈眸；

三载相思两处愁；却不道郎情妾意一旦休。

（表）：西施的身体慢慢地转过去，一面走一面嘀咕，完了完了！因为西施知道，我今天离开你范蠡，将再没有一个人能占据我西施的这颗心。

哎，倒说西施走了没几步，忽然立定身体不走了。想西施啊西施，今生今世你的希望已经化为泡影，你何不答应他？何不成全他？让他去完成他的大业。为什么？因为你这颗心空等一世也是浪费，你何不索性就给了范蠡。

我爱范蠡，应该为他作出牺牲。我爱范蠡，我愿意为他作出牺牲。不过对他看看，我此去吴国不知道何年何月再能见到你范蠡。想到这里，西施的眼泪"哗——"

（唱）：范郎呀！

家国恨，君父仇，何惜西施一女流；且向虎口舍身投。

那万种情思难抛却……

范　蠡（表）：看西施转过头去，走了几步，眼泪直滚下来。知道西施已经答应。虽然答应，但是心里非常痛苦。

（唱）：我与你灵犀一点在心头。

待等到扫平吴国功成日，

（表）："嚓——卜"范蠡跪倒在地。

（白）：天呐，苍天呐！想我范蠡为了复国报仇，成就大业，只得将心爱之人去献与吴王，待到大功告成之日，我定然亲到姑苏迎接她回转故土。我范蠡除了西施终身不娶，望天地明鉴。

姑娘，待等你我重逢之时——

（唱）：再与夷光偕白头。

西　施（表）：如果真的有这样一天，恐怕我和你的头发都已经白了。

（唱）：那佳人不由微微笑，我情寄英雄，泪落心头。

（合唱）：今朝一别——

今朝一别——

何日再聚首？再聚首？

（表）：那西施的命运究竟如何呢？

请听下档！

第二回 美人计

（表）：范蠡设下美人计，要拿西施送到吴国，献给吴王夫差。

其实平心而论，吴王夫差也并非贪恋酒色之辈。

他一心只想称霸东南，雄心勃勃，所以越国送来廿一名美女，并不在意，不过听说此番这廿一名美女是由越国上大夫文种亲自护送而来。

为什么要这样郑重其事？

这倒要看看了！所以吩咐升殿上朝，到朝堂上对下面一看觉得有些奇怪！

只看见今朝文臣武将，人头济济，连一些老弱病残，平常总请长病假，从来不来上班的人也全来了。想想平常讨论国家大事你们好像从没有这样勤快的啊！

其实呢怪也难怪，叫一方水土养一方人，我们吴国山清水秀，历古到今是出美女的地方。

越国是一个穷乡僻壤的蛮夷之邦，怎么能出得了美女呢？越国最著名的就是"绍兴黄酒"。

你们到苏州来献美女就好比到饭店门口来摆粥摊，所以都要来看看所谓的越国美女究竟生得怎么样？

因此吴王宫中热闹非凡，每个人脖子伸得像仙鹤一样，盯着殿门口在看。

现在只看见文种先带进来二十名女子，年龄都在十五六岁之间，衣着华丽，体态轻盈，大家一看——

虽然可以算标致，不过像长得这样的姑娘，不是瞎说，我们姑苏城里要多少有多少，倒是身上的衣服还算新式、时尚。

哎！尤其是裙子色彩鲜艳，做工考究，面料也不错……弄得不像在看美女，像在看时装秀了！

上面的吴王对这些美女看看，也不过付之一笑，等到二十名美女往两边分开，人弄堂里又出现一位女子，只见她风姿绰约，仪态万千，款款而入，走上殿来。

这些文武大臣顿时目瞪口呆，鸦雀无声。

吴王对她一看，也看呆了！简直不敢相信自己的眼睛。天下竟有如此绝色的美女啊？

看得吴王情不自禁一步一步走下去。西施难为情，脸一红，头一偏，漂亮到极点！

"噗"跪下来。

（白）："见大王！"

"啊呀——"

（表）：照理应该喊一声"美人"，可以了，但是今天吴王脱口而出"啊，爱妃！"

挽住肩膀，扶起来，对她的脸仔细一看，只觉得自己心跳加快，真所谓心荡神怡，魂飞魄销！

（唱）：人世间竟有这般窈窕，生得来绰约仙姿格调高。

柔情如水花解语，意态风流分外娇。

明眸顾盼知人意，肤若凝脂透紫绡；真个是花输双颊柳输腰。

似天女飞却蓬莱岛，如嫦娥偷离碧云霄；比弄玉跨凤学吹箫。

纵有丹青身手妙，那样娉婷也难画描；

只盼那巫山云雨在今宵；这美人计英雄也难逃。

（表）：看得吴王着了迷，看得他忘记自己在大殿上，看得他忘记周围都是文武官员，挽扶着西施直往内宫而去。

美有外表美和内在美两种，光是外表美，时间一久也要审美疲劳的，所以最要紧就是内在美。

西施非但姿容绝代，而且绝顶聪敏，善解人意。因此吴王对西施实在是喜欢，真所谓捧在手里怕冷，含在嘴里怕烊，咽下去怕哽。宠爱万分。

生怕西施嫌原来的宫殿不够豪华，住得不舒服，特地吩咐在姑苏城外灵岩山山顶造了一座富丽堂皇的馆娃宫，作为西施居住的宫殿。

耗费国库钱财无数，那西施怎么样呢？她虽然受到吴王百般宠爱，但范大夫托付给自己的使命始终牢记在心。

范蠡要自己到吴国之后，千方百计使吴王沉迷酒色，荒疏朝政，还要尽量想办法消耗吴国的人力、财力、物力。

在座的听众朋友，如果到过苏州灵岩山玩过的，一定晓得灵岩山山顶里有一个池塘、一口井、一条长廊。你朝南看，还有一条河，笔直犹如一条箭，你们可晓得这些古迹都是西施留下来的杰作。

有一次，西施就对吴王讲："大王你是对我讲过，只要我欢喜，你随便啥都肯答应？"

吴王说："对啊，我是一国之君，你想要啥？只要你宝宝开口，我一定满足你！"

"我要天上的月亮！"

这……怎么行呢？随便什么人办不到！

"就能够办得到！"

喔？

你马上关照人，就在灵岩山的山顶挖一个池塘。

这个方便——

吴王吩咐连夜开工，等到池塘挖好，里面放满水，正好八月中秋，皓月当空，一轮明月倒影在池水之中。

西施轻移莲步，走近池塘，双手拿月亮在水当中的倒影一捧，回过头来对吴王嫣然一笑："大王，臣妾把月儿捧住了。"

吴王一见哈哈大笑——

"哈……爱妃聪明，寡人不及也！"吴王捐了木梢，还不曾晓得分量轻重。

其实你面盆里装满了水，亦可以捧月亮影子的呀，这个就是西施捧月玩月池。

过了两天，西施又对吴王讲，每日早上起来梳头，梳妆用的这面铜镜小得一些许，我的头发又是这么长，对着镜子看也看勿清爽，倘使能在水边看着自己的倒影来梳妆多么好呀！

咦，这个多么便当，你只要在玩月池畔梳头，就可以看见自己的倒影了！

怎么让你想得出的，山顶上有风的呀，风一吹，水的表面波纹涟漪，我的倒影像一脸皱纹的老太婆，多么难看！

那怎样弄法呢？

简单，你只要喊人在山顶掘一口井，井里风吹不进，水面静止勿动，我正好梳妆梳头

哈哈！妙啊……

吴王马上下令掘井，而且这个井要掘得大，越大越好，山上掘井谈何容易，石头缝里掘下去，一直要掘到山泉涌出。

这个工程工作量很大，等到井掘好，一泓泉水，清澈无比，西施临井梳妆，吴王为西施梳头，看见井里二人卿卿我我的倒影，吴王只觉得骨头全会发酥，这口井就叫"吴王井"。

从前女人脚上穿的鞋子全是木头做的，称之谓木屐，和现在日本女人穿的木屐差不多，穿的木屐走路会发出铁塔、铁塔个响声。

吴王说："西施啊，你非但走路姿势优美，而且发出来声音特别好听。"西施听见灵机一动，说："这有什么好听的？我来弄点好听的声音给大王听听！"

马上叫人在山上挖一条五尺阔、半丈深、三十丈长的沟，在沟里摆满大大小小口径不一的缸和甏，上面再铺好硬木地板，成为一条长廊。

然后西施穿的木屐在长廊里一路走过来，因为下面都是大小口径不一样缸缸甏甏，人在上面走，会发出共鸣声音，和混响效果差不多，只听见："嚓蓬蓬，嚓蓬蓬……"

所以现代音响上的混响效果，就是西施发明的，这条长廊就叫"响屐廊"。

有一次吴王陪着西施在山顶上看风景，西施对远远的太湖一指，说："我一直想热天到太湖里去采莲花，秋天到对岸香山上去采香料，就是走旱路过去要兜一个大圈子，远得吃不消！大王，你能帮我想想办法吗？"

吴王说："这个容易！"立刻关照灵岩山山脚下开一条河，直通

太湖！开一条河呀，这不比挖一条沟，工程浩大，足足挖了三年，方始完工。一条河笔直似箭，就叫"一箭河"。

即使现在机械化施工，所费人力、物力也不会小多少，更何况二千五百年前的吴国，虽然地处江南还算富庶，但毕竟还是一个生产力水平很低的农业国呀，怎么经受得起啊。

总之，自从西施到吴国来之后的十几年当中，利用吴王对自家宠幸，使吴王彻底解除对越国的警惕，而且弄得吴国国库空虚，民不聊生。

而吴王夫差还完全陶醉在西施温柔乡中，浑然不觉，范蠡这条美人计大获成功。

相国伍子胥看在眼里，急在心中，几次犯颜直谏，吴王非但不听，反而嫌伍子胥倚老卖老，危言耸听，只觉得伍子胥越看越惹气。

而越王勾践认为美人计成功了，时机已到，所以与范蠡、文种一起商量，准备伐吴，而范蠡认为，现在还不到伐吴时候，因为伍子胥尚在，吴国难以动摇，这个人精通韬略，深谙兵法，我们的一举一动，瞒得过别人，瞒不过他，真正要打起来，我们三个人并起来不及他一个人！

"这却要等到啥时候？"

"喏，现在就要用第二条计策——离间计，叫伍子胥非死不可！"

"那么吴国会不会中计？"

范蠡说："大王只管放心，因为有二个有利条件——

现在吴国君臣不睦，伍子胥自以为功高盖世，有些居功自傲，倚老卖老，这正是夫差心病所在。

吴王宠信伯嚭，伯嚭官居太宰，此人贪财好色，妒贤嫉能。当初文种就是看准他这点，大肆贿赂伯嚭，你大王方能脱险回国。以后我们年年进贡，都是未进吴王宫，先入太宰门。所以现在太宰府里美女如云，金银如山，都是我们越国孝敬的。而伯嚭对伍子胥是妒嫉又是仇恨，只要他肯帮忙，这条计策就万无一失！"

"好！一准如此！"

越王勾践听了范蠡、文种的话，决定实施离间计，这条计策能否成功呢？

请听下档！

第三回 属 镂 剑

（白）：大王驾到！

（表）：只见前有太宰伯嚭引道，后有王孙雄将军护驾，吴王夫差登上宝座。

吴　王（白）：平生豪气冲牛斗，十万旌旗奏凯还。

　众（白）：臣等参见大王千岁！千千岁！

吴　王（白）：众卿平身！

　众（白）：谢大王千岁！

吴　王（表）：吴王夫差四十岁年纪，正值壮年，身高七尺，方面大耳，双目炯炯有神，十分威严。头戴王冠，身穿大袍阔服，足蹬步云屐，腰悬"属镂宝剑"。这口"属镂剑"是东周列国年间最有名的宝剑之一，是欧冶子所造，锋利无比，能削铁如泥，吹毫断发，可以与干将、莫邪二口宝剑比美。在二千五百年前铸造的宝剑有这样锋利吗？是不是形容过分了？不！一点不夸张，现有二个证据；其一，当年吴王阖闾——夫差的祖父，得到莫邪剑后，在虎丘山上试剑，一剑竟将这么大的一块石头一劈为二，至今还在虎丘山上，名为"试剑石"；其二，十几年前在国内出土了一口青铜剑，上刻有"越王剑"三字。虽然在地下埋藏了二千多年，至今还是寒光闪烁，锋利无比，现存于博物馆中。"越王剑"尚且如此，何况名震天下的"属镂剑"。

吴　王（白）：众位卿家，此番出兵征伐齐邦，上托先王威灵，下赖众卿同心，大获全胜，凯旋而归。今日设宴为众卿贺功。

伯　嚭（表）：伯嚭一听拍马屁机会来了，不能让别人抢先，要紧出班启奏。

　（白）：臣启大王，此番伐齐之胜，全仗大王英明神武，果断决策，运筹于帷幄之中，决胜于千里之外，王旗指处，望风披靡，威震诸侯，大王终成霸业，周天子当以霸主之礼相待，可喜！可贺！

吴　王（白）：怎么讲？

　　　（表）：这些话太好听了，再讲一遍。

伯　嚭（白）：周天子当以霸王之礼相待。

吴　王（表）：如此说来，周天子也承认我是一方霸主了！得意啊！

　　　（白）：哈哈！

　　　众：哈哈！

吴　王（表）：不对！吴王一看殿下上首第一只位子如何空缺？喔！所有文武大臣全到了。就是相国伍子胥未来。

　　　（白）：太宰！为何不见伍相国。

　　　（表）：可是开会通知没有收到？

伯　嚭（白）：启奏大王，此番出兵伐齐，伍相国百般阻挠，而且出言无状，长他人志气，灭自己威风，而今得胜班师，谅必他深恐大王怪罪，无颜前来。

吴　王（表）：吴王想，哼！伍子胥呀伍子胥，不要以为没有你，我就寸步难行了，此番没有你，伐齐照样大获全胜。今朝不参加庆功会，想必他心中有愧，但场面上还要给他点面子。

　　　（白）：哎，太宰此言差矣！伍相乃是老成谋国，唯恐失算，这也是他的一片忠心，寡人岂能怪罪于他。

　　　（表）：下面奔上来一个殿前武士。

武　士（白）：报——启禀大王，伍相国到！

吴　王（表）：吴王心里"别"一下，认为他不会来了，现在来了！倒说吴王只要伍子胥不在场，就觉得无拘无束，百节百骸活络适意，而一看到伍子胥神经就会绷紧。

　　　（白）：宣伍相国上殿！

武　士（白）：大王有旨，宣伍相国上殿！

伍子胥（表）：殿上方才还是笑声不绝，气氛活跃，现在听说伍相国来了，全体肃立，鸦雀无声，目光全部对准外头望。

只见伍子胥浑身素冠素服，白发披肩，雪白的银髯在胸前飘拂，步履从容而略带沉重，众人望去赛过一道闪电。

（白）：老臣见驾，大王千岁！千千岁！

（表）：伍子胥是先王托孤重臣，所以不必下跪，只要一揖就可以了。

吴　王（表）：吴王对伍子胥一望，浑身素服，响勿落，今朝什么日子，庆功会，喜事！大家全穿吉服，独有你浑身雪白。头发白，胡子白不好怪你，白了几十年了。过昭关辰光就白了，怎么穿了一身素服，又不是吊丧，触我霉头，心里不舒服。

（白）：伍相国少礼，今日乃庆功宴会，为何穿此不吉之服？

伍子胥（白）：请问大王，今日有什么功可以庆贺？

吴　王（表）：看来他开会通知是没有收到。

（白）：寡人兴兵伐齐，大获全胜难道相国不知么？

伍子胥（白）：喔！伐齐大获全胜了？

吴　王（白）：是呀！

伍子胥（白）：大获全胜了么？

吴　王（表）：老年痴呆！

（白）：你身为相国，虽然没有参与伐齐，难道这么大的事你还不知么？

伍子胥（表）：我身为相国，怎会不知，表面上此番虽则打败了齐国，然而吴国将士损伤过半，大伤元气。几十年来，挣下这数十万大军，伐齐一战，就败去一半。这一仗打下来，实则是两败俱伤。说得出大获全胜，真是死要面子。

（白）：大王可知伐齐一战，死伤了多少吴国的将士？真是可怜呐！可叹！

吴　王（表）：打仗怎么可能不死人，所谓"一将功成万骨枯"，何况我争夺霸主地位，死点人算啥？

（白）：相国深通兵法，岂不闻"慈不用兵"。

伍子胥（表）：想勿落，你与我来谈什么"兵法"！我与孙武子一起领兵打仗之时，你不过刚刚养出来。

（白）：伐齐一战，吴国元气大伤，而越王勾践虎视眈眈，范蠡、文种处心积虑，万一乘虚而入，吴国危矣！岂不闻螳螂捕蝉，黄雀在后，还庆什么功！贺什么喜！今日老臣素冠素服上殿，示警报忧！望大王三思！

吴　王（表）：这老长辈又在教训人了！

　　　（白）：相国，你为何对寡人伐齐阻挠，却对越国耿耿于怀？

伍子胥（表）：齐国是一个大国，曾经称过霸，国力强盛，但是离我们吴国较远。中间还隔了好几个小国家，对我们构不成威胁，完全可以和平相处，而越国近在毗邻，隔水相望，而且世代有仇。一旦有变，一天就可以打到吴国都城，所谓远交近攻。

　　　（白）：何况勾践有豺狼之形、蛇蝎之心，更可怕的是范蠡、文种有经天纬地之才，忠心辅佐，这才是吴国的心腹之患也！

吴　王（白）：寡人有恩于勾践，勾践绝不负寡人，相国多虑了！

伯　嚭（表）：伯嚭对这二人的性格、脾气太了解了，你不要看着两个人表面上还算客气，其实这二个人心里都窝着一团火，只要一挑开，立刻爆炸，啥人来挑？我！

　　　（白）：启禀大王！越王勾践自归国后，对大王是一片忠心，十余年来是年年进贡，岁岁来朝，日月可鉴！请大王明察！

　　　（表）：伯嚭对在场的文武大臣望望，你们大多数人都接受过越王勾践的"好处"，得人钱财，与人消灾，大家应当捧捧场……

众　　（白）：是呀！越王诚心降伏，伍相国多虑了！

伍子胥（表）：伍子胥长叹一声：哎！勾践实在厉害，现在吴国上下都认为勾践是好人，倒是我心存偏见了。这班大臣利欲熏心，一味迎合吴王，简直不可理喻。不过现在形势十分危急，为了先王的知遇之恩，为了吴国的江山社稷，今朝我特地素冠素服上殿，拼死相谏，希望你吴王在醉生梦死中清醒过来。

　　　（白）：大王！骨鲠在喉，容老臣直言相告！

吴　王（白）：相国有言，直说无妨！

众　　（表）：文武大臣一看，今朝这顿饭是吃不成了！只好饿着肚皮听伍子胥说。

伍子胥（唱）：大王！当年伐越逞雄才，你是亲率三军战鼓催。

　　　　　　　只杀得血流成河天地暗，大军直捣会稽山；

越王是末路穷途逃生难。

你应当挥师围攻歼残敌，一举荡平越王台。

（表）：当时我国大军已将越王勾践围困在会稽山上，勾践已是瓮中之鳖，你极应该一鼓作气，灭掉越国，为先王报仇，你却听信伯嚭谗言，居然接受勾践投降，不灭越国，班师而归。

（唱）：可叹你听信谗言，方寸乱，功亏一篑化尘埃；
这是你不杀越王一不该！

吴　王（表）：伐越这一仗打得很艰苦，总算打到会稽山，越王勾践是个识时务者，看到大势已去，服输愿降。我亦曾再三考虑过接受不接受越国投降。如果我不接受投降，会稽山上还有越国五千精兵，勾践必定会将所有的库藏，包括金银珠宝，粮食布匹等全部烧光，带领五千精兵与我拼死一战，所谓困兽犹斗，这五千精兵一旦拚起命来，我方要死多少人？恐怕是他的几倍。但是我若接受了投降，可以不战而获全胜，不但越国所有金银珠宝、粮食、布匹都归我所有，而且各国诸侯都会感到我吴王以德报怨，宽宏大度，为将来称霸打好基础，真是名利双收，有什么不好？你毕竟是一介武夫，只知冲冲杀杀，不懂战略战术。你居然指责我"不杀越王一不该"！呀！既有一不该，那么还有二不该了？

伍子胥（表）：岂敢！你既不杀勾践，而将勾践夫妇与范蠡一起带回吴国，作为奴隶遣使，也就罢了！你就应该将他们关到老死。只要勾践不回越国，越国无主，就翻不起大浪。

（唱）：勾践是貌恭顺，假谦卑；心险恶，似狼豺；
甘心受辱再而三；忍无可忍他能忍下来。
你看不透他复国报仇心计毒，居然轻放转家回，
这是你纵虎归山二不该！

吴　王（表）：勾践在吴国三年，作为一国之君能够心悦诚服、死心塌地，像奴隶一样侍奉我。有些事不要说你伍子胥，就连对我最忠心的伯嚭也做不到，勾践做到了！越国已经成了我的附属国了，长期无主也不是上策，容易发生动乱，万一有变，我还要派军队

镇压，多么麻烦！假使另立国君，谁能比得上勾践更忠心，更合适的呢？倒不如放勾践回家，使勾践感到我是以德报怨，使他更加感恩于我，我相信他决不会辜负我的。自从勾践回国十几年来，年年进贡，岁岁来朝，总是把越国最好的奉献于我，事实已经证明我的观点是对的，你的看法是错的。今朝你居然还说我是"纵虎归山"，真是固执偏见，老迈昏庸！可要与他争论？不必！与他争不明白，只当耳边风。

（白）：老相国，可有三不该？

伍子胥（白）：有，听了！

（唱）：勾践是卧薪尝胆心未死，击剑弯弓待时来。

更有那范蠡文种知谋略，包藏祸心设机关；

矛头直指姑苏台。

眼见得越国强盛真可虑，钱塘不日起波澜。

这是你养虎成患三不该！

吴　王（表）：这老头子实在老糊涂了，越国强盛一点有什么不好？让各国诸侯看看，越国虽然强盛还是我的属国，对我服服帖帖，周边的一些小国家不敢不听命于我，我才能称霸一方。你根本不懂我的战略意图，懒得理你。不过，今朝你当着文武大臣的面指责我横也不是，竖也不该，实在是倚老卖老，你可曾顾及我一国之君的面子？心里有点光火，不过话又说回来，祖父的江山也是他打下来的，算了！"一二不过三"，已经三不该了，好刹车了！牢骚发完了，吃力吗？好回去休息了。

（白）：伍相国的这一番慷慨陈词，寡人已听过不知多少遍了，相国毕竟老了！军国大事寡人自有主张，请相国莫再絮絮叨叨，回府颐养天年去吧！

（表）：你这个人太不符合潮流了，今朝我还是给你面子，不要惹我生气，趁早去睡觉养精神。

伍子胥（表）：真是忠言逆耳！我回去做啥？等死？等越国打进来？你夫差从前不是这样的，对我是言听计从，自从西施来到吴国之后，你逐渐变了，变得远君子，近小人，听不得半点不同意见，判若两人，这个祸根就是西施。

（白）：呀！大王，老臣还有话讲。

吴　王（表）：还要讲？吴王心里火，不耐烦了，面孔一板。

（白）：休要多言，速速下殿去吧！

伍子胥（唱）：大王！最可恨越王定下美人计，进献西施入宫闱，

果然狐媚能惑主，你是豪气全消壮志衰。

大兴土木劳民力，姑苏台上醉绿醅。

你只见西施笑，不知百姓悲；怨声载道人心寒。

想当初纣王无道宠妲己，只落得自焚丧生在鹿台。

醉生梦死浑不觉，这是你好色贪淫四不该！

吴　王（表）：喔唷——气呀！你居然当着这么多文武大臣的面，指责
我好色贪淫！好色——倒也罢了，我承认，好色人同此心，所
谓"爱美之心人皆有之"，不好色，除非你有病！说我贪淫，你
太过分了！我贵为一国之君，就只宠幸西施一人，并没有广纳
嫔妃，爱情多么专一。怎么算得上贪淫？自从西施到了吴国之
后，你一直对我说西施是越国的奸细，是勾践用的美人计，你
不想一想，西施是人见人爱，越王勾践能够这样把一位天下第
一美女进献给我，说明勾践对我是一片忠心，换了你肯吗？

（唱）：我是继承大统十数载，东南称霸独扬威。

上天怜我身心乏，幸得仙姬降尘寰。

两情相悦如胶漆，朝欢暮乐倚朱栏；

我是不枉人间走一回。

世间若有真情在，舍其西施更有谁？

伍员是却把西施当仇敌，心存偏见乱疑猜；

还要当庭羞辱没遮拦。

是可忍？再忍难，火上心头怒满怀。

伯　嚭（表）：旁边伯嚭一看，机会来了，有"错头"可扳。

（白）：伍相国此言差矣！想那纣王荒淫无道，乃是一个亡国之君，妲
己乃是狐精转世的亡国祸水，你把神武英明的大王与西施娘娘
比作纣王与妲己居心何在？难道我们强大的吴国竟然会亡在大

王手中不成？真是荒谬之极也！

吴　王（表）：本来心里的火窜上窜下，给伯嚭一挑，夫差火冒八丈！

　　　（白）：大胆伍子胥，竟敢口出狂言，辱骂孤王好色贪淫。好色者，人同此心也。至于寡人只有宠幸西施一人，何谓贪淫呀，哪里比得上你伍子胥！当年荡平楚国之时，你作为主将，竟然霸占了楚国王公大臣的妻妾，还纵容部下将士全城淫掠，坏了我吴国的名声，你才是好色贪淫的老匹夫！

伍子胥（表）：喔唷！伍子胥一只紫槠色面孔气得"夹廖势白"。可有此事？有！想当年伍子胥是楚国一员大将，由于楚平王荒淫无道，杀了伍子胥的父、兄满门三百余口，伍子胥只身逃到吴国，投靠夫差的祖父——姬光（登上王位后成为"阖闾"）：辅佐姬光登上王位。然后吴王阖闾命伍子胥为主将，伯嚭为副将，孙武为军师分兵三路进攻楚国，伍子胥报仇心切，孙武子用兵如神，路上势如破竹，直打到楚国都城。当时楚平王已死，其子楚昭王逃亡国外，一时之间又找不到楚平王的坟墓，伍子胥大仇未报，一口气没有出处。这时伯嚭捉来了几个楚国王公的妻妾，送到伍子胥处，说："伍将军你大仇未报，心气难平，不如羞辱这些王公的妻妾，以消心头之恨……"千不该，万不该听信伯嚭之言，一口气竟出在这些女人身上，作为主将如此行为，不得了！所有将士在全城奸淫掳掠，再也约束不住。伍子胥懊悔也来不及了，后来伍子胥又挖掘到了楚平王坟墓，将楚平王鞭尸三百，算是报了仇了。原来楚国的百姓对伍子胥的遭遇十分同情，所以逃出楚国时一路上得到很多人的帮助，但是从此以后，楚国人对伍子胥恨之入骨。这是伍子胥饮恨终身的一大污点。现在吴王当众来揭伍子胥疮疤，还骂他是"好色贪淫的老匹夫"，伍子胥赛过心头被人猛刺一刀，又气又急，又痛又恨，头发胡子根根翘起，浑身发抖，伍子胥武将出身，性情刚烈，脾气暴躁，气得话都说不出。

　　　（白）：你……

吴　王（表）：你点啥？我骂你一句你已经受不了，你方才说了几个不该。

（白）：伍子胥，寡人还有多少个不该，你一并讲来，讲完之后，你回到家中养老去吧，寡人再也不想见你了！

伍子胥（白）：你……你还有什么不该？我倒有一个大不该！

吴　王（表）：老头子在下台阶了，不说我有什么五不该了，六不该了，而承认自己有一个大不该，而且大不该！倒要听听。

吴　王（白）：你有什么大不该呢？

伍子胥（表）：当年先王阖闾立了一位太子——就是夫差的父亲，英年早亡，而阖闾老了，想在太子的弟兄当中挑选一位新太子，接班人的名单中没有你，你急了！

（唱）：只为太子亡故早，先王是王储未定左右难。
　　　你是夜半登门相求我，要我陈说先王荐英才。

（表）：你知道先王对我十分信赖，所以夜半登门求我帮忙，我看你那时英气勃勃，年轻有为，故而力劝先王把你立为太孙，作为王位的继承人。后来先王临终时又将你托付于我——

（唱）：临终托付犹在耳，我是知遇之恩铭记在胸怀，
　　　一心报国扬君威。
　　　谁知你功未就，志已衰；重美色，轻江山；
　　　家国仇，全丢开；千秋业，毁一旦。
　　　倘然越国兴兵来，难免姑苏灭顶灾。
　　　千不该，万不该，把你这昏君扶上台；
　　　这就是我伍员的大不该！

众（表）：伍子胥这番话，赛过响起一声霹雳，殿上文武大臣全都吓呆了！原来这个王位本来不是夫差的，而是夫差半夜三更去求得来的。——这对于夫差来说是极其犯忌的隐私。你伍子胥竟在大庭广众抖出来，夫差如何容忍呢？大家将头别过来，对吴王一望，只见吴王双眉倒竖，怒目圆睁，一只面孔红里泛白，白里泛青，青里泛紫……不得了，五彩颜色！看来今朝要出大事件了。

吴　王（表）：吴王恨得咬牙切齿，将手按在属镂剑的剑柄上，想拔出来一剑劈了这个老贼，但是觉得有点心虚手软拔不出来。这件事可

有？有的！而且伍子胥并未讲全。当时我求他之时，还许了不少愿，说事成之后，我一定当你像我的父亲一样，我还可以分一半江山给你……想不到你这老贼竟然当众把这个底揭出来，好比当众打我一记耳光。要是传到诸侯各国去，我岂不威信扫地！我假使抵赖没有这回事，你伍子胥造谣中伤，一则大家都明白伍子胥不是这种人；二则我自己也口软，说不出口……

伯 嚭（表）：你说不出，我来！伯嚭知道吴王已动了杀心，我只要火上再浇点油，伍子胥死定了。

（白）：大胆的伍子胥！你竟敢在殿上造谣惑众，污蔑大王，难道大王的宝座是你恩赐的么？出此不忠不义，无君无父之狂言，你居心太险恶了！

启禀大王，伍子胥貌似忠诚，内藏祸心，想那齐邦乃是我吴国的敌国也，伍子胥竟将其子伍封寄养于齐国，居心叵测，故而他一再反对大王伐齐，分明他已勾结齐国，里应外合，一旦时机成熟就会谋王篡位。

（表）：所以说这伯嚭极其恶毒，他说伍子胥将独子伍封寄养于齐国可有其事？有其事！但伍子胥的本意并非如此。伍子胥一家满门三百余口被楚平王杀得干干净净，伍子胥只身逃到吴国后，老年得子，就是伍封。因为伍子胥眼睁睁看着夫差一意孤行，如此下去越国早晚要灭了吴国，他是越国的眼中钉，肉中刺，越国一旦灭了吴，也必然灭他满门，为了伍氏门中一脉香烟，所以将独子伍封送到齐国寄养，保全伍门血脉。自己无后顾之忧，可与越国以死相拼，报答先王的知遇之恩。其实这也是伍子胥拼死报国的一片忠心。现在伯嚭却拿这件事来攻击，诬陷伍子胥，无中生有还可以一辩，而歪曲事实，真叫人有口难辩！这是最恶毒的！

（白）：今日他竟然咆哮朝廷，目无君王，他的狼子野心昭然若揭了！请大王当机立断！

吴 王（表）：呀！想不到伍子胥还有这一手，原来你与齐国相勾结，怪不得拼命反对我伐齐，这样一来，杀你我师出有名。

（白）：咄！大胆的老匹夫！你竟敢私通齐邦，阴谋暗算寡人，原来你是个大奸似忠的老贼，寡人岂能容你祸害吴国——

（表）：说完，呛——属镂剑出鞘，所以说这口属镂剑不能轻易出鞘，一旦出鞘，必须是见血才能入鞘，否则对佩剑的主人不利。

（白）：王孙雄何在？

王　孙（白）：末将在！

吴　王（白）：你将此剑捧下殿去，命伍子胥自裁！

王　孙（表）：王孙雄是伍子胥一手培养起来的大将，情同师生。但王孙雄对吴王也是忠心耿耿，现在君命难违，只得手捧宝剑，一步一步走到伍子胥面前，含着眼泪将宝剑高举过头。

（白）：末将奉大王之命，请伍相国自裁！

伍子胥（表）：伍子胥接过属镂剑，一声狂笑——

（白）：呀！哈……

王　孙（表）：王孙雄双膝跪下，眼泪夺眶而出，泣不成声。

伍子胥（白）：王孙将军请起，老夫死前有几句话儿要嘱咐于你。

王　孙（白）：是！请老相国吩咐！

伍子胥（白）：众位将军，列位大夫。俺伍员蒙先王知遇之恩，招天下敢死之士，访专诸而刺王僚，使要离而杀庆忌。得以王位永固，社稷再造。先王不嫌伍员之鄙微，命作主将；赏识孙武之韬略，任为军师。东荡西讨，南征北战，扫楚邦，平越国，伏四夷，争霸业，气吞山河，威震诸侯。那时节吴国是何等的强盛！何等的辉煌！可叹那昏王夫差，忘却先祖之深仇，不顾越国之险恶；迷恋西施之美色；宠信伯嚭之奸佞。认敌为友，与虎谋皮，殊不知吴国的大好河山危在旦夕矣！我今一死，死不足惜，只恨那勾践阴谋得逞。姑苏城下，生灵涂炭，宗庙社稷，毁于一旦。那时节，夫差呀！夫差！你悔之晚矣！可叹呐！可恨王孙将军，我死之后，越国必然兴兵伐吴，我今将我项上的首级交付于你，你要将它高悬于东门之上，让老夫眼睁睁看那越军杀进姑苏城来！

（表）：说完，伍子胥把头上的冠去掉，一只手抓住满头白发，一只手执剑自刎。

正是：浩气长存贯日月，忠魂千古恨难消。

请听下档。

第四回　姑 苏 台

（表）：越王勾践卧薪尝胆，经过十年生聚，国力强盛，现在伍子胥已
　　　　死，就突然发动袭击，一举打败了吴国，把吴王夫差围困在灵
　　　　岩山姑苏台上，要迫使吴王投降，以报当年之仇。

　　　　越王勾践想，我也要让夫差尝尝当年我所经历过的各种羞辱，
　　　　使他生不如死，方消我心头之恨，然后再将他处死，灭他的宗
　　　　族，斩草除根，我决不会像夫差那样心慈手软，犯同样的错误。

　　　　灵岩山面临太湖，山色葱茏，景色秀丽，山上的姑苏台是吴王
　　　　的行宫，亭台楼阁，奇花异草，极尽豪华，但是吴王无论如何
　　　　想不到这一座专门为美人西施修建的宫殿，将成为自己的葬身
　　　　之地。

　　　　吴王的心腹大将王孙雄，带领三千将士守在姑苏台上，负隅顽
　　　　抗，准备以死相拼。

　　　　吴王夫差身穿戎装，腰悬"属镂"宝剑，与美人西施坐在馆娃
　　　　宫里，神情沮丧。夫差心里明白：死，离自己不过一步之遥，
　　　　想到吴国江山竟然断送在我的手里，真是愧恨交加，我最不放
　　　　心的还是爱妃西施。我死之后，你怎么办？

　　　　不过我觉得她的神情不大对，虽然她面有愁容，但既不惊慌，
　　　　也不悲戚，显得非常镇静……奇怪！夫差想起十几年来的种种
　　　　情形，心里起了疑惑。不妨问问她——

夫　差（白）：啊！爱妃。

西　施（白）：大王。

夫　差（白）：越军围困姑苏台，寡人危在旦夕，有几句心腹话儿，与爱妃
　　　　　　　诉说。

西　施（白）：大王请讲。

夫　差（表）：自从你来到吴国之后，一直有人在我面前说你是越国的奸细，尤其是相国伍子胥，把你当作不共戴天的仇敌。仗着他是出将入相的大功臣，倚老卖老，甚至手指到我鼻子上，骂我中了越国的奸计，是一个荒淫无道的昏君……

我一怒之下，赐他自尽，伍子胥就死在我这口属镂剑下。从眼前的事实来看，伍相国是对的，我是中计了。越王用计你西施未必知情，这十几年来，我对你是一片真心，我希望你也不是假情假意，只要有你这句话，我死了口眼也闭了。

　　　　（白）：事到如今，爱妃实说何妨？

西　施（表）：西施得知越国军队已杀到了灵岩山下，真是又喜又忧。喜的是越国胜利了，复仇的计划已大功告成，我亦完成了使命，所以有一种成功的喜悦，而且我可以回到旧情人范蠡的身边，感到无比兴奋。但是同时将看到吴国遭受灭顶之灾，与我朝夕相处、形影相随十几年的吴王夫差，将落得极其悲惨的下场，心里亦有一种说不出的难过，人非草木，焉能无情？觉得自己有点对不起他——西施现在的心情是十分矛盾，极其复杂的。现在你问我，我假使实言相告，只怕你承受不了，要是我再骗你，觉得于心不忍，真是左右为难犹豫不决。

　　　　（白）：这个么……

王　孙（表）：正在此时，王孙雄急匆匆从外面进来。

　　　　（白）：启奏大王，越国大夫范蠡求见。

夫　差（白）：啊！他来则甚？

王　孙（白）：他说奉了越王之命，只身上山面见大王，有事要相商。

夫　差（表）：喔唷！这范蠡竟敢在这时候，单身上山，胆子太大了！提起范蠡，夫差又气又恨，当初他与越王勾践夫妇作为俘虏，来到吴国作苦役，我发现他年少英俊，有才有识，十分器重他，几次想重用他为我吴国效力，他就是不肯，情愿陪了勾践夫妇一起养马，虽然我感到很失望，但是更加敬重他的品质，真是威武不能屈，贫贱不能移，有志气！我不顾伍子胥的反对，释放他与勾践一起回转越国。要说上当，我第个就是上你范蠡的当，吴国一半就亡在你的手里，你现在竟敢单身上山，欺我势穷力竭不敢碰你么？蛮好，我叫你来得去不得！王孙将军，吩咐两厢排列刀阵，传范蠡见孤。

王 孙（白）：遵命！

西 施（表）：西施心里急呀！范蠡你来做啥？实在想不通为啥此时越王会派他上山来，看来凶多吉少。

王 孙（表）：王孙雄安排停当，高喊一声——

（白）：大王有旨，传范蠡进见！

范 蠡（表）：范蠡奉越王勾践之命，上山敦促吴王夫差投降。范蠡心里明白，这是越王一石两鸟之计。假使夫差被我说服，不战而降，束手就缚，勾践就可以达到他报仇雪恨的目的；假使夫差拒不投降，我必定性命难保。因为现在夫差对我是恨之入骨，不会轻易放过我。这分明是勾践借刀杀人之计。

表面看起来，勾践最重用的是我和文种两人，实际上他心里最犯忌的也是我和文种。文种看不透越王的心计，而我早就察觉了。我所做的一切是为了越国，而不是为了勾践一人，我本来打算功成之后立刻隐退，现在看来我等不到这一天。不过上山有可能见到心上人西施一面，亦算是临死前一个安慰吧！

范蠡昂首阔步来到宫门前，只见两厢排列刀阵，杀气腾腾！范蠡淡淡一笑，穿过刀阵，来到殿前，朝里一望，只见吴王夫差坐在中间，手搭剑柄，虎视眈眈，晓得他对我是恨之入骨了，在朝旁边一望，呆脱了！叫啥吴王身边坐的一位正是我朝思暮想的心上人西施呀！虽然十几年未见，西施依旧风姿绰约，光彩照人。尽管她面带愁容，却显得格外妩媚。想不到此时此地能再见到西施一面，我虽死无憾了……

（唱）：十载梦中觅也难，一朝相见在姑苏台。

相思之苦难倾诉，万语千言尽在怀。

他是情不自禁频注目……

西 施（唱）：旁侧西施心不安。

吴国存亡危旦夕，为何他此时只身上山来？

心中忐忑暗疑猜。

倘然吴王冲冠怒……

夫　差（唱）：我定教他来时容易去时难。

他是逞胆大，敢妄为，欺我势穷力又单。

纵然他舌如利刃何足虑，且听他口若悬河说一番。

范　蠡（唱）：我必须收敛心神无形迹，晓以利害从容谈。

范　蠡（白）：吴王，越国使臣范蠡有礼了！

夫　差（表）：夫差看到范蠡，眼里要喷出火来，恨不得上前一剑劈死他。

（白）：范蠡，你还有脸面来见寡人？

范　蠡（白）：吴王何出此言？范蠡并不明白。

夫　差（表）：当初你在吴国我待你不薄，那时伍子胥说，范蠡是个难得的人才，若不肯为我所用，就应该杀了，以除后患。我不听伍子胥的忠言，认为是他妒贤嫉能，反而放你回国，却不料你利用我对你的信任，使勾践阴谋得逞——

（白）：亡我吴国，尔是罪魁祸首！

范　蠡（白）：吴王此言差矣！岂不闻两国交锋，各为其主也！

（表）：我是越国人，国家兴亡，匹夫有责，何况越王对我有知遇之恩，所谓"士为知己者死"！只怪你自己宠信奸佞伯嚭，枉杀忠良伍子胥，致使众叛亲离，天怒人怨——

（白）：吴国不亡，更待何时！

夫　差（表）：喔唷……吴王气呀！你句句话儿都戳在我的伤疤上！不过平心而论。范蠡没有说错，只能怪自己糊涂，中计上当。

（白）：范蠡，此番勾践命你上山，又使的什么诡计？

范　蠡（表）：计倒是有一条计，不过勾践这条计不是用你头上，而是用我身上。

（白）：吴王明鉴，如今十万大军已将姑苏台围得水泄不通，吴王万难侥幸了。我家大王好生之德，命范蠡上山劝说吴王及早归降，一，免使生灵涂炭；二，乃是保全吴王之意，我家大王有言，只要吴王此时归降，便划一封地让吴王安享荣华，以度余生……

吴　王（白）：哈……！这勾践忒小觑寡人了！

（表）：我决不像勾践那样贪生怕死，为了苟延残喘而卑躬屈膝，况且勾践为人阴险狡诈，毫无信义。

（白）：孤王宁为玉碎，不为瓦全！

范　蠡（白）：吴王如执意不降，我军大举攻山必定玉石俱焚，不仅你吴王的性命难保，宗族灭绝，可怜这数千名将士也要死于非命，无一幸免，你吴王忍心么？

王　孙（表）：王孙雄在旁边听得火冒八丈，再也忍不住了。

（白）：呸！大胆范蠡，休得猖狂，竟敢在大王驾前离间我吴国君臣。启禀大王，末将王孙雄与三千军士愿为吴国捐躯，宁死不降！

夫　差（表）：好！倷苏州人说话"糯笃笃"，也蛮有骨气的！

范　蠡（白）：吴王不听范蠡之劝，将来后悔莫及！

夫　差（表）：就是因为我以前听了你的话，所以懊悔到现在，夫差越想越火。"咣——"拔出属镂剑——

（白）：大胆范蠡，上得山来一派狂言，难道就不怕死在孤王的属镂剑下？

范　蠡（白）：哈……！看来你吴王的这口属镂宝剑是专杀忠臣的？

夫　差（白）：此话怎讲？

范　蠡（白）：在这柄属镂剑下已死了一个吴国的忠臣——伍子胥，现在越国的忠臣范蠡又要死在这口剑下，岂不是专杀忠臣的么？

夫　差（白）：这个……

范　蠡（白）：吴王岂不知两国相争，不斩来使？

（表）：我是越国的使者，你杀我，是公然践踏国际公法！懂吗？

夫　差（白）：哼！孤王取你的首级，向勾践示威！

（表）：说完，立起身来，走到范蠡面前，举剑要刺——

范　蠡（表）：范蠡想今朝难逃一死了，眼睛一闭，引颈就戮。

西　施（表）：西施一看，情况危急，顾不得一切，立起身来，高喊一声——

（白）：大王，且慢动手，臣妾有话要讲……

夫　差（白）：啊？！

范　蠡（表）：范蠡亦一呆，临死之前能见你一面，对我是个安慰，不过你这样是有危险的，对西施望望，你千万不能求情。

西　施（白）：大王，杀了范大夫，又中了越王之计也！

夫　差（表）：响勿落，哪能我又中计了？

　　　　（白）：什么计呀？

西　施（表）：你想，此时此刻越王为什么要派范蠡只身上山，明摆着是叫他
　　　　　　　来送死！看来越王认为大功告成了，要杀功臣了！
　　　　　　　他自己动手，怕被老百姓骂，所以派他来劝降，越王料到你必
　　　　　　　定要杀他，这恶名让你去背⋯⋯

　　　　（白）：这叫借刀杀人之计呀！

夫　差（表）：啊！对！西施讲得有道理。夫差想我死也快死了，不要再中勾
　　　　　　　践的计，勾践料我必杀范蠡，我偏偏不杀，不中你的计！所以
　　　　　　　说夫差耳朵根很软。
　　　　　　　夫差把宝剑收回入鞘，对范蠡望望，还是让勾践自己杀你，他
　　　　　　　杀你比我杀你，恐怕你更加痛苦！

　　　　（白）：哈哈，爱妃说得有道理。范蠡，你一世聪明还不及孤的爱妃，
　　　　　　　看来勾践对尔产生猜忌，岂不知"飞鸟尽，良弓藏；狡兔死，
　　　　　　　走狗烹"。只要寡人一死，尔也活不了几天，寡人今日不杀尔，
　　　　　　　但将来必是死在尔忠心扶持的越王勾践的剑下，下山去吧！

　　　　（表）：夫差袍袖一挥，吩咐王孙雄送范蠡下山。

范　蠡（表）：范蠡心里又是感激，又是佩服，西施真是一个聪明绝顶的奇女
　　　　　　　子，越王的用心竟被她一眼看透。

　　　　（白）：谢吴王不杀之恩！

　　　　（表）：回转身来，对西施躬身一礼。

　　　　（白）：多谢⋯⋯西施娘娘指点迷津。

　　　　（表）：当初在若耶溪畔我与你西施定情之时，约定将来大功告成之后，
　　　　　　　我与你一叶扁舟，退隐江湖，对西施望望，记得吗？

西　施（表）：刻骨铭心怎么不记得，对范蠡望望，你真要当心越王下辣手！

范　蠡（表）：你放心，吴王不杀我，越王一时还杀不了我，我早就作好准备，
　　　　　　　逃走的路线也已经看好了——灵岩山下有一条箭河，直通太湖，
　　　　　　　待等姑苏台被攻破，我马上与你逃之夭夭。这两个人的眼睛会

讲闲话，彼此心领神会。

是非之地不能久留，范蠡转身扬长而去。

范蠡回到山下向越王勾践复命，勾践看到夫差不杀范蠡，让他安全回来，心中更觉不安，范蠡真是深不可测，此人活在世上将来对我威胁太大了。但是目前先要解决夫差，然后再收拾范蠡、文种二人。所以勾践下令大军即刻攻山，务必生擒活捉夫差。范蠡回到自己的营帐，立刻有心腹将士向他报告了两个绝密的情报：原来勾践早已看中了西施的美貌，要想占为己有，所以暗地派了一支队伍在攻山之时，专门负责搜索西施，一旦寻获，立即送到他的营帐中去；另外越王夫人早已料到勾践会转西施的念头，一旦西施受到勾践的宠幸，她夫人的地位就岌岌可危了，所以也悄悄地派出了一支队伍搜索西施，要抢在越王之前抓住西施，然后将西施沉江而死，也让勾践死心。范蠡闻报长叹一声，曾经有高人对我说过：勾践生得长颈鸟喙，可共患难，不可共富贵……但万万想不到这对夫妻竟是如此心狠手辣。此时不走，待等何时？好在我早有准备，范蠡乘越军大举攻山之时，带了一名心腹将士悄悄从营中溜出，到灵岩后山找寻西施下落。

夫　差（表）：此时夫差只见这两人眉来眼去，尤其在西施的眼神里还流露出含情脉脉，觉得奇怪！现在又见西施目送范蠡出去，人都看不见，还在朝外面望。夫差突然感到心里有一股酸溜溜的味道。这是什么味道？吃醋！倒说吴王不懂的，作为一国之君，从来没有碰到过吃醋机会。

　　　　（白）：爱妃……爱妃……啊！爱妃！

西　施（白）：……嗯！……大王！

　　　　（表）：啊呀！我走神了，夫差连叫几声我未觉得，要紧答应声，但是念头像风车一样在转，所以显得有点神不守舍。

夫　差（表）：见西施神色，夫差心里更加疑惑，一定要问问清楚。

　　　　（白）：爱妃见范蠡下山，为何神情恍惚？莫非有甚隐情？而今危急，望爱妃不要瞒孤了。

西　施（表）：对！到了这个地步，我不能再骗你了，至于你知道真情之后，
　　　　　　　会产生怎样后果？也顾不到了，听天由命吧！

　　　（白）：大王事到如今，容妾身实言相告。

夫　差（表）：我希望听到你的真话。

　　　（白）：请讲——

西　施（唱）：我自幼生长在苎萝村，若耶溪畔一蓬门。
　　　　　　　只为当年吴越争霸业，两国交锋战乱生。
　　　　　　　我父亲应召往疆场去，与吴军厮杀在太湖滨；
　　　　　　　血战椒山一命倾。

夫　差（白）：哦！你父是在椒山一战阵亡的？

西　施（白）：正是——

夫　差（表）：椒山一战我记得清清楚楚。十几年前我祖父先王阖闾在与越国
　　　　　　　交战中，中箭重伤身亡，我继承王位，要为先祖报仇。
　　　　　　　但此时是越强吴弱，难以抗衡，所以我决心秣马厉兵，养精蓄
　　　　　　　锐，等待时机，我晓得自己的毛病，就是贪图安逸，生怕淡忘
　　　　　　　先祖之仇，所以关照守夜军士，天天夜里提醒自己："夫差！你
　　　　　　　忘了勾践的杀尔祖父之仇了吗？"我每次听到总是一凛，高声
　　　　　　　回答："夫差，不敢忘！"
　　　　　　　三年之后，吴国国力强盛，我命令伍子胥带领大军进攻越国，
　　　　　　　就在太湖之中的椒山，与越军展开决战，伍子胥果然用兵如神，
　　　　　　　这一仗打得越国全军覆没，越王勾践穷途末路，只能屈膝投降，
　　　　　　　勾践成了我的俘虏……

　　　（白）：你的父亲是死在吴军的刀下，你可知孤的祖父是死在越军的箭
　　　　　　　下的？……

西　施（表）：这事是我到吴国之后才听说的。
　　　　　　　后来越王勾践被你释放回国后，卧薪尝胆要复国报仇。与大夫
　　　　　　　文种、范蠡定计七条，其中核心一条就是美人计，因为只有用
　　　　　　　美人计来迷惑你的心志，消磨你的斗志，使你沉沦于酒色之中，
　　　　　　　其他计策才能实施，才能成功。

（唱）：越王复国思良策，定计攻心用美人。

　　　　访遍山川求不得……

（表）：有一日，我在若耶溪畔浣纱，正好范蠡经过此地——

（唱）：我在溪畔浣纱识范君。

　　　　我与他一见倾心言投合，两情相悦订山盟。

（表）：不知如何被越王知道了——

（唱）：不料越王相召宫中去，晓以大义话叮咛。

　　　　要我莫忘家国恨，不能恋私情，深入吴宫作妃嫔。

　　　　要迷其志，乱其心，耗其财，劳其民，

　　　　黑白应颠倒，混淆浊与清，使有道君变作无道君。

（白）：妾身到了吴国之后——

（唱）：君王一见心欢悦，宠绝吴宫第一人。

　　　　你是贪图声色思安乐，朝中大事不关心。

　　　　十年来君王锐气尽消磨，不问邻邦夜点兵；

　　　　只落得兵败姑苏困危城。

　　　　想我西施呵！

　　　　国仇家恨难忘却，使命在肩重千钧；西施不敢有真心。

（表）：但是我毕竟是一个女儿家，你对我的深情厚意，我怎么会没有
　　　　感觉呢？

（唱）：十载相亲如胶漆，人非草木也动情。

　　　　心愧疚，暗伤神，辜负君王十载恩。

（表）：现在我的使命已经完成了，贴在我面上十几年的假面具可以撕
　　　　去了，让你看到我的真面目——对越国来说，我是功臣；对吴
　　　　国来说，我是一个奸细；对你吴王来说，我又是一个虚情假意
　　　　的女子……

（白）：大王十余年来对西施恩深情重，西施不忍再欺骗大王，故以实
　　　　情相告，任凭大王处置，妾无怨无悔！

夫　差（表）：夫差听完，如同当头一桶冷水，顿时感到浑身冰冰凉，我希望
　　　　你告诉我实情，但不希望你告诉我这样的实情。西施啊西施！
　　　　你既然骗了我十几年，就索性骗到底！半吊子！你可知道，我

现在最怕的不是死，而是最怕听到你这番表白，比死也难过，残酷！

听到山下鼙鼓咚咚，杀声震天，晓得吴军开始进攻了，吴国的灭亡就在眼前了，现在夫差真是悔恨交加。

（唱）：闻言不觉痛伤心，万念俱灰自吞声。

想当年挥戈跃马英姿发，十万旌旗动地惊。

勾践成为阶下囚，平定越国霸业兴；壮志已酬返都城。

那勾践是虎狼意，蛇蝎心，忍辱负重算计深；

佯装笑脸假殷勤；我是蒙在鼓中不知情。

我么恋美色，厌朝政，远君子，近小人；

是非难辨别，忠奸不分明，枉杀忠良毁干城。

眼前若有伍相在，岂容勾践逞横行。

（表）：我若死在九泉之下，又何面目再见伍相国。对西施望望，杀伍子胥与你亦有关，我应该先杀了你，以祭伍相国亡灵。想到此处，"呛——"宝剑出鞘，夫差仗剑在手——

正在此时，只见王孙雄浑身是血，手执长矛奔进来。

王　孙（白）：启禀大王，我军将士已死伤殆尽，越兵已杀到宫门口了。

夫　差（表）：夫差心一横，怒目圆睁，举起属镂宝剑——

（白）：西施，你……你好！

西　施（白）：大……大王！……

（表）：西施眼睛一闭，准备死了！

夫　差（表）：夫差一见西施引颈就戮，凄楚欲绝的样子，呆了！美！实在美！夫差一口剑刺不下去。这样一位绝代佳人难道就死我的剑下？再想到这十几年来夫妻恩爱情深，这也并非是假的，西施方才也承认了我落得如此下场，怎能都怪她呢？千怪万怪只能怪我自己！

（白）：西施！念你十余年来对寡人尚有一片真情，寡人不忍杀你，也罢！你……你速速下山去吧！

西施（泣白）：大王！大王恩情，西施永世难忘！

（表）：西施一路哭出馆娃宫，直望后山去，她料定范蠡一定会在后山等她。

（杀声）

夫　差（表）：只听得山前杀声震天，夫差明白这是三千将士在拼死抵抗，估计支持不了多久，越军很快就会杀上山来，我决不当勾践俘虏，对手中的属镂剑看看，想不到我夫差竟然死在自己佩戴了十几年的防身宝剑上——这口属镂剑上一共死了三个大亨。第一个是伍子胥；第二个就是夫差自己；第三个是越国大夫文种。因为越王灭了吴国之后得到了这口属镂剑，等到吴国平定之后，越王勾践亲自到文种府上对文种说，文种你了不起！定计七条，只用三条计就灭去了吴国，你腹中尚有四条计，假使用来对付我，我也只能死给你看了！说完就把腰中的属镂剑取下，放在桌上说，你看着办吧！说完拂袖而去，文种此时懊悔不听范蠡之劝，认为勾践不至于如此绝情，现在懊悔来不及了，只得拔剑自刎。

（杀声）

夫　差（表）：杀声越来越近了，不能迟疑了！

　　　　（白）：王孙将军，寡人有负先王重托，而使宗庙灭绝，生灵涂炭，真是死不足惜！我死之后，你将布帛将我头上包扎三层，我去至地下，无颜再见伍相国，说完执剑自刎而亡。

　　　　（表）：吴国从此灭亡了。

　　范蠡与西施在后山可曾相遇呢？不知道！不过十年以后，有人在无锡太湖边上，看到范蠡与西施，这时范蠡已下海经商了，改名陶朱公⋯⋯

　　故事到此结束。

序曲　落雁歌

汉匈和好，敦睦邦交。

落雁处，西望长安万里遥。

昭君千秋在，和亲见识高。

留得个青冢犹存，青史名标。

第一回　长门怨

（表）：汉朝，是中国历史上很辉煌的一个朝代，但是从汉高祖刘邦建立汉朝以来，北方边境一直受到匈奴侵扰。匈奴是北方的一个游牧民族，善于骑射，十分强悍，连年侵犯汉朝的边境，边境的百姓苦不堪言。对汉朝的威胁很大，直到汉武帝时，派大将卫青、霍去病率大军征伐匈奴，杀得血流成河，尸横遍野，终于把匈奴驱赶到漠北，使匈奴再也无力大举进攻汉朝。但是由于汉武帝穷兵黩武几十年，汉朝也大伤元气，国库空虚，所以汉匈之间常年战争带来的结果是两败俱伤。双方都需要有一个相对安定的环境，可以休养生息的和平局面。

到了汉元帝时，匈奴内部分裂为南匈奴与北匈奴二大部落，南匈奴的单于叫呼韩邪，与汉朝比较友好，他在汉朝的支持下，共同出兵打败了北匈奴，统一了匈奴各部。所以呼韩邪单于亲自到汉朝京城长安，向大汉天子当面致谢，并请求和亲。

和亲——就是匈奴单于向大汉的公主求婚，与大汉天子结为姻亲。其实是通过和亲使两国保持相对安定的局面，是一种外交手段。

汉元帝非常高兴地接受了单于的请求，就关照王皇后亲自挑选了一位姿容姣好的宫女去匈奴和亲。

皇　后（表）：王皇后与当今皇帝——汉元帝是结发夫妻，今年三十多岁，才貌双全，雍容华贵，深得皇帝宠信，她完全明白皇帝为什么乐意接受和亲，和亲能够换得若干年的太平局面，何乐而不为呢？汉朝历史上曾有多次与匈奴和亲，所选的都是以宗室之女或宫女。因为真公主从小娇生惯养，怎么肯嫁到与牛羊为伍的沙漠苦寒之地？皇帝亦不舍得！而匈奴只求其名，不求其实，亦无所谓真假。双方都有点"缓兵之计"。所以以往和亲效果不大，过不了多时"丈人""女婿"又大打出手！但这次和亲不一样，呼韩邪单于是诚心修好，所以要慎重对待，汉元帝要皇后亲自挑选一位德才兼备的宫女，封为公主，远嫁匈奴。王皇后心里明白，这是一件苦差事，十有八九的宫女都不愿去受这份罪！心里不愿去硬要她去，即便去了，也不能搞好两国关系，弄得不好还适得其反。

　　王皇后还算是比较开明的，先发扬一下民主，凡是愿意去和亲的，自愿报名，再从中选择。不料一千多宫女中报名的只有五人。算算既封"公主"，又成为匈奴王的"太太"，为什么都不愿去呢？这五个人自愿和番，倒要见见。所以王皇后带了掖庭令孙安升座长乐宫，吩咐报名的五名宫女依次进见。王皇后先见了前面四位宫女，觉得其中一二人的容貌、举止都不错，作为"公主"亦算可以了，现在看到最后一名——

　　（白）：掖庭令，宣王嫱进见。

孙　安（白）：喏！

　　（表）：掖庭令是后宫的总管，名叫孙安，上任不到半年，所以处事小心谨慎，尤其是皇后娘娘亲自理事，更加不敢怠慢。

　　（白）：皇后娘娘千岁有旨，宣王嫱进见呐！

昭　君（白）：王嫱领旨！

　　（表）：宫女王嫱听到宣，神态从容，款款而入。

（白）：宫女王嫱叩见皇后娘娘千岁！千千岁！

皇　后（表）：王皇后大吃一惊！无论如何想不到进来的竟是一位花容月貌、风姿绝代的女子。我出生出世没有见过，世上还有这样一位美貌的女人。你怎么是个宫女？说是仙女还差不多。我以为自己的容貌、举止算得是"极品"了，但与她一比，似乎还差三分——大凡女人看女人，往往是看高自己三分。现在王皇后自己承认差三分，可见王嫱的美丽实在太惊人了！不过王皇后觉得奇怪，后宫有这样一位绝代佳人，我与皇帝如何都不知呢？

（白）：你姓甚名谁？哪里人氏？

昭　君（白）：宫女姓王名嫱，字昭君，乃南郡秭归人氏。

皇　后（表）：秭归是个好地方，在长江边上，是大诗人屈原的故乡，人杰地灵。

古代人对名字是很讲究的，尤其是汉朝稍有点身份的人都是有名有字。比如诸葛亮，复姓诸葛，名亮，字孔明。又如赵云，姓赵名云，字子龙等。现代人不考究了，名字成为一个统称了。但是古代妇女受歧视的，往往只有姓，连"名"都没有，不要说是"字"了。而这个宫女居然是姓王名嫱，字昭君，由此可见她的出身与教养都相当良好。

（白）：何时选进宫来？

昭　君（白）：进宫已三年有余了。

皇　后（表）：三年多呀！啊呀！我怎么一次也未看见过？

（白）：你在何处供职？

昭　君（白）：王嫱是司库待诏。

（表）：司库待昭就是后宫仓库的保管员，皇后不可能亲自到仓库领物件，怪不得从未见过。记得三年前皇帝选美，全国送来秀女有一千多名，皇帝从中挑选了十多名作为嫔妃，怎么没有选中你呢？我男人的脾气我知道，漂亮的女人是绝对不会放过的，对此我还是比较理解的。因为他是皇帝嘛！三宫六院七十二妃是极其正常的。吃醋是自寻烦恼！而王嫱比选出来的十几个不知漂亮多少倍，怎么会被淘汰？奇怪！其中定有蹊跷。

（白）：看你容貌出众，当初圣上排选美人之时，你怎会落选？

昭　君（白）：这个……想必是王嫱姿质丑陋，难合圣意。

皇　后（表）：你太谦虚了！你难看全世界没有人好看了！看她吞吞吐吐，必有隐情。我耳闻后宫有一些营私舞弊现象，亦想整肃一番，但是抓不到把柄，无处下手。这件事我要查一查，究竟谁大胆敢欺瞒我与皇帝。

（白）：你因何落选，必有隐情，不需多虑，从实讲来！

昭　君（表）：三年来我所受的委屈没处可诉，既然今朝你问我，我可以一吐为快！

（白）：娘娘千岁容禀。

（唱）：居家巫峡大江边，生长群山万壑间。

几代清寒兼耕读，诗礼传家仰先贤。

忽有使臣降寒舍，口衔王命把赦旨宣；

要充实后宫选淑娴。

王嫱是拜别家乡离骨肉，只可怜双亲依杖泪涟涟。

（白）：民女抵达长安乎！

（唱）：原以为威赫天庭无私曲，却不料内宫叵测暗藏奸。

孙　安（表）：掖庭令孙安一吓！这个宫女胆子忒大了！意思说表面上看看皇宫是富丽堂皇，其实是一片黑暗。孙安心里明白，宫里腐败之事不要太多，不过是瞒上不瞒下，说穿不得，喝住她！

（白）：咄！大胆的王嫱口出狂言，诽谤后宫，该当何罪呀！

皇　后（表）：你做什么？吃饱了！王嫱这几句话是有点刺耳，不过肯定事出有因，我正好要查一查。你这样一来，不要吓得她不敢说下去……对王嫱一看，呀！只见王嫱神色自若，毫不惊慌，真是气度不凡。王皇后对她又增加了三分好感。

（白）：王嫱不用害怕，只管如实讲来！

昭　君（白）：是！

（表）：进宫以后第一件事，凡是待选的宫女都要让画师画一张容颜图，给皇帝挑选。这张图画的好坏，几乎就决定了一个人的命运。按说画师应该忠于职守认真，如实描画，不料这个宫廷画师，利用了他的职权，公然向待选的宫女大肆索贿。

（唱）：可恨画师少廉耻，贪婪无厌爱金钱。

他是只求财帛知多少，不论他人媸与妍；

随意描画呈御前。

多少贫寒似花女，向隅饮泣有谁怜。

王嫱不谐阿谀事，故而冷落后宫已三年。

（表）：我并不是一贫如洗，但我不愿巴结，奉承权势，所以将我分配在一个不与人接触的角落里。在凄凉与冷漠之中度过了三年多。

（唱）：今逢单于求亲事，两国交欢熄狼烟。

民女亦知忧国事，情愿和番不避路途艰。

心已决，望成全，和睦邻邦任在肩；

但愿太平盛世续千年。

皇　后（表）：王皇后暗暗佩服，她宁愿冷落后宫，亦不愿趋炎附势，现在听说和番，毅然请命，而且深知这次和番的意义深远。王皇后对王嫱又看重了三分。不过听王嫱这番话，深感内官腐败现象严重，我身为皇后责无旁贷，一定要借此整肃一番。这个画师十分可恶，是谁？

（白）：呀！昭君！

孙　安（表）：昭君二字出口，在场所有的人呆住了！古代人的称呼大有讲究。称"名"是不客气的，所谓"直呼其名"；而称"字"，则是表示尊重、接近。现在皇后娘娘对一个宫女称"字"，可以说是闻所未闻。由此可见王嫱在皇后心中的分量。从此以后，无人再敢直呼其名，全称呼"昭君"，连我们说书人，亦从此叫她"昭君"了！

皇　后（白）：这画师姓甚名谁？

昭　君（白）：乃是毛延寿。

皇　后（表）：毛延寿！我知道此人乃是画苑的领班，画技很高明，想不到是一个见利忘义之徒。

（白）：孙安！内廷竟有这样的弊端，你身为掖庭令，有失察之罪！

（表）：说你有失察之罪还是轻的，很可能你与毛延寿是相互勾结，否则王昭君怎会冷落三年之久。

孙　安（表）：孙安一旁听得冷汗一身了，事体弄大了！虽则我是皇后的心腹，
　　　　　　但此事有欺君之罪，要杀头的，赶紧推卸责任。

　　　　（白）：启奏娘娘千岁，奴婢担任掖庭令不过半年，这是前任所为，与
　　　　　　奴婢无干，奴婢是不知者不罪……

　　　　（表）：反正前任掖庭令已经生病死了，朝死人身上推。

皇　后（表）：你倒推个干净，我料你不会一无所知。虽然我相信你昭君是事
　　　　　　实，但毕竟是一面之词，要有根据。所以吩咐孙安到内府把当
　　　　　　年毛延寿所画的昭君像找出来，我要看一看，毛延寿是如何画
　　　　　　昭君的。

孙　安（表）：皇室档案管理制度是很健全的，很快孙安就把王昭君的画像取
　　　　　　来，呈给皇后观看。

皇　后（表）：皇后一看画像，气昏了！说不像，却有三分像。毛延寿把昭君
　　　　　　的容貌夸张丑化了，简直像一幅人物漫画。
　　　　　　特别触目的是在昭君的右眼角下点了一颗黑痣，使人望而生厌。
　　　　　　凭这幅画像，皇帝怎会看中，除非皇帝是"花痴"，毛延寿欺君
　　　　　　罔上，真是该死！
　　　　　　王皇后关照昭君到偏殿等候，又吩咐小太监到上林苑召毛延寿
　　　　　　见驾。

毛延寿（表）：毛延寿无论如何想不到三年前的事今朝"穿棚了"！到皇后娘
　　　　　　娘立召进宫，不知什么事？就向小太监打听打听！

　　　　（白）：公公，皇后娘娘召见，不知所为何事？

小太监（白）：这个……事关机密，我们做奴才的不便多说。不过，毛先生你
　　　　　　要小心了！

毛延寿（表）：啊呀！听口气，不是好事情！到底有点做贼心虚。

　　　　（白）：公公，你我不是外人，是有交情的，说说何妨？

小太监（白）：这个么…交情是私事，现在是公事，公私不能混淆，你说是不
　　　　　　是呀？毛先生！

毛延寿（表）：懂的。要点好处，袖里摸出一锭银子塞给小太监。

小太监（白）：这……这怎么说呢？唉！我这个人就是太重交情了，也顾不得

什么公呀！私呀！就"公私兼顾"吧！

（表）：如此这般，小太监就拿刚才发生的事告诉毛延寿。

（白）：皇后娘娘现在十分恼怒，毛先生你要小心回话呀！

（表）：鬼话想想好！对毛延寿望望，这一锭银子换这样一份重要的情报，可值？

毛延寿（表）：值的！要不然我糊里糊涂进宫，皇后问我，就要措手不及。但是现在证据已落在皇后手里，这鬼话怎么编法？

三年前皇帝选美，在全国范围内经过"海选"，进宫的美女有一千多名，皇帝不可能亲自一一挑选。那时没有拍照，只能请画师把一千多美女画好像，让皇帝挑选出若干名，这是初赛，然后再由皇帝亲自过目挑选，进入复赛。我虽是宫廷画师，俸禄不高，其实很清苦。难得有这样好差使，是发财的机会，我买通了当时掖庭令，向一千多名进入初赛的美女，大肆索贿。多的要一二百万，少的也要十廿万。这一笔横财发得着实可观，我与掖庭令五五分账。这一千人中唯独王昭君就是不买账，她要真是穷，也罢了！譬如"义务劳动"，但她并不穷，就是一毛不拔，还要一本正经教训我。我一气之下，就把她画得丑化了，但是毕竟是通过"海选"出来的美女，也不能画得太难看了。为了保险起见，我特地在画像的右眼角点上一颗黑痣。对皇帝说，这叫"白虎痣"，是"克夫"的。皇帝一吓，昭君就淘汰出局了，掖庭令就把王昭君安排在被人遗忘的角落里。三年多来，销声匿迹，想不到今朝终于暴露出来了，怎么办？所以一路走，一路在转念头……

小太监（白）：哎呀！毛先生你快点呀！娘娘千岁等着呢？

毛延寿（表）：鬼话还没编好，如何快得出？帮帮忙！方才已给你一锭银子了！

小太监（表）：喂！不要搞错，方才一对生意已经"银货两讫"了。现在又是一对生意了！去得迟了，皇后光火，我要吃"排头"的，再摸点出来好商量！

毛延寿（表）：没法！只好再拿出一锭银子给小太监。

（白）：请公公多多担待。

小太监（白）：毛先生见外了不是？谁跟谁呀？你就慢慢地走吧！

（表）：得人钱财，与人消灾。小太监就领了毛延寿在园子里兜圈子。

毛延寿（表）：毛延寿毕竟老奸巨猾，二个圈子兜下来，鬼话已经想好了，就跟了小太监进长乐宫见皇后。

（白）：凤驾娘娘千岁在上，小臣毛延寿叩见娘娘千岁！千千岁！

皇　后（白）：毛延寿，你可知罪否？

毛延寿（白）：小臣不知罪，不过皇后娘娘说小臣有罪，小臣一定是罪该万死了！

皇　后（表）：哼！你利用职权收受贿赂，瞒上欺下，把王昭君这样一位绝色佳人画得不堪入目，证据俱在，还想抵赖么？

王皇后将王昭君的画像丢在毛延寿面前。

（白）：你胆敢欺君罔上，罪不容诛！

毛延寿（白）：凤驾娘娘大发雷霆之怒，原来是为了王嫱之事。唉！小臣有难言之隐。

皇　后（白）：有何难言之隐？

毛延寿（白）：请娘娘千岁屏退左右，容小臣密奏。

皇　后（表）：密奏？我最讨厌的就是人面前不说，背后乱说。

（白）：堂堂帝后，无私秘之事，不需左右回避，你从实讲来！

毛延寿（表）：我是怕有些说出来，你要难堪。所以要求左右回避，你不肯，我也没法。

（白）：凤驾娘娘容禀！

（唱）：小臣今年五十七，上林苑中执画笔。

圣恩浩荡深似海，封我画苑为首席；

肝脑涂地不能报万一。

君王命我画美人，我怎敢懈怠不尽力

（表）：当时美女有一千多名，而其中最突出的就是王昭君。

（唱）：真是天上掉下个王昭君，疑似神仙世间绝。

她是读诗书，知礼节；弹琵琶，通音律；

六宫粉黛无人及，比你皇后娘娘……

小太监（表）：啊呀！旁边小太监一吓，这朋友说昏了，得罪皇后还当了得！

拿了他两锭银子，总要帮点忙，所以赶紧咳嗽一声——

毛延寿（唱）：还……还……差一滴滴！

她是今年十九岁，明年是二十，后年不过二十一……

小太监（表）：这朋友算术很好！至少相当于幼儿园大班水平。

什么意思？

毛延寿（表）：大有意思！其实毛延寿在暗示王皇后，王昭君进宫时十六岁，今年十九岁，再过二年也不过廿一岁，而你已经三十多岁，再过两年就近四十了。人老珠黄不值钱！

（唱）：她是青春年少谁能敌！

一旦昭君受宠婆，难免中宫有威胁；

不怕一万就怕万一。

（表）：这些年来，我深受你皇后的恩典，想报恩都没有机会。我既然看到王昭君对你存在着潜在的威胁，怎能袖手旁观，我要报恩呀！至于我自己的生死荣辱无所谓！

（唱）：我是故意描画三分丑，管她是优还是劣；

叫她冷落后宫难寻觅。

我是一片忠心为报恩，哪怕这项上的人头用刀斧劈！

（白）：小臣为了凤驾娘娘的千秋荣耀，一片苦心，唯天可表呀！

皇　后（表）：呀！这奴才一派鬼话！企图以此来搪塞我，讨好我，推卸罪责，实在可恶。不过，话要说回来，虽然是鬼话，却说得入情入理。这倒是提醒了我。

（唱）：闻言不觉暗思忖，那毛延寿语虽荒唐却有因。

王嫱是姿容绝世人人爱，君王一见必动心；

定然是宠冠后宫侍至尊。

虽则我贵为皇后人仰慕，有谁知宫闱争斗最无情。

君王是喜新厌旧平常事，我岂能不加防范掉轻心。

（表）：倘若王昭君一旦介入，使后宫形势更加复杂化，我又增加了一个强有力的竞争对手，我皇后宝座可能会受到动摇。假使我现在把王昭君继续打入冷宫，也不妥！因为这件事已被我捅破了，纸已经包不住火了！皇帝迟早会知道，怎么办？仔细一想，有了！方才王昭君自己再三表态愿意出塞和番，她确是个最合适的人选。

（唱）：她是深明大义姿容好，有志和番去远征；

数遍宫中第一人。

单于心欢悦，不忘天子恩，世代相安享太平；

何不两全其美遣昭君。

（表）：让昭君和番，远离宫廷，单于肯定是心满意足了。而皇帝面对这个既成事实，难以反悔！好比哑子吃黄连，有苦说不出。对！但我必须要处理好，让皇帝要怨，怨自己，或者怨毛延寿，怨不到我！对！

（白）：大胆的毛延寿竟敢一派胡言，蛊惑视听！真是罪大恶极！孙安！

孙　　安（白）：奴婢在！

皇　　后（白）：将毛延寿暂且押下看管，待奏明圣上再行治罪！

孙　　安（白）：喏！

毛延寿（表）：缠了半天，还是要治我罪呀？我方才一档篇子白唱呀？两个小太监上来将毛延寿绑了出去。

皇　　后（表）：皇后决定认王昭君为义女，封为公主，许配单于，出塞和番。王皇后是如何向皇帝交代的呢？请听下档！

第二回　建　章　宫

（表）：建章宫是汉朝皇帝在长安郊外修建的一座规模宏大、富丽堂皇的宫殿。今朝汉元帝与王皇后升座建章宫前殿，要会见匈奴单于呼韩邪。这是汉朝历史上一次重大的外交活动。接待规格十分隆重，现在文武大臣见驾已毕分班站立。

汉　　帝（念）：常忧边塞烽烟起，

皇　　后（念）：定策和番黎庶安。

汉　　帝（白）：呀！皇后！

皇　　后（白）：陛下！

汉　　帝（白）：和亲一事有劳皇后为朕分忧，辛苦你了。

皇　后（表）：你现在说我辛苦，表扬我。一会儿见到了王昭君，你不要怨我！好在我事先已向你交代清楚了。我与你说，在宫中选到一名宫女叫王昭君，相当美丽，而且举止大方，是和亲的合适人选，我已经认为义女，封为昭君公主了……你听后不介为意，因为你自认为宫里的"极品"早就给你一网打尽了，余下的不过是矮中取长罢了！无所谓了！我还说我已将昭君收为义女下嫁单于，你不要懊悔呀！你哈哈一笑，还以为我与你说笑话……将来要怨，就怨你自己吧！

　　　（白）：陛下，和亲事关国是，臣妾当得效力，何言辛苦二字？

汉　帝（白）：哈……真是一位贤明的皇后，呀！众位卿家，为和睦邻邦，休养生息，朕与皇后已接受匈奴单于求亲，今日就将公主下嫁单于为阏氏，出塞和番。

　　众（表）：关于与匈奴和亲之事，在朝廷上展开过一场激烈的争论，一部分大臣反对和亲，因为自汉朝建立以来，曾有过多次和亲，是一种非常屈辱的妥协，而且好景不长，过不多久，匈奴人又开始侵扰边境了，所以对付匈奴，只能像汉武帝那样，用武力征服……但是以丞相匡衡为首的一批大臣认为连年战争，不仅使边境百姓饱受战乱之苦，而且国库空虚，国家需要一个休养生息的和平环境，此番呼韩邪单于向汉朝求亲也是出于同样的愿望，所以他亲自到长安求亲，表明了他是相当有诚意的，这与以往和亲不可同日而语，汉元帝完全同意匡衡等人的看法，力排众议，决定接受单于求亲。平心而论，这个皇帝虽然风流好色，但还是比较爱惜百姓，厌恶战争。现在皇帝已经做了决定，反对派也不便多说了，所以一致附和——

　　　（白）：皇帝陛下英明决断，从此汉匈和好乃万民之幸也！

汉　帝（表）：汉元帝今年四十三岁，长得很清秀，但略带憔悴。好读书，满腹经纶，以儒家的仁义之道治理天下，现在说起来——政策比较宽松。虽然他比较好色，后宫妃嫔三千，忙亦忙不过来。但对王皇后却是十分宠信，此番和亲大计亦得到王皇后的支持，假充公主的宫女由皇后亲自挑选，皇帝很放心。今朝举行和亲庆典，规格十分隆重，特地派丞相匡衡，中书令石显，虎贲中郎将王龙三位大臣出建章宫三里迎接单于。皇帝自己与皇后盛装华服坐在殿上等候单于相见。

值　殿（白）：报！启奏陛下，匈奴大单于已到殿外候旨。

汉　帝（白）：传旨下去，匈奴大单于免行跪拜之礼！鼓乐相迎。

值　殿（白）：喏！

（表）：顿时殿上鼓乐齐鸣皇帝、皇后在众大臣的簇拥之下走到殿前相迎。

单　于（表）：匈奴大单于名叫呼韩邪，五十多岁年纪，身材魁梧，浓眉虎目，高鼻阔口，面孔黑苍苍，连鬓虬须，十分威武气概。今朝作为新女婿上门，特地换上一身崭新的、用紫貂制成的单于服饰，更显示了他的王者风范。单于把带来的三百名护卫铁骑安置在宫外，自己只带一名心腹大将左贤王，在丞相匡衡等陪同下走到殿前。

（白）：外臣呼韩邪见大汉皇帝陛下、皇后陛下！

汉　帝（白）：大单于驾临。朕与皇后有失远迎，还礼了！单于请进殿叙话。

（表）：到殿内，分宾主坐定。

（白）：单于雄才大略，一统匈奴，真是可喜可贺，但愿汉匈从此和睦相处，乃天下苍生之幸也！

单　于（白）：呼韩邪能统一匈奴各部，全仗大汉天子神威，鼎力相助，外臣感恩戴德，没齿难忘。外臣的阏氏亡故多年，欲请求大汉公主下嫁为阏氏，结为秦晋之好。外臣愿为大汉的女婿，为陛下守卫西北边陲，世代和好，此乃外臣所愿，唯天可表也！

汉　帝（表）：这女婿年纪比我丈人还大。啥叫"阏氏"？就是匈奴单于的"王后"。

（白）：单于一片诚意，朕与皇后深为感动，今由皇后亲选昭君公主许配单于为阏氏，就请皇后传旨与单于相见。

单　于（表）：对于汉朝内部的情况，单于亦有情报。但从未听说有一位昭君公主。想必是老规矩，不是宗室之女，就是一名宫女，和亲只是表达两国交好的诚意，只要人好就可以了，真假无所谓！

（白）：外臣叩谢二位陛下隆恩！

皇　后（白）：内侍！宣昭君公主上殿！

内　侍（白）：喏！圣驾有旨，宣昭君公主上殿呐！

　　　（韵白）：大殿上一声宣召，钟鼓齐鸣，鼓瑟吹箫；

　　　　　　　　琵琶妙拨，象板轻敲。

　　　　　　　　一对对宫娥苗条，高举羽扇，缓缓引道；

　　　　　　　　手执提炉，香烟缥缈。

　　　　　　　　刹时间祥云升腾，紫气缭绕；

　　　　　　　　却原来昭君公主驾到，霞光万道。

　　　　　　　　只见她莲步轻移，环佩轻摇；曳地长裙，翠髻紫绡。

　　　　　　　　说不尽芳姿绰约，百媚千娇；翩翩风度，优雅清高。

　　　　　　　　恰好似瑶台仙子来到了蓬莱岛；

　　　　　　　　月里嫦娥离却了九重霄。

　　　　　　　　任凭你铁铮铮汉子，也一见魂销。

昭　君（表）：昭君款款而入，盈盈下拜。

　　　（白）：儿臣昭君拜见父皇陛下万岁！母后陛下千岁！

众　（表）：在场所有的人——除了王皇后，都像是被雷劈过一样，惊呆了！

皇　后（表）：王皇后一看，出色！全场所有的人都像是泥塑木雕一般，不会动了！足足停顿了30秒钟，好像放录像当中"卡"片，"定格"了！王皇后亦气亦好笑。对皇帝望望，可以叫"平身"了！皇帝一点反应也没有了。只好我来。所以提高点声音——

　　　（白）：昭君，平身！

众　（表）：这一声，使得所有的人如梦方醒，都觉得自己失态了。赶紧收敛心神，调整姿势。但忍不住眼梢歪过来偷看昭君。

汉　帝（表）：皇帝回过神来，透了一口气，对皇后望望，这就是昭君呀？

皇　后（表）：是的。

汉　帝（表）：昭君竟是这样一位天仙化人，你怎么不告诉我呢？

皇　后（表）：咦！我不是与你说过的，她是相当漂亮，你自己不在意！

汉　帝（表）：对！你只是轻描淡写地说"相当漂亮"，给我的感觉一般而已，你假使说"相——当——漂——亮"！我就会引起重视。同样一句话，语气轻重是大有讲究的。啊呀！我上当了！

（唱）：一见昭君发了呆，魂灵儿飞去九天外。

我原以为宫中多少如花女，月貌花容也一般；

谁料想竟是天仙降尘寰。

那昭君是只应天上有，人间觅也难；

我怎能够送她千里去和番。

愿得佳人共枕席，不枉世间走一回；

我怎舍得送她千里去和番。

天赐姻缘求不得，舍我君王更有谁？

我决不能送她千里去和番。

（表）：这全世界少有的美人，当然只有我皇帝才能消受。倒是现在我已经当了单于的面把昭君许配给他了，怎么能反悔呢？

（唱）：而今是单于已见昭君面，我若把和亲另安排；

反复无常理不该；传遍邻邦作笑谈；

只怕边境从此要起兵灾。

方才我冠冕堂皇言犹在，你看那满朝文武列两班；

众目睽睽怎下台？

（表）：对皇后望望，你不作兴的！我算得相信你了，你给我"吃药"！我早知昭君是这样漂亮，我如何肯让她去和亲，宁可送你去，也不愿送她去。

皇　后（表）：咦！你怎么怪我呢？这些宫女都是你筛下来的。当初毛延寿画好图给你挑的，你自己挑花了眼，怪谁？

汉　帝（表）：当初毛延寿送上来的画图中，根本没有这样一位绝色佳人。啊呀！莫非是毛延寿从中捣鬼？

（唱）：想必是那毛延寿，心中怀鬼胎；

乱描丹青把圣意违；我是抱恨终身难挽回。

我是眼见佳人留不得，莫展一筹左右难；

唉！低头不语皱双眉。

皇　后（表）：懊悔了？来不及了，昭君已经叫你爷了！你不能出尔反尔。当了单于与满朝文武大臣的面，你皇帝亦要讲点"诚信"，不能为一个女子而影响和亲大计。索性让你死了这条心——王皇后真厉害！

（白）：昭君，上前见过大单于。

昭　君（表）：昭君答应一声，走到单于面前。

（白）：大单于安好！昭君大礼参拜！

单　于（表）：单于呆了半天了！想不通！世界上怎么会有如此完美的女子？呼韩邪单于一世英雄，驰骋沙场，志向远大，从来不贪女色。此番求亲，只是为了匈奴连年战争，百姓不堪重负。也需要有一个安定环境，所以主动要求与汉朝联姻，原以为皇帝随便安排一个举止容貌好点的宫女充数，无论如何想不到皇帝竟然把昭君公主许配给我。这昭君不单是姿容绝色，光彩照人，更难得的是她举止从容，气质高贵，恐怕走遍全世界亦寻不出第二个来，单于感动呀！大汉天子对我的恩情真是比天还高，比海还深，亦充分表明了大汉与匈奴和好的诚意！

昭君的美，文字是形容不出来的，画也是画不出来的，所以后来宋朝的王安石有两句诗"意态由来画不成，当时枉杀毛延寿"，这并不是为毛延寿翻案，而是说即使毛延寿不作弊，也画不出昭君的气质与风度。现在见昭君对自己行大礼，心里意不过，觉得真正委屈她了，要紧立起身来，整整衣冠，恭恭敬敬还礼！

（白）：公主安好！呼韩邪还礼了！

（表）：单于双手轻轻一托，将昭君搀起来。

昭　君（表）：虽然只是轻轻一托，昭君只觉得有一股暖流传遍全身，不由自主抬起头来对单于一望。

（唱）：呀！仰首凝眸刹那间，十分惊讶在眉尖。
原以为蛮夷之邦性粗鲁，驱驰荒漠少人烟；
不毛之地何处有甘泉？
却不道单于虽老豪情在，双目炯炯如闪电；
气宇轩昂自威严。
不愧是一统匈奴奇男子，凛凛神威憾心弦。

从此和番无后顾，哪怕是关山万叠，

道路崎岖，一往无前。

（表）：虽则我是自愿去和番，但毕竟对匈奴情况知之甚少，而宫内的
一些传闻，却把匈奴人描绘得如凶神恶煞一般，虽然我并不深
信，但心中难免忐忑不安。现在看到匈奴单于竟是一位粗犷豪
放、气概非凡的伟丈夫，而且他那炯炯有神的虎目中，流露出
对我的爱怜之情，解除了我的后顾之忧，昭君心头一阵激动，
不由自主也在眼神中流露出对单于的爱慕之意！

单　于（表）：两目相交，"嚓啷"，迸出火花，所谓"眼乃心中之苗"。虽然没
有言语交流，但彼此心灵受到了感应。这就是一种缘分！

单于心情十分激动，回头对皇帝望望，赶快下旨正式宣布昭君
下嫁。

汉　帝（表）：这道旨意皇帝如何下得了？他恨不得马上宣布今日朝会作罢！
方才统通不作数，明朝重新再来！自己毕竟是大汉天子，而且
知书达礼，做不出！怎么办呢？对旁边心腹大臣中书令石显眼
睛一弹，喂！

石　显（表）：怎么了？

汉　帝（表）：眼梢朝昭君一窥，再朝石显望望——想想办法！

石　显（表）：石显可懂？懂！石显是太监出身，皇帝的心腹，老实说石显没
有这点鉴貌辨色的本事，怎么可能爬上中书令这般显要的地
位？石显苗头一轧，明白了！原来皇帝看中昭君了，不愿意让
昭君和番，想将她留在身边。但是现在已经到了这份上了，如
何反悔呢？皇帝在对我出难题了，对丞相匡衡望望，你是老谋
深算了，皇帝有难，你亦要想想办法。匡衡可懂？懂的！但是
兹事体大，岂能反悔？一旦有变，影响两国邦交，弄得不好马
上打起来，不能胡来，所以只当不懂！况且你可知皇后娘娘是
怎么想的？两头都不能得罪！

石显一看匡衡假痴假呆，没法，只能我硬出头了。

（白）：臣中书令石显启奏皇帝陛下，小臣以为昭君公主远嫁匈奴似乎
不妥！

汉　帝（白）：有何不妥？

石　显（白）：臣闻说昭君公主从小体弱多病，弱不禁风，想那匈奴王庭离长安有万里之遥，路途艰险，而且地处苦寒荒漠，恐怕昭君公主经受不起，这恐非单于之福。臣以为应另选身体较为强壮的公主和亲才是！

汉　帝（表）：皇帝一听么，石显有点强词夺理，但不管如何，总算亦是一理。只要其他大臣附和，我就好趁势下台阶。

石　显（表）：石显对两旁大臣望望，哎！大家附和附和，皇帝好有落场势！众大臣都弄不懂！啥名堂？全体朝匡衡望，都要看看丞相是如何表态的，只见匡衡面无表情，不动声色，吃不准！不能瞎"胡调"，所以都不吭声。石显一看，啊呀！没有附和，这独角戏难唱！不碍，只要昭君本人流露出一点不愿和番的意思，就好办了！所以回过头来，对昭君望望，哎！皇帝看中你了！只要你表示出不愿出塞和番的意思，就可以留在皇帝身边，封为嫔妃，不但你自己，包括你的家里所有的人都可以从此享不尽荣华富贵……就是际遇，千万不能错过呀！

昭　君（表）：昭君真是冰雪聪明，对石显的暗示完全理解，但昭君和番的决心不为所动。昭君想我初入宫时，也希望得到皇帝的宠幸。这是我以及所有宫女的唯一的一条路，但是经过三年来所见所闻，我的想法改变了。

　　　（唱）：岁月消磨已数年，长门冷落有谁怜？
　　　　　　　茫茫何处是归宿？暗自长叹难入眠。
　　　　　　　眼见得宫闱多少伤心事，暗斗明争秘不宣；
　　　　　　　荣宠恩衰片刻间。

　　　（表）：宫女有好几千，不少宫女一辈子连皇帝的面都未曾见过，即使是得到皇帝的一时宠幸，亦未必是一件幸事。所谓伴驾如伴虎，一旦失宠，或者皇帝驾崩了，就可能一下子跌入深渊，宫廷的斗争是十分残酷的，而且不为人知的，比如汉高祖生前宠爱戚夫人，吕后是又妒又恨，等到汉高祖驾崩，吕后专政，就将戚夫人剁去四肢，剜目割鼻，抛在猪圈之中，称为"人彘"，手段残酷毒辣，令人发指。诸如此类的例子太多了，只不过宫外的人不知道罢了。

（唱）：莫以为盛妆华服闻欢笑，殊不知苦涩心头泪偷溅，

老死宫中非我愿，出塞和番主意坚。

女流亦有浩然气，和睦邻邦任在肩；

但愿干戈宁静熄烽烟；此生无悔在人间。

（表）：我认为出塞和番是我正确的选择，我出生在大诗人屈原的故里，父亲从小教我读屈原的诗赋。所以屈原的爱国爱民的精神深深激励了我，为了使国家太平，百姓能安居乐业，我哪怕作出牺牲，也是心甘情愿的。要比老死宫中有意义得多！

（白）：儿臣启奏陛下，为了汉匈永结和好，天下太平，儿臣愿不避万里跋涉，远嫁匈奴，无怨无悔！

汉帝（大惊）：呀！

单　于（白）：好呀！

（表）：方才石显的一番话，触怒了单于，单于心里明白，你石显是有意把出塞长途跋涉，说得险恶艰难，又把我们匈奴说得苦寒不堪，企图动摇昭君出塞的决心，气得单于须发倒竖，恨不得上去两记耳光，打得石显满地找牙！现在听到昭君的一番慷慨陈词，好！从心里发出对昭君的敬重！有这样一位深明大义的绝代佳人作为我的阏氏，不单是我呼韩邪的福分，也是整个匈奴的福分。

（白）：外臣启奏二位陛下，尊贵的昭君公主深明大义，必将受到匈奴上下的爱戴，此番万里远嫁，外臣将竭尽全力呵护，不使公主毫发有损，请二位陛下但放宽心。

皇　后（表）：皇后听了昭君一番话也十分感动，可恶的是石显，一味阿谀奉承，不顾朝廷安危，实在是个奸佞！以后犯在我手中，定不饶恕。嗨！只有事隔半年之后，汉元帝驾崩，王皇后尊为皇太后，掌握朝政，第一个就拿石显开刀，这是后话了。

现在皇后对皇帝望望，不能再犹豫了，赶快下旨吧！

（白）：请陛下颁诏！

汉　帝（表）：完了！昭君在大庭广众明确表态，没有挽回余地了，只能忍痛割爱。但是心里这口气出不出，出在啥人头上？想来想去只有出在毛延寿头上，等散朝之后，我定要杀他一家门，以消心头之恨！

　　　　（白）：呼韩邪单于听旨，朕与皇后决定将昭君公主嫁与单于为阏氏，从此汉匈结为姻亲，世代和好。朕特命虎贲中郎将王龙为送亲侯，护送昭君公主出塞。命钦天监择吉起程。

单　于（表）：单于拜伏在地，山呼万岁！随后立起身来。

　　　　（白）：昭君公主，当着陛下，我册封你为宁胡阏氏。我先行返回匈奴王庭，特命左贤王护送阏氏车驾。我当亲率匈奴王公大臣在离王庭一百里外迎接阏氏到达。

昭　君（白）：臣妾叩谢大单于深恩！

单　于（表）：单于封昭君为宁胡阏氏，意思是说"匈奴得到昭君，国家就安宁了"，从此，长达150年的汉匈战争状态宣告结束，双方保持了长期的友好关系。

　　　　　　此时单于心花怒放，从心底发出对大汉朝的感激之情。

　　　　（唱）：（点绛唇）赫赫天朝，佳人窈窕，

　　　　　　　　皇恩浩，世代相交，

　　　　　　　　永固千年好！

请听"昭君出塞"！

第三回　雁门关

　　　　（合唱）：秋风萧瑟雁南归，塞上黄沙扑面来。

　　　　　　　　　一别汉宫行万里，送亲跋涉去和番。

昭　君（白）：王龙将军。

王　龙（白）：臣在。

昭　君（白）：备马。

王　龙（白）：遵命。

　　　　（表）：送亲侯虎贲中郎将王龙立刻吩咐带过匈奴单于送给昭君的一匹

汗血宝马——

（白）：请昭君公主上马。

（表）：雁门关是大汉的边塞重镇，再向北不远，就是大汉与匈奴的分界处了，所以今朝昭君脱去了汉家装束，换上了匈奴阏氏——王妃的服饰，特地不乘车辇，而要骑马进入匈奴地界，表示对匈奴习俗的尊重，也表明和亲的决心。

现在昭君头戴红色暖兜，身披雪白貂皮镶边的大红斗篷，怀抱琵琶，骑在汗血马上——顾盼多姿，光彩夺目。

"刷——"赛过闪过一道耀眼光芒，所有的人都呆脱了！王龙想，看来不能全怪毛延寿，即使本事再大的画师也画不出这样漂亮的美人！

昭　君（白）：王将军，吩咐起行。

王　龙（白）：遵命！

（表）：送亲的队伍中有200名是匈奴骑兵，领兵的大将是左贤王，他是代表匈奴单于保护昭君安全抵达单于的驻地——龙庭。他知道昭君为了适应漠北草原的生活，一路上在学骑马，几个月下来骑术已相当不错了，但为了昭君安全，也出于对大汉公主的尊重，亲自步行为昭君前面牵马，缓缓而行。

（车辆声，马蹄声）

昭君（念白）：从此一身归朔漠，梦中犹见故乡情。

（表）：昭君手捧琵琶，骑在马上，回转头来对雁门关望望，我此一去，恐怕归来无期，再也见不到养育我的亲生父母以及兄弟姐妹、家乡父老了；再也见不到我梦牵魂绕的长江之水、荆门之山了……心里十分伤感，轻轻叹息一声——

（唱）：频频回首汉关山，万绪千愁蹙双眉。

西望长安难再见，家乡渺杳路漫漫；依依离却雁门关。

怀抱琵琶弹一曲，漫拨丝弦诉情怀。

长空惊动南飞雁，盘旋高低去复还。

雁儿啊！相烦飞往家乡去，莫教爹娘两泪垂；

我身在北番心也安。

（合唱）：雁儿也解美人意，引吭展翅穿云堆；直飞荆门头不回。

王　龙（表）：嗨！这大雁也通人性的，"咿呀——"向南飞去。

　　　　（唱）：（点绛唇）一声声，雁儿叫，直上云霄。

　　　　　　　车辚辚，旌旗飘，征马萧萧。

　　　　　　　披荆棘，行至在，黄沙古道。

　　　　　　　为和亲，那顾得，路远山高。

王　龙（表）：送亲侯虎贲中郎将王龙是当今王皇后的兄弟，这次奉旨代表朝
　　　　　　　廷送昭君公主和番。一路上几个月下来，觉得昭君不仅花容绝
　　　　　　　色，而且气质高雅，举止端庄，眉宇间还流露出一种轩昂夺人
　　　　　　　的光彩，使王龙深深折服，对昭君的感情很深。王龙想，这样
　　　　　　　一位美人不能留在中原，只怪皇帝没有福气。现在看到昭君出
　　　　　　　关时一副愁眉不展的样子，心里也深深为她感到可惜——

　　　　（唱）：王龙此刻暗沉吟，叹惜昭君出塞行。

　　　　　　　绝世佳人难再得，天涯何处觅倾城？

　　　　（白）：公主，我好恨啊！

昭　君（白）：恨若何来？

王　龙（唱）：我恨煞那毛延寿，太不仁，收贿赂，贪金银；

　　　　　　　媸妍颠倒画宫人，丧尽天良误圣君。

　　　　　　　君王恨，悔终身，杀奸贼，气未平；

　　　　　　　天子一言重九鼎；和番无奈遣昭君；

　　　　　　　只落得千山万水走风尘。

昭　君（表）：毛延寿贪赃纳贿，是可恶，是该杀！不过我出塞和番是我自愿
　　　　　　　的，一个女儿家能为老百姓过上太平日子而出点力，即使吃点
　　　　　　　苦，我也无怨无悔！

　　　　（白）：将军呀！

　　　　（唱）：冷落长门有几春，汉宫秋月倍凄清。

　　　　　　　适逢匈奴求亲事，和睦邻邦结联姻。

　　　　　　　但愿边关靖，息刀兵，民安乐，享太平；

　　　　　　　王嫱情愿去和亲。

　　　　　　　我在殿前亲睹单于面，他是虎目虬髯有精神；

雄姿英发令人惊!

单于愿作天朝婿,唇齿相依结同盟。

将军啊!

虽说我依恋故乡情切切,不动摇远嫁草原一片心。

(白): 我此心已属单于,绝无反顾之意。

左贤王(表): 左贤王在前面牵马,王龙与昭君的对话他都听见,现在听到昭君说"此心已属单于,绝无反顾"。好!我们匈奴能有这一位阏氏,是单于的福气,也是我们匈奴的福气!左贤王心内十分激动,回转身来,跪拜在地。

(白): 好一位美丽而贤德的阏氏娘娘——

(唱): 马前跪伏左贤王,尊一声阏氏娘娘听端详。

我家单于乃是英明主,一统匈奴镇四方。

他似骏马,驰骋在疆场;他似雄鹰,蓝天任飞翔。

一代英豪,万民敬仰,天之骄子从天降。

大漠并非不毛地,天苍苍,野茫茫,风吹草低见牛羊。

肉为食,酪为浆,穹庐为室毡为墙。

放牧为生计,射猎本领强,阴山下一片好风光。

阏氏与单于乃是天作合,草原万里尽欢畅;

我们要感恩戴德谢上苍。

(白): 你是上天赐给匈奴的单于王妃呀!匈奴人世世代代都会记住你的!

(表): 正在此时,忽然听到前方传来震天动地的声响由远而近,左贤王赶紧立在马鞍上向前眺望。只听得马嘶声此起彼落,羯鼓声激烈欢快,胡笳声粗犷嘹亮,旌旗飘飘,黄尘滚滚……啊哈!原来是匈奴单于亲自带领一支庞大的迎亲队伍,迎接大汉的昭君公主——匈奴的宁胡阏氏来了!

(合唱): 和亲真使硝烟尽,边境相安六十春。

千载琵琶青冢在,民间处处颂昭君。

序曲　闭月吟

貂蝉拜月，心系家国忧。

广寒惊艳，闭月为遮羞。

除凶顽，定计谋，拼娇躯，虎穴投。

若非女流，真堪拜将封侯。

第一回　连环计

（表）：东汉末年，天下大乱。西凉刺史董卓乘乱带兵占据京城，倚仗了他的义子吕布骁勇善战，天下无敌，迅速控制了朝廷，把当今皇帝当作傀儡，自封为太师，独霸朝政，专横跋扈，为所欲为。董卓暴虐成性，残杀百姓，即使是朝廷大臣，稍不称意，便立遭残酷杀害，吓得这些文武百官噤若寒蝉，人人自危。

内中有一位大臣姓王名允，官居司徒。虽然他位列三公，地位显赫，但也是敢怒而不敢言。今日朝罢归来，一直闷坐在书房中，低头沉思，茶饭不进，直到夜深人静，王允还是一筹莫展，只觉得心中越来越烦躁不安，倒不如到花园里去走走吧！现在正值夏末秋初，一阵风吹来微微感到有一丝凉意，现抬头一望，一轮皓月当空，轻轻长叹一声——

（白）：唉！

貂　蝉（白）：唉！

王　允（表）：咦！我在此叹气，啥人也到这花园里来叹气？王允借了月光一望，只见假山上拜月亭中有一个人影。啥人？

貂　蝉（表）：不是别人，正是王司徒府中歌伎名叫貂蝉。正跪在拜月亭中，
　　　　　　　　对着月亮暗暗祝告。
　　　　（白）：月儿呀月儿！貂蝉乃卑微之人，难以为司徒大人分忧解愁，但
　　　　　　　　愿苍天垂怜，保佑我家大人平安无恙……

王　允（咳嗽一声）：嗯哼！

貂　蝉（一惊）：呀！
　　　　（表）：貂蝉一吓！立起身来转面一望，原来是司徒大人。
　　　　（白）：大人！贱妾叩见大人！

王　　允（表）：王允一看，原来是貂蝉，貂蝉是王司徒从小收养在府中的一名
　　　　　　　　歌伎，因为她不但长得袅娜娉婷，而且鉴貌辨色聪慧过人，王
　　　　　　　　司徒对她另眼相看，不但让她学习歌舞，而且还亲自教她读书
　　　　　　　　识字，王允膝下无儿无女，把貂蝉当作是自己的女儿一般，对
　　　　　　　　她十分宠爱。
　　　　（白）：你在此做什么？
　　　　（表）：面孔一板。
　　　　（白）：大胆贱婢！深夜在此做甚？莫非有私情么？

貂　蝉（白）：贱妾怎敢有什么私情！

王　　允（表）：哼！无论男人还是女人，对着月亮叹气，一定有不便告人的
　　　　　　　　心事。
　　　　（白）：若无私情，为何夜深人静，独自在此拜月长叹？

貂　　蝉（白）：这个么……
　　　　（表）：啊呀！司徒大人误会了。既然你问到我，我必须实言相告。
　　　　（白）：大人！贱妾自幼蒙大人恩养，惟恐难以图报，怎敢有什么私情，
　　　　　　　　若问贱妾因何叹息，望大人容贱妾申肺腑之言。

王　　允（白）：从实讲来。

貂　　蝉（唱）：大人呀！
　　　　　　　　我是生逢乱世失双亲，流落街头命难存。
　　　　　　　　司徒垂怜收养我，貂蝉从此得再生。
　　　　　　　　我是习歌舞，学经文，膝下承欢十余春；
　　　　　　　　主婢恩更兼父女情。

（表）：你是我的再生父母，你对我的养育之恩，即便我做牛做马也难以报答。最近我看你一直是忧心忡忡，神思恍惚，想必是为了国家大事而操心、忧虑——

（唱）：我看你是食无味，寝不宁；长叹息，气难平；

愁绪满怀闷在心。

料是忧民忧国事，大人是踌躇不前计未成。

眼见你愁容憔悴我心难忍，故而深夜且向拜月亭；

焚香祝告求神灵；保佑东君救苍生。

王　允（表）：原来如此！对貂蝉望望，难得！阖府上下能这样理解我，关心我，恐怕也只有你貂蝉一人了。可惜你只是一个女儿家，假使是一个男子汉，倒是我的好帮手了。

（白）：唉！难得你有如此心思，可惜你只是一个女儿家，难以为国效力！

貂　蝉（表）：啥？女儿家就不能为国效力？貂蝉心里有点不服气，所以腰一挺、头一昂，对着王司徒——

（唱）：大人呀！

虽说是女儿家难以报朝廷，无力挽乾坤；

似大人的忠肝义胆奴亦有几分。

想当初浣纱溪畔西施女，为救国家自献身，

兴越灭吴大事成。

更有那匈奴求亲免干戈，和番出塞遣昭君；

敦睦邻邦数十春。

或许貂蝉能尽力，怕什么赴汤蹈火，碎骨粉身；

不辞万死报东君。

王　允（表）：王允听得呆住了！想不到貂蝉不但有见识，而且有胆略，这一点以前我没有注意到。真是一位难得的奇女子，所以一手捋须，一手把貂蝉搀起来，呀！王允突然发现在月光下的貂蝉，艳丽无比，简直像月里嫦娥一样，又想起方才貂蝉的西施与昭君的故事，心中一动，顿时计上心来。

王允将貂蝉扶到拜月亭中的石栏上坐好，自己立在貂蝉前面，整整衣冠，神情肃穆。

　　（白）：貂蝉！请受老夫一拜！

　　（表）：卟！王允跪拜在地。

貂　蝉（表）：吓得貂蝉要紧立起身来，亦跪在地上。

　　（白）：大人！这……这是为何？

王　允（白）：貂蝉，我这一拜，是为天下苍生拜你！能救天下苍生者唯貂蝉
　　　　　　你了！

　　（表）：说完，王司徒泪如雨下，泣不成声。

貂　蝉（白）：大人何出此言？

王　允（唱）：貂蝉呀！

　　　　　　董卓欺君乱纲常，凶残成性似虎狼。

　　　　　　杀人如麻无天日，民不聊生哭断肠。

　　　　　　至尊虚设如傀儡，胁持百官尽恐慌；

　　　　　　血雨腥风压庙堂。

　　　　　　他是兵权在握难动摇，更有那温侯吕布为虎作伥，

　　　　　　骁勇世无双。

　　（表）：董卓与吕布有父子名分，二人狼狈为奸，掌握重兵，为所欲为。
　　　　　　他们经常纵兵四出烧杀抢掠，把老百姓的性命视同草芥，不要
　　　　　　说是平民百姓，即使是朝廷大臣也是随意杀戮。今日朝会之时，
　　　　　　吕布走到董卓身边在他耳朵边嘀咕几句，董卓把嘴一努，吕布
　　　　　　立刻就将大司空张温一把拖到外面，片刻间，吕布就把张温的
　　　　　　人头，送到了董卓面前，在场的文武大臣全吓呆了。董卓老贼
　　　　　　竟哈哈一笑，说"列公不必惊慌，张温私通袁绍，乃是内奸、
　　　　　　叛贼，故而杀之"。内中有二位大臣只不过稍稍流露出一点不平
　　　　　　之色，立刻被董卓指为"张温同党"，当场被剖腹挖心而死。吓
　　　　　　得众大臣不但不敢流露半点不满，还要高呼"万岁"！
　　　　　　我也曾与一些忠义之士策划于密室之中，认为只有刺杀董卓老
　　　　　　贼，使"蛇无头而不行"，才能挽救朝廷。

　　　　　　但是——

　　（唱）：几番行刺难如愿，反遭杀害在当场，壮志未酬抱恨亡。

（表）：曹操曹孟德是一位有勇有谋的热血志士，他自告奋勇向我借了一口七宝刀去行刺董卓，结果被董卓发觉了，还亏得曹操逃得快，总算未丧性命，董卓从此戒备森严，更有吕布不离左右，行刺董卓是没有可能了。

（唱）：眼睁睁汉室江山危旦夕，可叹我徒有忠心少主张；

　　　　一任奸贼肆意乱猖狂；

　　　　苦思冥想无良策，独步花园自彷徨；仰天长叹告穹苍。

（表）：想不到在这花园里会遇着你，真是苍天有眼！

（唱）：天赐我侠骨冰心奇女子，我是顿生一计可安邦；

　　　　欲救苍生待红妆。

　　　　而今设下连环计，管教他父子相争斗一场；

　　　　反目成仇大祸起萧墙。

貂　蝉（表）：啥叫连环计？不懂！

王　允（表）：董卓与吕布虽然穷凶极恶，但都是有勇无谋的匹夫，而且二人都有一个共同的致命伤——贪淫好色，我方才受到了你的一番话的启发，所以以你的天生丽质去引诱这两个人上钩。我先将你许配吕布为妻，再献给董卓为妾，使得董卓与吕布都认为对方是"第三者"，一有"第三者介入"，矛盾就会复杂化，双方就会拼命。那么这应该称之为"美人计"，为什么叫"连环计"呢？不！"美人计"只有一个对象，而现在有二个对象，而且要离间这二个人的关系，使之反目成仇，互相残杀，所以称为"连环计"。现在社会上亦有一女嫁二夫的现象，这是不是"连环计"呢？不！现在发生的一女嫁二夫的现象，大多是为了贪图钱财而套牢两个男人，不能称为"连环计"，顶多叫"连环套"。这条"连环计"如能成功，除去董卓老贼，汉室江山就有希望了。

王　允（白）：还望貂蝉能成全老夫的苦心，以天下苍生为念，舍身赴义。此事干系重大，对任何人不能透露，若有半点泄漏，老夫将有灭门之祸也。

貂　蝉（白）：喔！原来如此。

（表）：貂蝉从小受到王司徒的身传言教，深明大义。

现在王司徒要把这千斤重担落在自己肩上，顿时感到心潮澎湃，热血沸腾。

（白）：大人只管放心，请按计行事，奴自会见机处置，赴汤蹈火，万死不辞！

王允（泣下）：貂蝉，我的儿呀！

（表）：那么王司徒要巧施连环计，请听下档！

第二回　凤 仪 亭

吕布（挂口）：赤兔胭脂如闪电，方天画戟鬼神愁。

（白）：俺，姓吕名布字奉先，今日董太师上朝见驾，我正好趁此机会去到太师府中，会会貂蝉，问个明白。得！宝马呀！快走！

（表）：吕布，卖相好极了！头戴束发紫金冠，雉尾高挑，身披黄金锁子连环甲，手执方天画戟，胯下赤兔胭脂马，望上去十分威武气概，当时人称为"人中吕布，马中赤兔"。其实看人不能只看外表，吕布卖相虽好，只不过是有勇无谋的匹夫，而且还是一个贪财好色，不讲信义的无耻之徒。

十几天前，王司徒请他赴宴，见到了貂蝉，吕布真是魂飞魄消，想不到王司徒有这么一位貌若天仙的女儿，当时王司徒就将貂蝉许配他。吕布欣喜若狂，答应过几天等他出差回来便来迎娶。三天后吕布出差归来，直接去见王司徒，预备接貂蝉回去，王司徒说董太师不知从哪里得到的消息，已亲自登门把他未来的新妇接回府中，说是等你回来即刻拜堂成亲。吕布一听真是又惊又喜！喜的是董卓与我毕竟有父子之情，为我操办婚事；惊的是董卓的脾气我太了解了，他虽然老，但比我还要好色，万一见到貂蝉如此标致，而占为己有，我怎么办？所以吕布立刻赶到太师府要面见董卓，给底下人拦住，说"董太师与新纳的爱妾高卧未起"，"新纳的爱妾"？啥人？一打听原来就是貂蝉！吕布又气又急，不顾一切直闯内堂，只见貂蝉面对梳妆铜镜，一副伤心委屈的样子，吕布正要上前问明白，被董卓发现，一顿臭骂，把吕布骂了出去。吕布心不死，但苦无机会，今朝趁董卓上朝理事，可以偷偷地会会貂蝉，吕布从殿上悄悄溜下来，骑上赤兔马，风驰电掣直奔太师府。

貂　蝉（表）：貂蝉料到吕布会来。因为他心中有一股怨气，认为我是出尔反尔，非要问问明白不可。不过我担心的是吕布惧怕董卓权势滔天，不敢得罪而忍气吞声，那么这条连环计就难以达到目的。今天是离间吕布与董卓之间关系的好机会，吕布今朝不来便罢，来到定叫他父子反目成仇。为了避人耳目，貂蝉一人到后花园荷花池畔凤仪亭中等候吕布到来，现在听到脚步声，果然来了。貂蝉只当没看见，马上进入角色，凭栏斜倚，紧蹙双眉，长吁短叹。

貂　蝉（白）：唉！

吕　布（表）：吕布手提方天画戟进凤仪亭，招呼一声。

　　　（白）：啊！貂蝉，小姐……

貂　蝉（表）：貂蝉好像在出神，突然听到有人叫，回转头来看见吕布怒气冲冲立在自己面前，装作又惊又喜的样子——

　　　（白）：将军，你……为何到今日才来？

　　　（表）：说完，眼泪夺眶而出。

吕　布（表）：吕布吃不消了！看到貂蝉二点眼泪，吕布心里一丈火退去九尺五寸——这二点眼泪比消防队的救火龙头还要"结棍"！吕布想，这事情要我问你呀，怎么反倒问起我来了呢？

　　　（白）：貂蝉，你如何进得太师府中？怎么甘心侍奉这……这个老匹夫？

　　　（表）：像我这种"杰出青年"你不要，反倒看中这个"老头子"？有没有搞错？

貂　蝉（表）：看到吕布气急败坏的样子，说话中流露出又酸又恨，蛮好！不过程度还不够，还要火上加点油。

　　　（白）：哎呀！将军错怪妾身了，将军呀！——

　　　（唱）：盖世英雄天下闻，我在闺中仰慕未识君。
　　　　　　寒舍有缘迎贵客，与将军一见便倾心。

实指望郎才女貌成佳配，地老天荒订山盟。

不料想太师好色动邪念，他是备车马，亲登门；

说是为将军，接新人；骗我盛妆随车行。

入府才知生变故，原来是父夺子妻灭人伦。

他是权势滔天我难抗拒，伤心只得暗吞声；

怕殃及高堂大祸临。

我是身玷污，恨难平，度日如年待怎生？

只求一见将军面，衷肠倾诉表真情；

我纵死黄泉亦甘心。

我生是你的人，死是你的魂，生生死死相随君。

（表）：说完，扑在吕布怀中失声痛哭，心里转念头，你听了我这番话，可光火？

吕　布（表）：火的！倒是有火发不出。听说吕布狠天狠地对董卓还是有点怕的，因为董卓实在势大滔天，心狠手辣。

看貂蝉哭得如此，实在舍不得！所以拿方天画戟朝柱子上一靠，两只手搀住貂蝉，叹气——

（唱）：唉！闻言不语暗彷徨，怒在心头少主张。

那董卓从来无信义，滔天权势霸朝堂；

暴虐成性似虎狼。

（夹表）：他如此作威作福，横行霸道，还不是靠我？

（唱）：我是勇冠三军无敌手，所向披靡贼胆丧；

横扫诸侯独逞强。

若非我威风八面人惊怕，他岂能位压三公欺帝王？

（夹表）：不过话要说回来，我也亏得——

（唱）：他将我多年豢养成黑虎，名为父子互依傍；

哪怕是横行天下也无妨。

（表）：不过，千不该万不该，你不该夺走我心爱的美人，这样一把年纪还要色眯眯！王司徒将女儿貂蝉许配给我为妻，是你的媳妇呀，你竟然将貂蝉强行霸占，你还好算是爷呀？是畜生！常言道"夺妻之仇，不共戴天"，假使是杀父之仇也就算了嘛。——

这点道理我是懂的！

（唱）：杀父之仇犹可恕，夺妻之恨岂能忘？

倘然反目成仇敌，我是羽翼未丰怎飞翔？

心忐忑，恨满腔，左右为难意彷徨。

吕　布（白）：这个么……小姐之心我岂不明白，我若不能娶你为妻，非英雄也，不过，此事还容我徐图良策……

（表）：让我慢慢地想一个好办法，将你救出来。

貂　蝉（表）：貂蝉想这怎能慢慢来？只要这两人中有一人头脑清爽点，一对就要"穿绷"！王司徒算准这两个人都是见色忘义的匹夫，所以会中计上当，不过，时间也不能长，时间一长也要拆穿西洋镜。不能让你慢慢来，点穿他！

（白）：莫非将军你也惧怕董卓这老贼么？

吕　布（表）：我怕他呀？我怕他呀？谈也不要谈，现在的社会啥人怕啥人？

（白）：我岂能怕他，不过太师乃是我的义父……

貂　蝉（白）：哎！我只以为将军乃是盖世英雄，无双国士，却不料竟然惧怕一个老迈昏庸的董卓……

（表）：还说什么威震诸侯，无敌天下。一个连自己家主婆都保不住的人，还称什么大英雄？——

（白）：将军如此胆怯，妾身无见天日之期也！哎呀！我好命苦呀！

吕　布（表）：凡是好色之徒，就怕女人讲他不行。吕布顿时满面羞愧，血气上涌，面孔涨得通红，我是盖世无双的大英雄，还怕这个老贼？

吕　布（白）：小姐，吕布乃是顶天立地的奇男子，怎会惧怕这个老贼？我与老贼誓不两立！

（表）：这种表态硬吗？你放心，我一定要救你出来，回到我身边，说完双手把貂蝉紧紧抱住。

貂　蝉（表）：貂蝉依偎在吕布怀中，仍在低声抽泣，好像伤心得不得了。其实耳朵在听动静——怎么董卓还没回来呢？算算辰光差不多了。突然听到外面急匆匆的脚步声，貂蝉一听就知道是董卓来了。因为董卓肥胖体重，走起路来像敲铜鼓一样。貂蝉赶紧用力把吕布推开——

（白）：哎！将军，免得你左右为难，还是让我死了吧！

（表）：转过身来作势要向荷花池中跳。

吕　布（表）：吕布一吓，啥个路道？怎么又要寻死？我如此表态难道你还不相信？要紧上前将貂蝉拦腰一把紧紧抱住。

（白）：貂蝉！你不可如此，我不杀老贼誓不为人也！

貂　蝉（表）：其实吕布力气多用的，貂蝉不过是做做样子，是做给董卓看的。

（白）：哎呀！待我死了吧！

吕　布（白）：不可如此！

董　卓（表）：就在此时，董卓来了！

董卓上朝见驾，有点心不在焉，脑子里老想着美人貂蝉，嘴里"瞎七搭八"不知讲点啥，皇帝听得"墨黑龙冬"，也不敢问，董卓突然发现吕布不在，心里觉得奇怪，想在前二天吕布到我的内堂，看见貂蝉就两眼发直，一副色眯眯的样子，被我骂了出去……啊呀！这个小贼与我一样——好色成性，今朝竟然不辞而别，莫非乘我上朝议事的机会，回转府中调戏貂蝉？吕布毕竟年纪轻，卖相好，不要弄顶绿帽子给我戴戴……想到此处怎么再坐得住，立起身来，对了皇帝"明朝会"，拔脚就走，急匆匆赶回家去，到内堂不见貂蝉，就寻到后园来，只见吕布死死地抱住貂蝉，貂蝉拼命挣扎，好像要往荷花池中跳，董卓气得须发倒竖，血压升高，这个小贼果然色胆包天，竟敢在光天化日之下，调戏我的爱妾，吕布呀！你不要忘记，我是你的爷呀！貂蝉亦算是你的娘呀！简直是一个畜生！亏得我早来一步，要是再晚来片刻，不知这畜生会做出什么事来……董卓怒气冲天朝凤仪亭奔过来！嗨！这种重量级的身胚，跑出这样的速度真不容易，一路奔，一路大吼大叫。

（白）：哇呀……畜生，你好大胆呀！

（表）：吕布到底心虚，突然发现董卓像发疯一样扑过来，一吓，手一松。

貂　蝉（表）：貂蝉顺势扑在栏杆上假装昏了过去。

董　卓（表）：吕布拔脚就逃。

　　　　董卓赶到亭子里，吕布已逃出亭外，董卓火极，就顺手操起靠在旁边的一杆方天画戟追了上去。毕竟董卓肥胖笨重，眼看追不上吕布，发急了！用力将方天画戟向吕布掷去，这董卓亦是武将出身，力气不小，一柄画戟"嚓——"直飞过去。吕布听得脑后风紧，纵身往前一蹿，只听得"嚓啷"一声，吕布回头一看，吓出一身冷汗，方天画戟把身后的一块太湖石砸得粉碎，好险！吕布把牙齿咬得"格格响"，对董卓望望，好！你不仁，不要怪我不义，吕布急匆匆地逃出了太师府。

　　　　后事如何，请听下回。

第三回　美 人 泪

　（表）：花园里这样大的动静，惊动了内堂的侍女们，赶紧寻到花园里，见貂蝉晕倒在凤仪亭上，就一起把貂蝉搀扶到内堂休息，貂蝉心里在转念头，等一会董卓进来问我，我如何应对！但是等了好一会儿，还未见董卓进来，觉得奇怪，发生什么问题了？马上派人出去打听，才知道董卓追出去时，遇到了李儒，现在董卓与李儒在厅上谈话。貂蝉听王司徒说起过，李儒此人是董卓的心腹谋士，诡计多端，要用心提防，不知李儒又在出什么坏主意了？

　　　　现在听到门外脚步声，知道董卓来了，貂蝉面对梳妆台，低声饮泣，董卓进来只当没看见。

董　卓（表）：董卓踏进内堂，只见貂蝉背对自己，一副伤心欲绝的样子，使人又怜又爱，但是想起方才凤仪亭上的一幕情景，心里一股酸气涌了上来。

　　（白）：貂蝉，老夫对你恩宠有加，你怎么与吕布这个畜生在凤仪亭上做出苟且之事，真是气煞老夫了！

貂　蝉（表）：貂蝉睬也不睬，只是低头饮泣。

董　卓（表）：看貂蝉哭得这般伤心，老贼再也忍不住了，走上前去，一把抱住貂蝉，只见貂蝉眼中泪水如断线珍珠相仿，哭得实在伤心，董卓吃不消了！女人的哭，是对付男人一个具有杀伤力的武器。何况貂蝉的哭，可以使人心醉神迷，董卓顿时感到一个人"浑淘淘"啊呀！我一定冤枉她了！

（白）：美人不要再哭了，莫非老夫冤屈你了？

貂　蝉（表）：我还未说冤屈，这老贼倒自己先替我说了。

（白）：太师，你讲得内堂，一言不问就责怪贱妾，喂呀！貂蝉还有何面目活在世上，还不如死了吧！

董　卓（白）：不，不……

（表）：我错！你不错，是我错！好吗？

（白）：一定是老夫错怪你了，莫再啼哭，究竟怎样说与我听，老夫与你作主。

貂　蝉（白）：太师，你……实在错怪貂蝉了！

董　卓（表）：我就知道是我弄错了。

（白）：这个小畜生是如何来欺负于你，只管讲来！

貂　蝉（唱）：太师呀！

陋质何幸得垂青，靓装轻车入侯门。

朝为雨，暮为云，片刻难离缠绵情；

相依相偎伴晨昏。

太师今日朝会去，撇下貂蝉独一人。

盼君君不至，无计解愁闷，故而独步园中且散心。

就在那凤仪亭前凭栏坐，突然间来了温侯吕将军。

他是百般调戏无廉耻，欲行苟且灭人伦。

董　卓（白）：喔唷……你可曾应允？

貂　蝉（白）：哎！太师，你把妾身看得如此下贱么？

董　卓（表）：不，我问总要问一声。

貂　蝉（唱）：我是呼天天不应，入地地无门；

保全名节不偷生；拼将一死投湖心。

生死关头君赶到，吕布仓皇逃出门；

我方能完璧无瑕再见君。

（表）：貂蝉说完，放声痛哭。

董　卓（表）：好！吕布是出名的美男子，如此勾引你，调戏你，你居然毫不
动心，情愿为我投湖而死，说明你不但对我忠心，而且对我有
深深的爱。真是难得！我半世英雄能得到你这么一位如花似玉
的红颜知己，死了可以眼闭了！倒是方才李儒劝我的一番话，
把利害关系分析得相当透彻，说我为了打天下、坐江山，必须
要依靠吕布，不能为了一个女人而与吕布反目成仇，恰恰要投
其所好，既然吕布喜爱貂蝉，就拿貂蝉送给他，使他对我更加
死心塌地，为我卖命！
董卓对任何人都不信任，唯独对李儒是言听计从，李儒的话，
确实有道理的。

（唱）：我是挥兵乘乱出西凉，叱咤中原战疆场。
文凭着李儒多谋善调停，武仗着吕布骁勇世无双；
我方能横行天下执朝纲。
我是一心篡夺汉天下，独霸江山自为王；
少不得吕布同心杀四方。

（表）：李儒还给我讲一段春秋年间楚庄王"摘缨会"的故事，说楚庄
王手下有一员大将，乘黑暗中调戏楚庄王的爱妃，但楚庄王并
不追究，后来就是这员大将拼死保护楚庄王脱险……李儒要我
学学楚庄王。但是我除了貂蝉，送给吕布十个、八个也无所谓，
唯独这貂蝉我实在舍不得！

（唱）：难得貂蝉情意好，能歌善舞且绕梁；千娇百媚伴身旁。
人间乐，乐非常，朝云暮雨尽欢畅。

（表）：我这把年纪能得到貂蝉这么一位红颜知己，真是"冬天里的一
把火"！现在要我拱手相让，实在不情愿。

（唱）：宛如割我心头肉，抛却巫山梦一场；
我是左右为难没商量。

（表）：但是我不把貂蝉送与吕布，他肯定心怀不满，我将来要谋朝篡
位大事难成！

（唱）：为了江山能到手，罢！罢！罢！

我只得学一学摘缨会上的楚庄王，忍把美人赐猛将。

（白）：呀！貂蝉，难得你有如此爱心，只是老夫毕竟……有一点点的老了。不如奉先吾儿是一个年少英俊的美男子，虽然他行为不端，但毕竟是我的义子。

也罢！倒不如老夫作主，将你许配与他——

（表）：反正爷与儿子是不分家的。

（白）：不知你可愿意否？

（表）：老贼说么在说，心里酸是酸得一塌糊涂。

貂　蝉（表）：貂蝉听得出，这一定是李儒的鬼主意，假使董卓真的照李儒的去做，王司徒的连环计将会付诸东流，而且画虎不成反类其犬——反而使得董卓与吕布的关系更加紧密，王司徒一家人家完了！怎么办？好就好在董卓的态度并不坚定，我只有挑拨董卓与李儒、吕布的关系，用一用撒手锏了！所以貂蝉不哭了，把泪擦干，面孔一板。

（白）：太师，此言差矣！

（唱）：说什么吕布年轻貌也俊，只不过区区家奴何足论。

太师威武谁能比，德配周公亚至尊，

真不愧当世英雄第一人。

我是承欢左右遂心愿，不枉貂蝉仰慕情。

我生是你的人，死是你的魂，生生死死相随君。

董　卓（表）：董卓听了窝心呀！貂蝉认为吕布算得了什么！不过是我的一个家奴而已，怎能与我相比，我着实比他威武雄壮——"识货朋友"。尤其是最后二句，今生今世就是我的人了——其实董卓哪里知道，方才在风仪亭貂蝉对吕布唱的也是照式照样的二句。

貂　蝉（唱）：为了你，父子情，竟把我，作牺牲，辜负貂蝉一片心，我不如撞死堂前了此生。

（白）：罢呀！

（表）：貂蝉突然立起身来，用尽全身力，头往柱子上撞去——貂蝉此举可是装腔作势？不！

貂蝉是真的要撞死在堂前！貂蝉明白，我一死，董卓就没办法向吕布交代，吕布肯定以为我是被董卓逼死的，吕布必定恨之入骨，李儒是"吃夹账"——两面不讨好。连环计照样还是能成功，所以貂蝉这一撞是拼命的！

董　卓（表）：董卓看到貂蝉神情凄绝，花容失色，"罢"字出口，知道不妙赶紧冲上前去，总算出手快，将貂蝉抱住。

　　　（白）：美人！使不得！使不得！

貂　蝉（白）：喂呀……你……竟将我送与一个家奴，还是死了吧！

董　卓（表）：女人对付男人的撒手锏就是寻死作活，实在厉害。董卓吃不消了，只好讨饶。

　　　（白）：我乃一句戏言，美人何必当真！

貂　蝉（表）：戏言？你说得出这样的戏言，说明你心中没有我。

董　卓（表）：我怎么心中没有你呢？这不是我的主意呀！

貂　蝉（表）：不是你的主意，是谁的主意？啥人？

董　卓（白）：这个……这是李儒的主意。

董　卓（表）：董卓不"吃加"，把李儒咬了出来。

貂　蝉（表）：我料定是李儒，哼！你自认为李儒是你的心腹，你可知道吕布与李儒的关系？我曾经听王司徒说过，李儒与吕布是同乡，从小就有交情，吕布就是听了李儒的劝说，才杀了他的义父丁建阳而投奔你的，现在你又听了李儒的馊主意，把你心爱之人送与吕布，好人是他做了，吕布更加对他感恩戴德。以后李儒叫他做啥他就做啥。你不要忘记吕布是个见利忘义之徒，板起面孔来连自己爷也要杀的，你还在顾念什么父子之情，吕布才不管呢！李儒自己也是妻妾成群，为啥不从中择一个送给吕布，而偏偏要将我从你身边抢走？说明李儒根本没把你放在心上，只想讨好吕布，其险恶用心，昭然若揭，你还糊里糊涂，哭的日子在后面呢！

董　卓（表）：貂蝉一番话，听得董卓汗毛凛凛，对的！李儒与吕布一文一武，一搭一挡，控制了朝政，势力迅速膨胀，万一这二人心怀不轨，相互勾结把我架空，后果不堪设想，到将来做皇帝就轮不到我董卓，不是吕布就是李儒了！李儒狡诈阴险，我不得不防！

（白）：美人放心，老夫决不舍弃于你，有朝一日老夫登上九五之尊，第一个就册封你为贵妃！

貂　蝉（表）：这老贼果然有谋朝篡位的意图。

　　　（白）：此话当真？

董　卓（白）：老夫岂能哄你！

貂　蝉（表）：貂蝉伸出一个小指——勾一勾。

董　卓（表）：还要勾一勾了，董卓如何吃得消，就这么一勾，董卓一条命也勾去了。

请听下档！

第四回　受　禅　台

董　卓（表）：董卓为了避免吕布与李儒纠缠不清，决定带了貂蝉到眉坞去住。眉坞，离都城长安二百多里，是董卓动用了十万民工为自己修建的一座城堡。外有一万名精兵守卫，内有多处极其豪华的宫室，甚至比皇帝的宫殿还要气派，仓库里囤积的粮食可供这些人吃二十年，从民间抢掠来年的年轻女子就有一千多，专供董卓恣意淫乐，金银珠宝更是堆积如山……董卓经常到眉坞住上十天半月，过着荒淫无度的生活。

在长安城里，董卓虽则横行霸道，但毕竟还是有点束缚，一到眉坞，好比猴子断了链条，更加肆无忌惮了，他那凶残暴虐的本性就充分表现出来了……

今朝厅堂上灯火辉煌，笙簧齐鸣，二十名歌伎边歌边舞。董卓与貂蝉坐在居中，饮酒取乐。突然，董卓面孔一板，"乒"！一拍桌子，大喝一声——

　　　（白）：住了！

众　（表）：吓得这些歌伎与乐士魂不附体，战战兢兢俯伏在地，我们算得卖力了，不知怎的，还不称老贼的心？老贼只要一拍桌子，我们的性命休矣！

董　卓（表）：哼！天天跳来跳去这点花头，毫无新意，养了你们简直白费粮食。

　　　　（白）：来呀！把他们拖下去乱棍打死！

众　（表）：想不到唱唱歌、跳跳舞也会有死罪的，只有这混世魔王做得出来！两边武士一拥而上，准备将这些歌伎拖出去……

貂　蝉（白）：且慢！

董　卓（表）：董卓听貂蝉叫声"且慢"，卖账的！把手一挥，两边武士暂且退了下去。

　　　　（白）：美人，怎样？

貂　蝉（表）：此番到眉坞来，是貂蝉出的主意，其实这是王司徒实施连环计中的一个步骤，王司徒曾经与貂蝉交代过，一旦离间董卓与吕布的关系成功，就要想方设法让董卓离开长安，王允就可伺机联络各方谋刺董卓。所以貂蝉对董卓说："吕布与李儒对我不怀好意，我住在长安心绪不宁，缺少安全感！"所以董卓就带了貂蝉到眉坞来寻欢作乐。到了眉坞后，这老贼兽性大发，一天不杀人就会浑身不舒服，而且杀人的手段极其残忍，惨不忍睹，貂蝉看到董卓就会恶心，恨不得亲手杀了这个老贼，倒是自己只是一个弱女子，手无缚鸡之力，刺杀不成反而坏了大事，天天面对着董卓的兽性发泄，忍不了也得忍！而且还要强作欢笑，目的就是要使董卓沉湎于酒色之中，放松戒备，王司徒才有机可乘。现在看到董卓又在动杀心了，急忙制止。

　　　　（白）：呀！太师，不要动怒！

　　　　（表）：我们吃酒正在高兴之际，你如此光火，岂不扫兴！你嫌她们歌舞不好，那么我亲自为你歌舞一番，让她们为我伴舞，以助酒兴，如何？

董　卓（白）：好呀！

貂　蝉（白）：若要貂蝉歌舞，先请太师满饮一杯！

董　卓（白）：哈……只要美人亲自歌舞一曲，老夫就是满饮三杯也不妨！

貂　蝉（表）：一场杀人的危机，就给貂蝉轻轻化解了，貂蝉脱卸了长袍，带了二十名歌伎，在厅上翩翩起舞。

旁　（唱）：红牙板起管弦声，羯鼓轻敲吹箫笙。
　　　　　　翠袖舒展、凤髻堆云，翩翩起舞，步态轻盈；

惊鸿一瞥掌中轻。

蛾眉淡扫，一点绛唇，肌如美玉，千般可人；

绕梁三月唱"阳春"。

貂　蝉（唱）：愁绪生万端，仇恨藏在心，强颜欢笑对暴君。

董卓是人其面，兽其心；残杀无辜造孽深；

民怨沸腾血泪淋。

我恨不能持三尺剑，手诛国贼快人心。

王司徒再三言叮嘱，忍辱负重方能大事成；

运筹妙计一举定乾坤。

董　卓（白）：哈……

（表）：这老贼看得眉开眼笑，垂涎三尺，恨不得自己下去与貂蝉一起跳，不过这身胚像大相扑一样，走路都吃力，怎么跳呢？

（白）：呀！美人，跳得好呀！来来来，老夫敬你三杯！

侍　卫（表）：正在此时，外面进来一名侍卫——

（白）：报！启禀太师，今有执金吾李肃从长安赶来，带有皇帝诏书，要求见太师！

董　卓（表）：扫兴！李肃早不来，晚不来，偏偏在我兴致勃勃之时来打扰我，讨厌！不见！

这李肃是带了皇帝诏书来的，诏书即是圣旨。按理董卓应立即出门跪接，他不但不接，而且不见，可见这老贼专横跋扈到了何等程度，皇帝根本不放在他眼里。

（白）：命李肃滚了回去，过几日再来见我。

貂　蝉（表）：旁边貂蝉听得很清楚，心里一动，李肃此来可能与王司徒的计划有关，因为我们到眉坞已有十几天了，在这十几天内王司徒必有举动，李肃来得正是时候，现在把他叫进来，我也好听听李肃此来的目的何在。

（白）：呀！太师，妾身乏了……

（表）：你让我稍稍休息一下。再说这李肃从长安赶来，想必有些要事，你乘此"空档"，见一见，问一问，不要为了我而耽误你的军国大事，然后我再继续歌舞，可好？

董　卓（表）：好！董卓一想，对呀！李肃官居执金吾，是负责长安城守卫的，他不在长安，到此作甚？而且还带有皇帝的诏书……是要问一问，假使没有什么大事，马上打发他滚蛋，我们继续"操练"。董卓对貂蝉望望，所以我要喜欢你，多么聪明，处处为我着想。

　　　（白）：来！吩咐李肃立即来此见我。

侍　卫（白）：是！

李　肃（表）：李肃，是吕布的心腹部将，结拜弟兄，官居执金吾掌管京城防务，是要害部门。武艺一般，但是能言善辩，鉴貌辨色，是吕布的"铁哥们"。此番王允与吕布定计要刺杀董卓，起先吕布还是有点犹豫的，认为自己毕竟与董卓有父子名分，下不了手，王允说你姓吕，他姓董，什么父子名分？况且在凤仪亭掷戟之时，董卓就根本没有父子情分，再说你是一位盖世英雄，却屈居人下，长期受其压制，你甘心吗？一旦杀了董卓，不仅貂蝉归你所有，而且可以总督军马，号令天下，成就一番大事业！吕布也是一个见利忘义的小人，决定与王允的一股势力联合一起，经过周密策划，安排停当，就派李肃到眉坞，骗董卓到长安去。
　　　　　　现在李肃跟了侍卫到里面一看，"响勿落"！这位太师接见下属官员不在办公室，而在多功能歌舞厅！

　　　（白）：卑职李肃叩见太帅！

董　卓（白）：罢了！见过夫人！

李　肃（表）：李肃眼梢一窥，董卓旁边坐一位绝色佳人，想必就是貂蝉，虽然好看，但不敢多看，怕老贼吃醋，所以把头低下。

　　　（白）：李肃见过夫人！

貂　蝉（白）：将军少礼！

董　卓（表）：董卓心里不高兴，像貂蝉这般美貌女子，你李肃看也不看看，你眼价太高了！其实假使李肃盯住貂蝉多看几眼，董卓更加光火，弄得不好眼睛也被剜了！

　　　（白）：你不在长安守卫都城，到此做甚？

李　肃（白）：恭喜太师，贺喜太师！

董　卓（白）：喜从何来？

李　肃（唱）：（费家调）我特地前来报喜讯，真是天大地大一桩大事情。王司
徒夜观星象知天命，他是带领文武众大臣；毅然一本奏当今。
他说道汉运衰败难为继，皇帝乃是无道君。
各路诸侯皆不服，趁早禅位让贤人。

董　卓（白）：贤人是哪一个？

李　肃（表）：贤人总归是你了！

　　　（唱）：贤人本是董太师，文韬武略真英明；
功高盖世天下闻；真是天上下凡的紫微星。

董　卓（白）：呀，哈……

　　　（表）：王允实在够朋友，是"模子"。当初他把貂蝉送给我，我就认为
这个人是朋友，说我是紫微星下凡，是真命天子，我自己也有
这样的感觉，对貂蝉望望，你看我可像紫微星？

貂　蝉（表）：要么扫帚星！天杀星！貂蝉一听就明白，这是王司徒在用计，
要仔细听一听，我好积极配合，表面上还要应付董卓，所以对
董卓微微一笑，点点头，表示：像的！

董　卓（表）：得意呀！不过皇帝难道就甘心情愿让位呀？

　　　（白）：这昏君就罢了不成？

李　肃（表）：皇帝当然不情愿，喏！还亏得吕布将军，关键辰光起了关键
作用。

　　　（唱）：忠肝义胆的吕将军，带领三千铁骑军；
团团围住皇宫门，吓得汉皇失了魂。
见大势所趋难挽回，只得禅位让尧舜；当场颁诏顺天命。
长安城高筑受禅台，传国玉玺备端正；万民瞻仰盼圣君。

董　卓（表）：我会受到万民爱戴呀？想不到我的"人气指数"这么高！董卓想
象自己现在应在受禅台上，把手一挥，台下老百姓齐声欢呼万
岁！万万岁！这种感觉不要太好呀！看来我杀人还不算多！本来
我当了皇帝之后，要把汉帝的一家门杀一个鸡犬不留，但是这次
汉帝还算识相知趣，我就宽大处理，让他们留个全尸，弄两斤砒
霜把他们统统毒死算了——这老贼用砒霜论斤的，辣手！

李肃手捧诏书，呈给董卓。

董卓把诏书粗粗看了一眼，心里产生了一个疑问，这么重要的一份诏书，为什么派你送来？你的职务还不够高！传达这份诏书最合适的人选是王允，他官居司徒，位列三公，他为什么不亲自送来呢？

（白）：王司徒为何不亲自前来？

李　肃（表）：这禅位大典举世瞩目，必须十分隆重，王司徒内外调度、亲自操办，忙得不亦乐乎，分身乏术。

（白）：待等车驾到达，王司徒将带领文武大臣在受禅台下迎接主公。

董　卓（表）：对！王允不在，朝中无人牵头就会乱套，有王允在长安控制局面，我放心了！不过王允走不开，吕布可以来的。

（白）：那么奉先吾儿为何不来？

李　肃（表）：吕布更加忙了！他既要防内部有人反抗、作乱，又要防各路诸侯不服，蠢蠢欲动，所以调兵遣将，日夜戒备……

（白）：有吕将军坐镇长安，方可保得主公稳坐江山。

董　卓（表）："上阵还靠父子兵"，虽则吕布不过是我的"过房儿子"，但毕竟还是有父子情分的，虽然这小鬼心里对我有点不适意，但到了关键辰光，还是立场坚定，旗帜鲜明的。李儒呢？那天李儒劝我把貂蝉送给吕布，被我痛骂一顿，骂得他当场吐血昏厥，现在不知怎样？

（白）：李儒怎样了？

李　肃（表）：李儒是董卓的死党，董卓中了貂蝉的离间计，李儒旧病复发在家养病，这正是谋杀董卓的好机会。现在吕布已派兵把李儒监视起来了，已无能为力了。

不单是李儒，凡是董卓的死党，已全部被王允、吕布看管起来了，就等你董卓去送死了。

（白）：李儒李大人旧病复发，十分沉重，在家调养。

董　卓（表）：想想真有点对不起李儒，他为我出谋划策，可谓尽心竭力了。我一发火，就把他骂得狗血喷头，气得他抱病在家，现在正是要紧关头，他出不了力，此番回京后，要去安慰安慰他。

李　肃（白）：呀！主公！卑职奉王司徒与吕将军之命，要保护主公驾临长安，即皇帝位。请主公及早起行，满朝文武正翘首以待。

貂　蝉（表）：貂蝉全明白了，一定是王司徒与吕布一切安排停当，就等你老贼去送死了！此事不能拖延，时间一长老贼会有所察觉，趁现在老贼正陶醉在做皇帝的美梦之中，促使他立即动身。

　　　　（白）：呀！太师！李将军受司徒大人重托，护驾进京，定是忠勇之士，一路可保安全无虞。太师及早登上皇帝宝座，乃妾身朝思暮想之愿也！

　　　　（表）：你做皇帝心不急呀？我倒有点等不及了！

董　卓（表）：貂蝉一番话说得老贼心痒难搔，好像自己已经做了皇帝。

　　　　（白）：貂蝉，老夫当了天子，第一个就册封你为贵妃！

貂　蝉（表）：貂蝉一本正经走到董卓面前，跪伏在地。

　　　　（白）：臣妾叩谢皇帝陛下，万岁！万万岁！

董　卓（白）：呀！哈……爱妃平身！

李　肃（表）：旁边李肃一看，这貂蝉真会做戏！不愧是一级演员！我也来凑凑兴！

　　　　（白）：臣，李肃见驾吾皇万岁！万万岁！

众　　（表）：厅堂上所有歌伎、乐工、侍卫也要轧闹猛，一起跪下来。

　　　　（白）：吾皇万岁！万万岁！……

董　卓（白）：哈……平身！

　　　　（表）：董卓心花怒放！多年的皇帝梦，今朝总算实现了。

　　　　（白）：李肃忠心可嘉，待进京之后，当封你为关内侯！

李　肃（白）：臣谢主隆恩！请万岁即刻起驾进京，免众臣久盼。

董　卓（白）：这个……

貂　蝉（表）：按说现在董卓要当皇帝的心情是迫不及待，恨不得一步跨到长安，立刻登上皇帝宝座，但是看他还是有点犹豫，为什么？

　　　　（白）：万岁为何如此犹豫？

董　卓（表）：你不知道，昨天夜里我做了一个梦，一条巨蟒把我紧紧绕住，使我气也透不出来……好像不大吉利吧？

貂　蝉（表）：恭喜万岁！这是好兆头！这不是蟒，而是龙，龙缠身，正是应了你要当皇帝了，是吉兆。

董　卓（表）：我觉得不是龙，是一条大蟒蛇。

貂　蝉（表）：蟒蛇与龙是一样的，当初汉高祖刘邦在芒砀山拔剑斩蛇，其实亦是龙，后来刘邦不是做了开国皇帝吗？

董　卓（表）：对！有道理！看来我亦要做开国皇帝了！既然天命有归，越快越好！立即吩咐起驾进京！董卓与貂蝉分乘两辆豪华型轿车，是用四匹马拉的，力道很大，有四匹马力，所以亦称为"驷车"。命令李肃为保驾将军，统率三千飞虎军，护卫进京……
　　　　　　　离眉坞城还不到三十里，董卓所乘的轿车的车辆突然断裂，车身朝前倾斜，四匹马嘶声狂叫，董卓还算有点武功，一手抓住车旁栏杆，总算没有跌倒地上，两旁护卫的将士都吓得面如土色。

李　肃（表）：李肃赶紧过来，将董卓搀下车子，只见董卓面色发青，满面杀气中还带一点惊恐之色。

貂　蝉（表）：貂蝉在后面一辆车上，亦要紧下车来安慰董卓。
　　　（白）：万岁！受惊了？

董　卓（表）：受惊事小，倒是触霉头！我乘车是赶去京城做皇帝的，怎么突然车辆断裂，这不是个好兆头！
　　　（白）：爱妃，车辆忽然断裂，莫非此行大不吉利？

李　肃（表）：啊呀！李肃急呀！想不到会出这么一个事故。不要这老贼想来想去苗头不对，就此"打道回府"，真是功亏一篑了。越是急越想不出话来搪塞……

貂　蝉（表）：貂蝉却是不慌不忙，
　　　（白）：恭喜万岁！贺喜万岁！

董　卓（表）：呀！还有什么喜呀？
　　　（白）：爱妃此话怎讲？

貂　蝉（表）：你这部车子是你当太师乘的，现在你要当皇帝了，不应该再乘这辆车子了，应该换乘龙车凤辇了，级别不一样了，车子亦要换一换了！这部车子应该报废了！这是好兆头，正说明你是的的确确的真命天子！

董　卓（白）：喔！呀！哈……—爱妃说得有理，有理呀！

　　　（表）：啊呀！有理归有理，我现在没有车子坐了，怎么办？

貂　蝉（表）：你只要不嫌挤，就坐到我的车里来，可高兴？

董　卓（表）：怎么不高兴，越挤越好！

李　肃（表）：李肃总算松了一口气，等董卓与貂蝉在车中坐定，吩咐起行！

董　卓（表）：一路上浩浩荡荡，前遮后拥直奔长安而来。董卓恨不得早点赶
　　　　　　　到受禅台，所以不断催，快点！快点！其实是早到早死。王允
　　　　　　　王司徒带领文武大臣手执宝剑早就等候在受禅台下，吕布带领
　　　　　　　三千铁骑埋伏在受禅台周围，等到董卓一到受禅台，吕布首先
　　　　　　　冲出来，一戟拿董卓刺翻在地，临死他还没有想明白——我到
　　　　　　　底是死在谁的手里？

　　　（念）：王允巧施连环计，力挽狂澜是貂蝉。

序曲　羞花谱

丽质由来天成，君王新承恩。

蓦然回首，一笑百媚生。

纵有后宫三千，宠爱只在一身。

魂断马嵬，了却朝朝暮暮情。

梨花树下，钿盒证前盟。

第一回　西宫情

（表）：杨贵妃与唐明皇大吵一场。为啥？虽则唐皇与杨妃恩爱得如胶似漆，形影不离，但是那天唐皇偕杨家满门去曲江春游。唐皇趁杨妃酒醉，竟私通了杨妃的姐姐虢国夫人。杨妃发觉，怎么不与唐皇吵呢？唐皇被杨妃吵得头痛，自觉理亏，就独自躲到翠华絮阁去避避风头，那么唐皇可以太平点了呀！倒说唐皇在絮阁百般无聊，心血来潮，复召梅妃到絮阁重叙旧情，不料又被杨妃发现，杨妃火极了！你横也爱我，竖也爱我，而你"昨日曲江，今朝絮阁"，这算爱我呀？杨妃平时被唐皇宠惯了，就与唐皇大吵大闹，而且三不罢四不休，甚至在大庭广众冲撞唐皇。唐皇实在忍不住了，一怒之下，下旨把杨妃撵逐出宫。当时天威震怒，没有人敢劝，老太监高力士只能将杨贵妃悄悄送到杨府。自从杨妃走后，唐皇心情十分烦躁，简直是坐立不安！小太监来请唐皇用膳，被唐皇骂出去，请唐皇睡觉，被唐皇一脚踢出去。横不好，竖不好！吓得这些小太监战战兢兢，手足无措，大家对总管老太监高力士望望，怎么办？

力　士（表）：怎么办？皇帝在"作"！"作"点啥？心里懊悔面子上又落不下来，心里"喔拉不出"出在你们身上，老太监高力士跟了唐皇几十年了，可以说从小一起长大的，东家的脾气怎么会不知呢？夫妻相骂，一只碗不响，两只碗叮当，你皇帝的心思我明白了，但杨妃的态度如何呢？所以第二天，趁皇帝不在意，高力士悄悄溜出宫到杨国忠府上，先来见杨国忠。

国　忠（表）：杨国忠是贵妃的哥哥，此人不学无术，而且贪婪成性，全靠了贵妃的裙带关系青云直上，官居户部尚书，相当于现在的财政部长，马上就要入阁拜相了。自从杨妃回府以后，杨国忠急得六神无主，像热锅上的蚂蚁一样。如果三日之内，皇帝不回心转意，不下圣旨复召杨妃，识相点，自己打辞职报告，请罪辞官回老家吃老米饭，现在看见高力士来了，有指望了。

　　　（白）：啊！公公，陛下的龙心圣情如何？

力　士（白）：且慢，让我先问你，昨夜杨娘娘的心情如何？

国　忠（表）：今早据丫头说，昨夜听见娘娘在房内连连叹息，时而推窗，时而关窗，一夜未睡。

力　士（表）：这两个人毛病一样的。

　　　（白）：我们一起上楼去见见杨娘娘吧！

国　忠（白）：公公，请。

　　　（表）：杨国忠带了高力士望楼上去……

杨　妃（念）：西宫渺不见，肠断一登楼。

　　　（白）：唉！我杨玉环不知今生能否重返西宫？

　　　（表）：贵妃正在推窗遥望，是怨耶？恨耶？悔耶？酸耶？说不清！真是百感交集。

力　士（白）：杨娘娘，奴婢高力士见杨娘娘。

国　忠（白）：臣杨国忠见凤驾娘娘。

杨　妃（白）：少礼！

　　　（表）：贵妃说话相当有分寸，因为现在她已经被撵逐出宫了，所以不说"平身"，而说"少礼"。

　　　（白）：公公怎么有暇到此？

力　士（白）：奴婢特来向娘娘问好！

杨　妃（表）：贵妃一听深感失望，原来不是皇帝派你来的，是你自己来的，他想不着我，我倒是放心不下他，昨天我确实把他气得够呛，不要气出点病来。

　　　　（白）：自我出宫以后，陛下龙体可安否？

力　士（表）：贵妃在关心皇帝的身体，火气退了。

　　　　（白）：万岁爷的身体怎么样，杨娘娘啊！

　　　　（唱）：（点绛唇）万岁爷，终日里，神思颠倒，

　　　　　　　　昏厌厌，闷沉沉，意烦心焦。

　　　　　　　　坐不宁，睡不安，千般懊恼，

　　　　　　　　一夜间，生悔意，怒气已消。

　　　　（白）：昨天晚上，万岁爷在宫内踱来走去，捶床捣枕，折腾了一宵。

杨　妃（表）：与我毛病一样的——失眠。不过觉得奇怪，我原先以为我一出宫，皇帝就会复召梅妃，怎么皇帝一夜未眠呢？

　　　　（白）：陛下既然圣心不安，何不召梅妃伴驾？

力　士（白）：不、不、不！万岁爷没有召梅妃伴驾，杨娘娘啊——

　　　　（唱）：上阳宫，梅娘娘，未蒙恩召，

　　　　　　　　万岁爷，独个儿，在西宫煎熬。

　　　　（白）：陛下不但没有复召梅妃，而且他哪儿都不去，就独个儿呆在西宫，长吁短叹，似有后悔之意啊！

杨　妃（表）：贵妃一听，心中如释重负，假使皇帝当时复召梅妃，这说明我回转西宫就渺茫了，贵妃亦松了一口气。但表面上还是佯装怨气未消。

　　　　（白）：哼！喜怒无常，君心难测。

力　士（表）：这两句话别人好说，你杨娘娘说就不对了，按理说你既然被撵出西宫，西宫已人去楼空，但是皇帝还是驾临西宫，这不是一个生活习惯问题，是念旧呀！说明他与你杨娘娘的情丝未断，而你被遣出宫，皇帝并没有复召梅妃，反而长吁短叹。

　　　　（白）：这说明万岁爷在感情上少得了梅娘娘，而少不了你杨娘娘呀！

国　忠（表）：旁边杨国忠一听，心里一块大石头落地了！本来皇帝震怒，贬妹子出宫，不但我们杨家一门的荣华富贵就此完结，弄得不好，

还有性命之忧。现在听高力士说皇帝少不了杨娘娘，心定了！荣华富贵又好招牌头了。

（白）：恭喜凤驾娘娘，万岁回心转意，此乃娘娘之幸，也是杨家之幸也！

杨　妃（表）：高力士分析得入情入理，贵妃心里很感动，皇帝对我毕竟还是有真情的，但是心里是这么想，嘴上还不肯承认。

（白）：哼！他"今日曲江，明日絮阁"，有什么真情呀！

力　士（白）：杨娘娘，奴婢有话不知当讲不当讲？

杨　妃（白）：公公，但说无妨。

力　士（白）：是。

（表）：当今社会无论皇亲国戚，文武大员，哪一个不是三妻四妾的，暴发户亦要包二奶了，何况皇帝乃是一国之君，三宫六院、七十二妃，后宫三千，这是名正言顺，天公地道的，又不是唐皇首创发明的，你平心而论，自从你进宫以后，唐皇真所谓"三千宠爱在一身"。即使是他过去最宠爱的梅妃，也冷落在上阳宫足足两年多了！虽然这次曲江春游私通了虢国夫人，又在絮阁私召梅妃，皇帝亦是难得动动"花心"呀！你应当胸襟宽大点，睁只眼，闭只眼，不闻不问，何必自寻烦恼呢？

杨　妃（表）：照你如此说来，还是我错？

力　士（表）：当然是你错了！他是合理合法！但是不合情。在用情专一方面来说，皇帝做得是有点欠缺，不过他现在亦在懊悔呀！所以你要理解——理解万岁！

杨　妃（表）：高力士的话讲得是有道理的，不过我还是难以接受，我对你皇帝一心一意，希望能以心换心，我不能容忍你行使皇帝特权，三心两意。

（白）：既然万岁亦有悔意，为何未见恩旨召我？

力　士（表）：你在大庭广众与皇帝大吵大闹，皇帝下旨把你撵出宫去，虽然他反悔了，但毕竟是一国之君呀，你不认个错，叫他如何"落蓬"？

（白）：只要杨娘娘表示一下认错的意思，奴婢保证万岁爷立即下旨复召。

（表）：老太监包拍胸脯，有把握！因为他已看透了皇帝的心思。

（表）：要我认错，他好"落蓬"，那么我的"蓬"怎么落呢？

（白）：他既然逐我出宫，我何必乞求进宫呢？

国　忠（表）：旁边杨国忠急煞了，妹妹呀，难道还要皇帝来当面向你检讨呀？从君臣之礼来说，你应当顺从君命，就以夫妻之情来说，你亦应该稍微迁就一点，皇帝亦好乘势"落蓬"。你只要能复召进宫，就是胜利！不要三不罢四不休了！

（白）：啊呀！凤驾娘娘，你可知我们全家祸福全系在你一人身上，一荣俱荣，一损俱损，你就可怜可怜愚兄吧。

力　士（表）：高力士深知贵妃的脾气，骄横惯了，要她认错，谈何容易。

（白）：这样吧，请杨娘娘交付一件心爱的东西，让奴婢带进官去，呈与万岁爷，感动圣心之后，奴婢即用香车宝马来迎接娘娘回宫如何？

杨　妃（表）：贵妃一听，可以"落蓬"了。送一件心爱之物给皇帝，这件东西不一定要价值昂贵，但要让皇帝看了之后能动感情就行了，送什么呢？贵妃手理青丝，低头沉思，一双水灵灵的凤目滴溜溜一转，有了。不如将这青丝剪下一绺，送给皇帝，他看了一定会动感情。对！

贵妃一手执剪，一手理发，轻轻一剪——

（唱）：手剪青丝泪盈眸，君恩如水付东流。

别离不惯无穷忆，得宠哪知失宠忧。

思悠悠，恨悠悠，悔意生时怨未休。

樽前寡酒谁共酌？

纵有那天上琼浆，人间珍馐，难以下咽喉。

幸得君王尚有真情在，两处相思一样愁。

但愿情长久，何苦细追究；忍将委曲一边丢。

泪痕不与君恩断，剪却青丝续好逑。

（表）：贵妃将剪下的一绺青丝用红丝线系住，打了一个同心结，并打开抽斗，取出了一只金钗钿盒，这是当年皇帝给我的定情之物，一起交给皇帝。

（唱）：红丝系住青丝发，付与君王亲手收。

（白）：公公，请转奏陛下，臣妾不能再睹天颜，仅献此发，聊表依恋之心。

力　士（表）：高力士接过青丝与金钗钿盒，身边藏好。

　　　（白）：娘娘请放宽心，奴婢此去，凭我三寸之舌，陛下定能香车宝马
　　　　　　迎接娘娘回宫。

国　忠（白）：公公，重托你了，不但下官感激不尽，就是杨家列祖列宗也感
　　　　　　恩匪浅！

力　士（表）：连祖宗亡人也搬出来了，高力士急急忙忙赶回西宫去。

唐　皇（念）：唉！无端惹起闲烦恼，有话难告待臣知。

　　　（白）：朕躬李隆基，昨日阿环骄妒，朕一时火起，竟将她撵逐出宫。
　　　　　　啊呀！失计啊，失计！

　　　（表）：唐皇现在是懊悔之极，自从杨妃出宫之后，唐皇怅然若失，寝
　　　　　　食不安，日子过不来了！虽然只有一天辰光，真是度日如年，
　　　　　　欲复召杨妃进宫，却又难于出口；若不召杨妃进宫，往后的日
　　　　　　子叫我如何过下去？深知杨妃的脾气，骄横任性，要她自己认
　　　　　　错回来，没有可能性的。

雪衣娘（白）：杨娘娘驾到！

唐　皇（表）：啊！来了？杨妃不召自到，唐皇是喜出望外，赶紧立起身来。

　　　（白）：啊呀，妃子！念得朕躬……

　　　（表）：呀！对门口一望，毫无动静，没有来，谁在乱喊？

雪衣娘（白）：杨娘娘驾到！

唐　皇（表）：哎！唐皇抬头一看，原来是一只鹦鹉——雪衣娘在学舌。

雪衣娘（表）：这是杨贵妃心爱的一只鹦鹉，通体雪白，很通灵性，贵妃给它
　　　　　　取名为"雪衣娘"。贵妃在西宫寂寞之时，就以雪衣娘为伴，贵
　　　　　　妃经常与雪衣娘说说心里话，所以雪衣娘被调教得玲珑乖巧，
　　　　　　不仅能说，而且会唱，深受贵妃与皇帝的宠爱，现在雪衣娘一
　　　　　　天未见贵妃，有点思念，所以脱口而出。

　　　（白）：杨娘娘驾到！

唐　皇（表）：哎！对雪衣娘望望，你触我心经呀？你明知我在想念杨妃。

雪衣娘（表）：你现在想念杨娘娘了？昨天你发什么火呢？把杨娘娘赶了出去，
　　　　　　你自己不好！

唐　皇（表）：你怎么怪我不好？昨天发生的事，你全看见的，杨妃骄横无理，大庭广众冲撞我，我怎么受得了呢？

雪衣娘（表）：你怎么不想想，她为什么冲撞你呢？

唐　皇（表）：无非为了曲江与絮阁二件事。

雪衣娘（表）：那么难怪娘娘要光火，你用情不专。换了我亦要火冒！

唐　皇（表）：喂！我是一国之君呀！天地良心，我亦难得动动花心，她应该可以谅解，不该大发妒意。

雪衣娘（表）：什么叫妒意？你不懂了。女子家的妒意，就是多情，对你若是无情，就不会有妒意，不妒就无情，无情就不爱，阿懂？

唐　皇（表）：现在我懂了，但是后悔莫及，目前连劝解的人亦没有，叫我如何"落蓬"？

雪衣娘（表）：这扇门是你自己关上的呀！你当时面孔铁板说："谁说情，一起撵出去！"谁还敢讲请劝说呢？

唐　皇（表）：这怎么办？

雪衣娘（表）：你只有与高力士商量商量，打开这扇门，解开这个结！

唐　皇（表）：对！高力士到哪里去了？怎么不见他的人影？倒说皇帝与一只鹦鹉在大攀谈。这只鹦鹉有这么通灵性？其实这不过是唐皇心里自己在暗暗思忖。

力　士（白）：万岁爷，奴婢高力士见陛下。

唐　皇（白）：嘟！奴才！你到哪里去了？怎么半天不见你的人影？

力　士（白）：奴婢到杨国忠的府上去了。

唐　皇（白）：去做什么？

力　士（白）：奴婢放心不下，特地去看望杨娘娘的。

唐　皇（白）：嘟！大胆奴才，朕又不曾下旨，竟敢私自前去，还当了得！

力　士（白）：是，奴婢该死。

唐　皇（白）：哼！又是一个胆大妄为的，下次再敢如此，定要打断你的狗腿！

力　士（白）：是，下次再如此一定打断奴婢的狗腿！

唐　皇（白）：哼！……杨妃的身体可好么？

力　士（白）：不好！

唐　皇（白）：啊！怎么样了？

力　士（白）：杨娘娘出宫以后，哭得像泪人似的……

唐　皇（表）：皇帝心里肉痛呀！表面上还要装出不在乎。

　　　　（白）：哼！谁叫她冒犯寡人！

力　士（白）：……

唐　皇（表）：喂！说下去，不要卖关子。

力　士（白）：杨娘娘到了杨府后，杨国忠是诚惶诚恐，要进宫向陛下请罪。

唐　皇（白）：不用，不用！

　　　　（表）：我又不问你什么杨国忠。

　　　　（白）：贵妃后来如何？

力　士（白）：到了晚上，杨娘娘以泪洗面，遥望深宫长叹，一夜无眠。

唐　皇（表）：同病相怜，啥个犯着？

　　　　（白）：唉！只怪寡人过去忒嫌宠爱，以致阿环任性惯了，才有今日之苦。

力　士（白）：是呀！杨娘娘冲犯天颜，也是万岁爷过分宠爱之故呀！

唐　皇（白）：啊！高力士，你莫非是替贵妃说情吗？

力　士（白）：不敢，不敢！万岁爷有旨："谁说情，一起撵出去！"奴婢哪
　　　　　　　敢呢？

唐　皇（表）：唐皇对高力士苦笑，你倒很懂宫廷的规矩。

力　士（表）：承蒙夸奖！

唐　皇（表）：我想打开这扇说情之门，你偏偏不进来，我又不能对你明说，
　　　　　　　"今日说情，不但无罪，而且有功"，对高力士望望，平时你很
　　　　　　　拎得清，今朝怎么了？

力　士（表）：高力士只当未看见。

　　　　（白）：杨娘娘是悔恨莫及，今早梳妆之时，思念君恩，剪下一绺青丝，
　　　　　　　交与奴婢，转奉陛下，娘娘说："今生不能再睹龙颜，谨献此
　　　　　　　发，以表依恋之心呐！"

唐　皇（白）：喔！怎么？妃子说："今生不能再睹龙颜……"啊呀！何出此
　　　　　　　言？莫非她……有寻短见之念么？

力　士（白）：是呀！

唐　皇（白）：啊呀！这……

力　士（白）：还好，被奴婢劝住了！

唐　皇（白）：好险呀，好险！

　　　　（表）：亏得你，忠臣！忠臣！

　　　　（白）：妃子的青丝何在？呈上来。

力　士（白）：是，领旨。

　　　　（表）：高力士就拿青丝与金钗钿盒一并取出，单膝跪地，双手捧上。

唐　皇（表）：唐皇双手瑟瑟抖，接过青丝与金钗钿盒，不由得眼泪汪汪，几
　　　　　　　乎要哭出声来。

　　　　（唱）：睹物伤神拭泪痕，青丝一绺见真情，
　　　　　　　昔日鬓边闻香气，今朝剪却倍伤心，
　　　　　　　我是无端惹得风波起，恩爱夫妻两处分，
　　　　　　　枕边冷落相思苦，一夜别离已断魂；断肠人相对断肠人。
　　　　　　　到如今怒已消，气也平；方寸乱，悔意生；
　　　　　　　还愁无计召卿卿。
　　　　　　　阿环是心高气傲难忍受，只怕她一念之差把短见寻；
　　　　　　　我是悔恨终身也活不成。

　　　　（白）：朕方寸已乱，如何调排？高力士，你与寡人拿个主意吧。

力　士（表）：既然皇帝凑上来与我商量，那么我可以替杨贵妃说说情了。

　　　　（白）：万岁爷，杨娘娘确实是骄纵任性，冒犯了圣驾，但娘娘手剪青
　　　　　　　丝，有悔改之意，万岁爷就应该宽恕她，复召杨娘娘进宫伴驾。

唐　皇（表）：对！说得极对！心里这么想，但在高力士面前，一时又放不下
　　　　　　　皇帝的架子。

　　　　（白）：言之有理。不过朕昨日撵了出去。今日又召了回来，朕乃一国
　　　　　　　之君，岂能出尔反尔，岂不被天下人取笑！

力　士（白）：有罪放逐，悔过召回，正是万岁爷宽大为怀，有何不可呢？

唐　皇（白）：这个么……

力　士（表）：还在这个、那个，死要面子活受罪，吓吓他！

　　　　（白）：万岁爷，事不宜迟，迟则多变呐！

唐　皇（白）：此话怎讲？

力　士（白）：奴婢在担心，怕杨娘娘又要自寻短见……

唐　皇（白）：啊呀！顾不得也！顾不得也！高力士，速备香车宝马复召杨贵

妃进宫见朕，事不宜迟，快去快去！

力　士（白）：领旨。

　　　　（表）：你放心，等明天一早，我就去把杨娘娘接回来。

唐　皇（表）：什么？你明天去呀？不行，今晚立即把贵妃接回来。

力　士（表）：宫外已宵禁了，坊门已关闭了！

唐　皇（表）：宵禁，就是夜里戒严了，坊门都关了，宵禁是对老百姓的，我
　　　　　　　 是皇帝呀！怕什么！

　　　　（白）：传朕旨下，今日解除宵禁，速去，速去！

力　士（白）：领旨。

　　　　（表）：高力士立即准备了宫车，去接杨贵妃。高力士是把贵妃悄悄送
　　　　　　　 出去，现在又悄悄接了回来。官车回到西宫，高力士请杨妃下
　　　　　　　 车在宫外稍等自己到内宫禀报唐皇。

唐　皇（表）：唐皇已经等得不耐烦了，简直是坐立不安，自己想不通，不过
　　　　　　　 一夜小别，怎么我会如此神思恍惚，想念杨妃呢？现在杨妃马
　　　　　　　 上要回来了，又是兴奋，又是不安，兴奋的是贵妃回来，我们
　　　　　　　 夫妻可以和好如初了，不安些什么呢？见了面我如何对她呢？
　　　　　　　 如果我说话太轻了，担心她又要撒娇发脾气，如果说话重一点，
　　　　　　　 又担心她受不了，哭哭啼啼……总之，我不能让她再伤心了，
　　　　　　　 但是我帝王的尊严还是要有一点的，过去确实是把她宠坏了，
　　　　　　　 让她亦要接受一点教训。

　　　　（白）：正是从今识破愁滋味，往后珍惜痛爱时。

力　士（白）：启奏陛下，杨娘娘已经宣到，正在宫外等候召见。

唐　皇（白）：高力士，宣杨玉环进宫见朕。

力　士（白）：领旨，万岁有旨，宣贵妃杨玉环进宫见驾呀！

杨　妃（白）：臣妾领旨。

　　　　（表）：贵妃从心里感激皇帝对自己的一片真情，心平气和想起来，皇
　　　　　　　 帝确实是个多情天子，你想我毕竟是一个宫妃呀，当了众人触
　　　　　　　 犯皇帝的尊严，按例就要"赐死"，皇帝非但没有这么做，反而
　　　　　　　 派了香车宝马来接我回宫，这说明什么？除了一个"情"字是
　　　　　　　 无法解释的，千百年来，哪一个皇帝像他那样多情？我并非为

了贵妃的身份，更非为了荣华富贵，皇呀！我只是希望我们像平常人夫妻一样，恩恩爱爱过一辈子。我只是不能容忍你以皇帝的特权，搞"一夜情"，"花嚓嚓"，不过我的脾气确实不好，以后亦要改改，皇帝毕竟年纪大了，不能让他再受气了，我应当以温存体贴来报答君恩君情，与皇帝患难与共。

现在贵妃跟了高力士踏进内宫。

唐　皇（表）：唐皇知道贵妃进来了，恨不得马上扑过去，诉说相思之苦，不！我要克制一下自己的感情，摆一摆皇帝的威势，让她接受教训，以后少"作作"！所以身体侧坐，头朝旁边，等杨妃上来见礼，然后我问一声，"杨玉环可知罪"，她回答"臣妾知罪"，我就说"这次恕你，下不为例"！一烙铁烫平，我以后日脚就好过了。所以唐皇只当不看见。

杨　妃（表）：贵妃到里面，本来马上要下跪请罪，现在看到皇帝这副模样，心里一股火又蹿上来了，"江山好改，禀性难移"，贵妃任性的脾气又发作了。将至皇帝跟前，贵妃立而不跪。

力　士（表）：高力士一看，贵妃神色有变，啊呀！又要弄僵了，赶紧提醒一声，高力士把手中净宫一挥。

　　　（白）：圣驾在此，杨娘娘叩谢皇恩呀！

杨　妃（表）：贵妃只当没有听到，低了头，看着地，用手指将绺绺青丝挽成小圈圈，挽了又松，松了又挽，就是不跪！

力　士（表）：高力士急呀！对贵妃望望，喂！即使你一点也不错，见了皇帝亦要下跪的呀！所以高力士拿净宫，朝杨妃的脚前一挥，跪下来呀！

唐　皇（表）：唐皇眼梢里都看清楚，突然提高喉咙——

　　　（白）：高力士！

力　士（表）：皇帝发火了！

　　　（白）：奴婢在。

唐　皇（白）：由她，由她！

　　　（表）：你随便她。

力　士（白）：领旨。

　　　（表）：老太监想勿落，我末急煞，皇帝倒不急，真是"皇帝不急，急煞太监"！高力士拿净宫望头颈里一插，双手相拢，来个袖手旁观，看你们如何"落蓬"收场。这时宫内寂静无声，所有的目光都集中在杨妃身上。

杨　妃（表）：贵妃立在皇帝面前，哭也不能，走也不能，十分尴尬。本来妃子见驾，下跪是很自然的事，但是刚才不跪，一刹那错过了下跪的时机，真不知如何是好？

雪衣娘（表）：躲在翡翠架上的雪衣娘一看，弄僵了！贵妃没有下场势了，还是我来吧！

　　　　（白）：杨娘娘下跪见驾！杨娘娘下跪见驾！

杨　妃（表）：此时贵妃再也忍不住了，突然扑上前去，哭出声来。

　　　　（白）：哎呀！陛下臣妾该死！

唐　皇（表）：唐皇听到哭声，回头一看，只见贵妃泪流满面，扑了上来，唐皇无论如何也忍不住了，想立起身来搀扶贵妃。

杨　妃（表）：贵妃已经扑倒在唐皇的脚跟前。

　　　　（白）：陛下，臣妾无知，触犯圣上，哎呀！罪该万死！

唐　皇（表）：唐皇实在撑不住了，什么皇帝的威严，去他妈的！用双手扶住贵妃的头，自己的眼泪全滴在贵妃的面上。

　　　　（白）：阿环何罪之有？阿环纵有差错，朕不该把阿环撵出宫去，这是朕一时之错，望妃子见谅！

杨　妃（表）：贵妃听皇帝如此说，心里更加难过，仰面哭泣。

　　　　（白）：陛下，妾不该恃宠生骄，触怒龙颜，哎呀！此乃妾之罪孽也！

唐　皇（白）：哎！常言道知错者非错也，按说妃子撒娇，朕极应该情让三分，寡人全不退让，此乃朕之不是也！

杨　妃（白）：此乃妾之不是！

唐　皇（白）：朕之不是！

杨　妃（白）：妾之不是！

力　士（表）：旁边高力士看得呆住了。真是"女人不作，男人不爱"。这个道理我今世是弄不懂了！

　　　　（白）：万岁爷，杨娘娘，别争了，你们都没有什么不是，这千不是，万不是，只有奴婢一个人的不是！

唐　皇（白）：与你这奴才何干？

力　士（白）：要不然，万岁爷为什么要打断奴婢的狗腿呢？

唐　皇（白）：啊，哈……啊，妃子！我们好夫好妻论什么谁是谁非呀！

　　　　（表）：本来，夫妻相骂极其平常，也难免会发生，分什么谁是谁非？又不是"阶级斗争"！

请听下档！

第二回　清平调

　　　　（表）：骊山华清宫离长安都城五十余里，是唐皇的行宫。满山苍松翠柏，郁郁葱葱。亭台楼阁，依山而建，画栋雕梁，极尽奢华。而骊山独特之美就是有一股温泉，唐皇与杨妃最爱在此沐浴。白居易有诗云"春寒赐浴华清池，温泉水滑洗凝脂"——这就是杨妃出浴的美丽而动人的写照。从此人们就把这"华清池"与杨妃联系在一起了。直到现在去骊山游览的人，首先想到的就是杨贵妃的"华清池"。

　　　　唐朝天宝年间的唐明皇已经老了，不是当初开元年间的唐明皇了，那时的唐皇意气风发，励精图治，开创了"开元盛世"，可以说是唐朝最辉煌的全盛时期。到了天宝年间，他倦怠国事，厌烦朝政，而把国家大事交给他最为宠信的李林甫、杨国忠、安禄山等人，后果可想而知。大唐江山如江河日下，危机四伏，人心惶惶，唐皇却蒙在鼓中，浑然不觉，而在一片歌舞升平的假象中，朝欢暮乐，醉生梦死。

　　　　因为唐皇久未上朝理事，故而今朝文武大臣都特地赶到骊山来请示汇报。唐皇虽然身在"朝天阁"召见群臣，而心在杨妃身上，因为他与杨妃约好今朝在长生殿欣赏歌舞，怕她等得心焦，所以特地命高力士先到长生殿与杨妃打个招呼——说我敷衍片刻就来。高力士到长生殿，只见杨妃斜倚绣榻，手捧锦笺，全神贯注不知在看什么？赶紧上前见礼——

力　士（白）：奴婢高力士见凤驾娘娘！

杨　妃（白）：咳唾随风生珠玉，笔花吐艳润文章。好诗啊，好诗！

　　　（表）：杨妃在做什么？看诗，看李白写的三首"清平调"，看得杨妃心花怒放，爱不释手，反复吟诵。

　　　　　　就在几天前，沉香亭牡丹盛开，只见万紫千红，争艳斗色，牡丹花真不愧是国色天香，花中之王！唐皇一时兴起，立召翰林学士李白进宫题诗，不料李白进宫时已喝得酩酊大醉，居然醉吟了"清平调"三章。本来唐皇是以赏牡丹为题，请李白写诗，但李白却把牡丹作为陪衬，而着重称颂了杨妃绝色之美，词藻华丽，比喻美妙，堪称绝妙好词！杨妃看了既高兴，又得意。李白，何许人也？天下闻名的大诗人，号称"诗仙"！而这位赫赫有名的"诗仙"，如此称颂自己，杨妃怎么不得意呢！这三首诗流传到民间，普天下都知道我杨妃之美，无与伦比，或许将来还能流芳百世，传诵千古……杨贵妃后来能列为"四大美人"之一，李白这三首诗确实起了一定作用。

力　士（表）：咦！我给她行礼，她毫无反应，如此专心在看什么？所以提高一点声音——

　　　（白）：杨娘娘，奴婢高力士见驾杨娘娘呀！

杨　妃（白）：哎！高公公少礼。

力　士（白）：谢杨娘娘！

杨　妃（白）：万岁爷来了么？

力　士（白）：启奏娘娘，万岁爷正在朝天阁召见群臣，商量国事，免得娘娘心焦，特命奴婢前来禀告，万岁爷待会儿就到。

杨　妃（白）：喔！

力　士（白）：启奏娘娘，李龟年带领全班梨园子弟在殿外侍驾，莫非娘娘今天有兴要歌舞一番了？

杨　妃（白）：是啊！

　　　（表）：上次我是即兴唱了三首"清平调"，并未尽兴。因为谱曲还不够完美，乐队演奏也不够默契，而且没有伴舞，有歌无舞，总是欠缺。所以我特地吩咐李龟年要把"清平调"作为"精品工程"，重点加工提高，等到皇帝生日那天大宴群臣之时，作为"献礼"节目。

（白）：高公公，你以为如何？

力　士（表）：喔！原来如此，想不到你对李白这三首诗如此心醉神迷。

提起李白，高力士心里极其郁闷。为什么？因为李白当众坍过他的台。就是那天唐皇与杨妃在沉香亭赏牡丹，召李白进宫赋诗，不料李白喝得酩酊大醉，君前失礼，皇帝非但不怪罪，反而亲手调了鲜鱼醒酒羹，让李白醒酒。李白吟了两首诗之后，竟向皇帝提出来"臣因酒醉，走得来足胀，不胜困扰，望万岁容臣脱靴，方得舒展怀袍"。一个臣子当了皇帝的面脱靴，这是大不敬呀！不料皇帝非但不怪罪，反而欣然同意，突然吩咐"高力士，与李学士脱靴"！高力士是唐皇心腹。不离左右，唐皇无论做什么，都是"高力士！高力士！"皇帝是叫惯了！现在亦是随口一叫——"高力士，与李学士脱靴！"我怎么办？皇帝的一句话就是圣旨，又不能不去，以我的身份而去为小小的翰林学士脱靴，多么坍台！岂不是一世话柄。你不要以为这高力士只是唐皇的心腹太监而已，其实他从小跟着唐皇出生入死，忠心耿耿，立下了汗马功劳。其职位很高，不亚于一二品朝廷大员。朝廷大臣都称他一声"公公"，即使当朝太子见了他，像对长辈一样，恭而敬之，他服侍唐皇，不要说脱靴，那怕脱袜子汰脚扦脚……，也是心甘情愿。而要他为一个小小翰林学士当众脱靴，实在难堪。现在皇帝吩咐，没办法，只得走到李白面前，心想你李白一定不敢让我脱靴，要谦逊一番，我便顺势叫小太监帮他脱靴。

（白）：李老先，万岁爷命咱家为你脱靴，你看如何呀？

（表）：不料李白竟毫不客气，把腿高高翘起——"高力士，与先生脱靴！"

高力士气呀！除了唐皇与杨妃没有人敢对我直呼其名，你李白忒嫌狂妄了！靴脱了，台坍了，从此高力士对李白恨之入骨。

杨　妃（表）：你这样的情绪，杨妃一点没有感觉到，她的心，还完全沉醉在这三首诗中。

（白）：啊！高公公，李学士神气清爽，才高八斗，真不愧是诗仙呀！

力　士（白）：启奏娘娘，这李白虽然有些歪才，但全不顾君臣之礼，好酒贪
　　　　　　杯，恃才傲物，只是一个狂生而已！杨娘娘呀！

　　　（唱）：翰林学士李青莲，漂泊江湖二十年。
　　　　　　放浪形骸无拘束，恃才傲物若痴癫。
　　　　　　他是待诏翰林院，不思学圣贤；
　　　　　　终日酩酊醉，还自诩酒中仙；分明是一介狂生如草菅。

　　　（白）：什么"酒仙""诗仙"，不过是一个"酒鬼"而已！

杨　妃（表）：杨妃听了十分反感，你怎么能把李白说得如此不堪呢！喔！明白
　　　　　　了，因为你为李白脱过靴，有点恼羞成怒，所以有意要恶说他。

　　　（白）：哎，高公公，此言差矣！

　　　（唱）：好一位翰林学士李青莲，气度轩昂不等闲。
　　　　　　放浪形骸显本色，恃才傲物不避嫌。
　　　　　　文章锦绣诗更绝，果然是谪降神仙下九天。
　　　　　　沉香亭醉吟清平调，笔花和雨洒人间；
　　　　　　定然是传诵千秋比圣贤。

　　　（白）：他不但是"诗仙""酒仙"，而是一位谪降神仙！

力　士（表）：什么叫"谪降神仙"？就是说李白原来天上的仙人，因犯了错
　　　　　　误，被玉皇大帝贬谪到凡间来的！你为什么捧得他这么高？懂
　　　　　　的，就是因为李白写的三首清平调，捧得你云里雾里。格末可
　　　　　　要试试看，我有本事能批得它一钱不值。

　　　（白）：奴婢不明白，杨娘娘为何对李白的三首"清平调"如此欣赏？

杨　妃（表）：说起清平调，杨妃不要太得意呵！你不懂我解释给你听听。你
　　　　　　就看这一首诗，第一句就是"名花倾国两相欢"，什么意思？名
　　　　　　花是指牡丹花，倾国是指我有倾国倾城之貌，将牡丹花与我相提
　　　　　　并论。一个女人比喻像花一样美，已经了不起了，所谓"花容月
　　　　　　貌"，而牡丹花乃花中之王，李白非但把我比作花中之王，而且
　　　　　　形容牡丹花都不及我，自觉羞惭——这样的诗写得太美妙了！

　　　（白）：啊！高公公，你说写得妙是不妙？

力　士（表）：好话人人爱听，尤其是女人，说她漂亮，真是心里说不出话不
　　　　　　出的快活，李白马屁拍到家了！搔在杨妃最痒的地方。

（白）：这个奴婢以为李白的比喻不当，这牡丹花虽然艳丽，毕竟只是无知的草木，怎能与你雍容华贵、宠冠六宫的杨娘娘相提并论呀！奴婢以为李白这是贬低了你杨娘娘呀！

杨　妃（表）：你这是有意恶说李太白，不必与你争辩。

（白）：既然如此，你再看这第二首……

（表）：这首诗还要好，"若非群玉山头见，会向瑶台月下逢"，"群玉山"是仙山，是仙人聚居之地，"瑶台"就是王母娘娘的"瑶池"，更是天上仙境。这首诗的意思是说他不是在仙山上看到过我，就是在瑶池上遇见过我……他把我比作天仙呀！所谓"貌若天仙"，这是对一个女人漂亮的最高评价了。

（白）：难道这也是贬低我么。

力　士（表）：高力士从心里佩服，李白的诗写得确实好，捧得杨妃百节百骸适意舒服，而且词藻华美，不落俗套，还有三分仙气。马屁拍到这样水平，我亦甘拜下风。

（白）：这个……仙女之美，谁也没有见过呀！这是虚无缥缈的，太抽象了！他说他在仙山上见到过你，分明是说他自己也是仙人了，这是他借称颂娘娘为名，实质上要凌驾于万岁爷与娘娘之上，用心可恶呀！

杨　妃（表）：你搞"大批判"呀？上纲上线！明明是一首好诗，被你歪曲理解，太牵强了！我知道由于你对李白记恨在心，不会有什么好话，何必与你多费口舌。所以杨妃付之一笑，低头不语。

力　士（表）：高力士一看杨妃低头不语，还有一首为什么不评了呢？关键就在这首诗上。

（白）：娘娘，还有一首诗，娘娘为何不作评论了呢？

杨　妃（表）：还有一首呀？还要好！你说比牡丹而草术无知；比仙女则虚无缥缈，而这首诗恰恰是将我比一个实实在在的绝代美女——"借问汉宫谁得似可怜飞燕倚新妆。"汉朝几百年历史，谁最漂亮？赵飞燕！赵飞燕是汉成帝的皇后，非但姿容绝代，而且体态轻盈，"能作掌上之舞"，深受汉成帝的宠爱。李白诗说，那怕是美艳无比的赵飞燕，穿了最时尚的新衣裳，与我"PK"，只能弹开。所以"可怜飞燕倚新妆"。

（白）：李学士之诗，真是绝妙好词，足以流传千古。

力　士（白）：杨娘娘竟会对李白这首诗如此推崇，奴婢感到十分惊讶！这个狂生的险恶用心，难道杨娘娘真的看不出来吗？

杨　妃（白）：此话怎讲？

力　士（白）：这个……奴婢不敢说。

杨　妃（白）：却是为何？

力　士（白）：说出来，怕娘娘受不了，怕娘娘生气！

杨　妃（白）：哎！我怎会生气，但说无妨。

力　士（表）：我说得你不跳起来，我不叫高力士！

（白）：恕奴婢无罪吧！

杨　妃（白）：快讲。

力　士（表）：娘娘可知赵飞燕的底细？

杨　妃（表）：我只知她是汉成帝的皇后，出了名的大美人。

力　士（表）：那么你可曾看过她的档案材料。

杨　妃（表）：没有，我又不研究历史

力　士（表）：那么我讲些给你听听。

（白）：我说，杨娘娘呀！

（唱）：汉宫美色世无双，果然飞燕不寻常。

　　　　皇后之尊无比宠，掌中起舞似轻狂。

（表）：你想，能在手掌上跳舞，骨头多少轻呵！不像你杨贵妃，分量重得多了！——无论是胖是瘦，都有美女，赵飞燕与杨贵妃就是两位典型代表。有一句成语"燕瘦环肥"，燕——赵飞燕；环——杨玉环，就是杨贵妃，所以胖、瘦各人欢喜，受众不同。赵飞燕有一个妹妹叫合德，比赵飞燕有过之而无不及，亦受到汉成帝的百般宠爱；虽说她们是亲姐妹，但争风吃醋，各不相让，后宫那是"闹猛"呀！

（唱）：姐妹争相献狐媚，翻云覆雨惑君王。

（表）：汉成帝当时四十几岁，亦算是壮年，营养当然不成问题，但还是经不起这姐妹俩轮番折腾……

（唱）：他在那温柔乡中无节制，可怜呜呼一命亡。

杨　妃（白）：喔！

力　士（表）：皇帝死了，可以太平点了，不！

　　　（唱）：赵飞燕，更荒唐；思淫欲，无伦常；

　　　　　　　一心追逐少年郎；淫乱后宫太放浪；

　　　　　　　只落得自尽身亡没下场。

杨　妃（白）：喔！原来如此！

力　士（表）：高力士厉害呀！他对杨妃太了解了。而且知道她的心病所在，
　　　　　　　他只把赵飞燕所做所为说遍，突出重点，让你杨妃自己去"对
　　　　　　　号入座"。从古到今都是如此——凡有心病的人，往往喜欢"对
　　　　　　　号入座"，自寻烦恼。

　　　　　　　高力士对杨妃望望，可受得了？

杨　妃（表）：受不了！高力士的一番话，果然触痛了杨妃的心病。你李白把
　　　　　　　我比赵飞燕，原来是含沙射影讥讽我呀！杨妃气得满面通红。

　　　（白）：可恨呀，可恼！

　　　（唱）：蹙损蛾眉怒气生，银牙微咬自思忖。

　　　　　　　李白是纵使才高称八斗，也不该含沙射影暗伤人。

　　　（表）：不是高力士提醒，我几乎受蒙蔽。赵飞燕与合德姐妹争宠，蛊
　　　　　　　惑汉成帝，使得皇帝死于非命。我亦有一位姐姐，被唐皇封为
　　　　　　　虢国夫人。生得亦极其漂亮。我看得出唐皇早就中意了，由于
　　　　　　　我看得紧，唐皇才未曾到手，毛病就出在一次去曲江春游——

　　　（唱）：曲江伴驾春游日，虢国夫人亦同行。

　　　　　　　衣彩佩光添秀色，香车行处扬红尘；

　　　　　　　引来了路人如堵观丽人。

　　　　　　　我是乘兴难得醺醺醉，却不料天子早存窃玉心；

　　　　　　　竟与那虢国夫人结私情。

　　　（表）：为了此事，我与唐皇大吵一场，皇帝下不了台了，把我逐出宫
　　　　　　　去，虽然后来皇帝亦懊悔了，把我复召入宫，嗨！通过这件事，
　　　　　　　皇帝对我更加珍惜，更加相爱了，不过，外界不清楚呀！单把
　　　　　　　我们姐妹争风吃醋传得沸沸扬扬，在民间传为笑柄……李白一

定听到传闻，有意讽刺我的。

（唱）：李白是假借汉宫飞燕事，讽嘲曲江去踏青；

说我姐妹相争惑圣君。

力　士（表）：看到杨妃柳眉倒竖，凤目圆睁，面色一阵红一阵白，知道她座位的号码对得很准了！曲江的问题，还是小事情，说到底不过是争风吃醋而已，她还有一个心病，假使号码对牢，李白完了！什么事？就是杨妃认安禄山为义子一事。安禄山是突厥人，是个胡儿，当时来说是外国人。外貌生得粗笨肥胖，而心地极阴险狡诈，却受到唐皇的宠信。高力士曾经提醒过唐皇，说此人心怀叵测，不可重用。唐皇不听，竟然还认安禄山为义子。安禄山明白皇帝最宠爱杨妃，就趁势一定要认杨妃为"过房娘"，百般讨好杨妃，还对唐皇说，"我是胡人，胡人只知有母，不知有父"。唐皇不但不生气，反而哈哈一笑！由于是"干殿下"了，所以可以随便出入宫禁，见了杨妃也从不避嫌，后来安禄山被唐皇任命为范阳节度使，节制三镇，天下一半兵力掌握在安禄山手中。民间对唐皇此举不理解。谣言四起，认为一定是杨妃私通了安禄山，淫乱宫闱，安禄山才有如此地位……高力士明白，这完全是捕风捉影的谣言，这是根本不可能的，杨妃也听说坊间有如此流言蜚语，心里极其郁闷，但又无法澄清、无从解释，只能闷在心中，这是杨妃的一块心病，她就怕听到关于"淫乱后宫"的议论。高力士对杨妃望望——这只号码可曾对上？

杨　妃（表）：对上了！一个女人对这种事情最敏感！所以杨妃越想越气……

（白）：哎——

（唱）：柳眉竖，凤目睁；恨难消，气不平；

说甚么李学士，谪仙人，竟把那酒肆流言当作真；

不过是长安酒徒一狂生。

休提起清平调，好诗文，分明是一派胡言乱弹琴，

怕的是流向民间说不清。

杨玉环，发娇嗔，撕却清平调，投入炉中化灰尘。

（表）：杨妃一怒之下把三章清平调撕得粉碎，投入炉中烧了。

（白）：高力士！从此以后，休再提起李白与"清平调！"

力　士（表）：高力士想，李白做梦也不会想到这三首清平调会得到如此结果。甚至还影响到李白的后半生。

正在此时唐皇来了，杨妃说从此不唱清平调了，关照梨园子弟开排"霓裳羽衣曲"。等到"霓裳羽衣曲"排练成功，唐皇大宴群臣，正式演出大型歌舞剧"霓裳羽衣曲"，正演到一半。长安来人飞马快报，说安禄山造反，已经兵临潼关，唐皇大惊失色！

正是"渔阳鼙鼓动地来，惊破霓裳羽衣曲。"

请听下档！

第三回　金瓯缺

唐　皇（表）：天宝十四载十一月，范阳三镇节度使安禄山起兵造反路，上势如破竹，攻破潼关，直逼京师长安，此时唐皇正与杨贵妃在骊山长生殿排练新编的歌舞——霓裳羽衣曲，唐皇得到战报，大惊失色。正是"渔阳鼙鼓动地来，惊破霓裳羽衣曲"。

唐皇立即赶回长安，召集文武大臣，商议对策。

两班文武急得六神无主，原以为河西节度使哥舒翰带兵二十万镇守潼关，凭借潼关天险，坚守一年半载是没有问题的，不料想潼关失守如此之快。而潼关离长安不满百里，所以众大臣都感到惊慌失措，各自在心中打小算盘。

唐皇见两班文武失魂落魄的样子，心里又气又急。

唐　皇（白）：安禄山兵临城下，如何对策，众卿议来！

张　垍（白）：吾皇万岁，臣太常卿张垍有本启奏。

唐　皇（表）：唐皇一看，是我的女婿张垍，官居太常卿。

（白）：奏来。

张　垍（白）：是，潼关已失，长安已无险可守，事已危急，依臣之见，可速速派大臣去潼关就地议和。

唐　皇（白）：呀！议和？

张　垍（白）：是呀，议和。

（表）：把潼关以外的土地割让给安禄山，以保潼关以内的半壁江山，估计可以谈成，不过事不宜迟，要快！

（白）：请万岁速决速断！

唐　皇（表）：唐皇想不到自己的女婿竟会提出议和，割让半壁江山给安禄山，心头一酸，低头不语。

张　土（白）：其实唐皇不要想不通，张垍虽是你的女婿，但早已私通了安禄山，是个内奸。他还有一个内党，就是兵部尚书陈希烈，赶紧出班附和。

陈希烈（白）：臣陈希烈启奏万岁，驸马张垍所奏甚是，为了江山社稷，臣愿立即赶赴潼关，与安禄山议和。

唐　皇（表）：唐皇大吃一惊！头抬起来对陈希烈望望，你是兵部尚书呀！也竟然响应议和？难道两班文武都是吃里爬外的？

陈元礼（表）：突然有人大喝一声——

（白）：不可呀，不可！

唐　皇（表）：唐皇一看，不是别人，是龙武大将军陈元礼。这位老将军年轻时就跟了我出生入死，忠心耿耿。从前我宠信安禄山，任命安禄山为范阳、平卢、河东三镇节度使，只有陈元礼与高力士对我提出反对意见，认为安禄山居心叵测，一个人兼任三个大军区的司令，掌握了几乎朝廷一半的军队，是十分危险的，我没有听他们的忠告，以致酿成大祸。现在看到陈元礼站出来反对议和，唐皇精神为之一振。

陈元礼（表）：陈元礼憋着一肚皮的火，实在耐不住了！

（白）：陛下，安禄山乃是谋反叛逆的乱臣贼子，与之议和，分明乃是求降，大唐天子的尊严何在？

唐　皇（表）：对！宁愿玉碎，不可瓦全，说得好听是议和，实质就是投降。

（白）：陈将军所奏极是，谁敢再言议和者，朕必斩之！

（表）：对张垍眼睛一弹，你再敢言和，我宁可让女儿做孤孀！

陈元礼（表）：其实他们都被安禄山吓破了胆，潼关失守并非安禄山能攻善战，而是我方战略、战术的错误！

（白）：此乃宰相难辞其责也。

国　忠（表）：杨国忠心里"别"一跳，这老家伙戳我一枪。因为当初哥舒翰坚守潼关天险，而不出战，在等候各地勤王之师抵达后，再围攻安禄山，而杨国忠身为宰相，根本不懂军事，还要瞎指挥，指责哥舒翰拥兵自重，惧敌畏战，再三下令哥舒翰出关迎敌，哥舒翰被逼无奈只得带兵十五万出关迎战安禄山，不料中了埋伏，全军覆没，以致潼关失守，杨国忠确有不可推卸的责任。

现在杨国忠对陈元礼望望，你要追究我的责任，谈也不要谈，这是我经过皇帝同意的。

唐　皇（表）：唐皇知道陈元礼是矛头指向杨国忠，但此事确实我点过头的，不能全怪他，现在当务之急，是要解决目前的危机。

　　　（白）：陈将军，如今大敌当前，尔意如何？

陈元礼（表）：陈元礼斩钉截铁一个字——

　　　（白）：战！

唐　皇（表）：战！能战吗？

陈元礼（表）：能！潼关虽失，民心未失。安禄山潼关之胜不过一时之胜，并非决定性胜利，安禄山统治下的河北二十四郡只有七个郡响应安禄山，其余十几个郡在平原太守颜真卿的联络下，至今仍在坚持抗战，所以大唐民心未失！

况且长安城城墙坚固厚实，粮草储备充足，尚有六军，精兵数万，坚守数月，绝无问题，待各路勤王之师一到，安禄山必败无疑。所以，战！

　　　（白）：陛下，战才能转危为安，只有战，才能力挽狂澜！

唐　皇（白）：喔！

杨国忠（表）：杨国忠一吓，呀！要打呀？打得过的？要抵挡安禄山几十万人马，根本不可能，一旦城破，我一家人家完结，十几年来靠巧取豪夺得来的财富，就要化为乌有。我与安禄山过去为了争权夺利，一直是死冤家，别人还好投降求生，我是只有死路一条，打！绝对不能打！求和，也不行，皇帝已经明确表态了！怎么办？杨国忠转念头，有了！

　　　（白）：臣右相杨国忠启奏吾皇万岁！

唐　皇（表）：你是宰相，应该摆摆观点了。

　　　（白）：奏来！

国　忠（白）：和即是降，和不得！而陈老将军言战，臣以为也战不得！

唐　皇（白）：为何战不得？

国　忠（表）：安禄山打洛阳，破潼关，势不可挡，潼关有天险之称，哥舒翰
　　　　　　　拥兵十五万，尚且一战而溃，全军覆没，而长安城虽说有留守
　　　　　　　六军，乃是精兵，但毕竟只有几万而已，如何能守得住？元礼
　　　　　　　此议虽出自忠心，但有点自不量力。

　　　（白）：故而臣以为战不得！战不得！

唐　皇（白）：和，战，皆不能，尔意如何？

国　忠（表）：迁！敌势既不可挡，何不暂避其锋，迁地再战。

　　　（白）：臣主张迁都。

唐　皇（表）：杨国忠迁都二字出口，朝堂上一片哗然！唐皇也一呆，迁都？
　　　　　　　这着棋我倒未曾想到。

　　　（白）：迁往何处？

国　忠（白）：西蜀。

　　　（表）：西蜀，是天府之国，有蜀道之难，剑门之险，易守难攻，不怕
　　　　　　　安禄山追击，迁都西蜀，既安全，又能号召天下军民抗战，积
　　　　　　　蓄力量，伺机反攻。

　　　（白）：臣综观全局，迁都为上策！

　　　（表）：杨国忠表面上说得冠冕堂皇，其实是为自己打算。在他看来，
　　　　　　　潼关已失，长安难保，只有一条路，逃！美其名曰"迁都"，西
　　　　　　　蜀是他的家乡，而且他身为宰相又兼剑南节度使，所以迁都西
　　　　　　　蜀是他最好的退路。
　　　　　　　两班文武中有不少是杨国忠的党羽，大家心领神会，纷纷出班
　　　　　　　附和。

众　　（白）：杨丞相所议极是，迁都乃是上策，请陛下圣断！

唐　皇（白）：喔！

　　　（表）：唐皇觉得杨国忠说得对！虽则陈元礼等一班武将忠勇可嘉，但
　　　　　　　是，战，没有把握！一旦失败，宗庙社稷化为灰烬，我，宁可

死，也不会当安禄山的俘虏，但大唐江山就此完了，我有何面
目地下见列祖列宗？不如迁都，暂避其锋，所谓"留得青山在，
不怕没柴烧"。对！

（白）：杨国忠迁都之议甚是，朕……

陈元礼（白）：迁不得！

唐　皇（表）：唐皇一看，又是陈元礼！

（白）：陈元礼，为何迁不得？

陈元礼（白）：陛下呀！迁都乃是逃跑，会使军心民意涣散，陛下呀！一错不
能再错，迁不得！

杨国忠（表）：杨国忠对陈元礼望望，你不识时务！皇帝已经同意了，你瞎起
劲点啥？

（白）：迁都乃综观全局之上策，不争一域一地之得失。老将军虽统率
六军，不过数万而已，怎敌贼兵数十万之众？岂非自不量力！

陈元礼（白）：杨丞相，此言差矣！

（唱）：范阳叛乱起刀兵，反贼猖狂日色昏。
大好河山遭涂炭，激起了壮士忠君报国心。
身陷绝境犹不屈，有那平原的颜真卿，常山的颜杲卿，
弟兄共义胆，两处相呼应，号召河北各州郡；
顽强抗敌结同盟。
牵制叛军数十万，那安禄山腹背受敌难久存；
怕什么叛贼长驱犯咸京？

（表）：河北是安禄山的老巢，颜氏弟兄在反贼重重围困之中，奋起抗
战，得到各处响应，现在河北的抗敌局面如火如荼，牵制了安
禄山的一半兵力，而且朔方节度使郭子仪正带领朔方军抄安禄
山的后路，与颜真卿相呼应，所以我们只要坚守长安城半年，
使安禄山腹背受敌，大唐江山就能转危为安。

（白）：请陛下三思！

唐　皇（表）：平原太守颜真卿，唐皇深知其人，乃是一介书生，写得一手好书
法，想不到就是这么一位文弱书生，首先在河北高举义旗，捍卫
大唐江山，现在已经成为河北抗敌的一面旗帜，后来他的兄弟常

山太守颜杲卿，积极响应，不顾势单力薄，奋力抗战，不幸城破被捕，敌人劝降，他非但不降，而慷慨骂贼，敌人恼羞成怒，先将其舌割去，再将他杀害。颜杲卿之子颜季明与父同时赴难颜真卿闻此消息，义愤填膺，立时挥毫写就一篇"祭侄文"，纪念为国捐躯的侄儿，这份"祭侄文"手稿，流传至今，称为"天下第二行书"，唐皇想到颜氏一门忠义，心情十分激动，照陈元礼的看法，只要长安坚守半年就能转危为安，问题是可守得住半年?

国　忠（表）：不要说半年，恐怕连半月都守不住。

　　　（白）：呀，万岁，潼关乃是天险，尚且难保，何况长安城，岂能守住半年之久? 依臣之见，还是速速迁都为是!

唐　皇（白）：陈元礼所奏甚是有理，不过，长安无险可依，恐难以久守。

陈元礼（表）：陈元礼对唐皇望望，你真的变了! 过去你是英气勃勃，而现在真是暮气沉沉，长安有如此坚实牢固的城墙，而且粮食充足，城内军民有百万之众，你居然说得出难以坚守，你这番话如何对得起在后方艰苦抗战的将士? 你可知在江淮有一座小城叫睢阳，在张巡、许远的带领下，军民奋战足半年多呀!

　　　（白）：陛下呀!

　　　（唱）：江淮有座睢阳城，孤城困守半年零。

　　　　　　那许远、张巡皆是忠义士，浩然正气满乾坤。

　　　　　　激励军民共抗敌，同仇敌忾斗志盛。

　　　　　　孤军御敌寇，杀敌不顾身；百战西风烈，带伤犹上阵；

　　　　　　杀声直上九霄云。

　　　　　　怎奈是箭已绝，粮已尽；人乏力，无援兵；

　　　　　　岌岌孤城陷绝境。

　　　　　　好一个忠勇义士雷万春，只身杀出睢阳城；

　　　　　　披星戴月奔帝京。

　　　　　　求告丞相府，血泪洒衣襟，丞相心如铁，

　　　　　　不肯发救兵，眼睁睁孤城无援救不成，

　　　　　　好一个，雷万春，宁愿慷慨死，不求苟且生；

　　　　　　单枪匹马杀回了睢阳城。

可叹那烈士赴难有三十六，拼将热血溅孤城；

感天动地泣鬼神。

陛下呀！民心未失希望在，大唐江山能复兴。

万不能抛却长安迁都去，

莫辜负各地军民一片忠君报国心。

唐　皇（表）：陈元礼一番慷慨陈词，听得唐皇热泪盈眶。

尽管安禄山的铁骑已踏遍了大唐半壁江山，而不能动摇大唐军民一片忠君报国之心。

唐明皇李隆基的一生，可分为两个阶段，前期的唐明皇年轻有为，励精图治，重用贤相姚崇、宋璟等，开创了唐朝的鼎盛时期——开元盛世，这时称之为"明皇"是当之无愧的，但到了后期——天宝年间，这十几年虽然表面上还是风调雨顺、国泰民安，实际上已是危机四伏了，这是因为唐皇厌倦政务、贪图安逸，把军国大事交给了狡诈凶险的李林甫、杨国忠及安禄山等，把开元年间的好局面、好风气破坏殆尽了，此时再称之为"明皇"，是名不符实了。但是大唐毕竟在李隆基的治理之下，老百姓过了几十年的太平日子，所以民心未失，在这样的形势下，唐皇心想，我若迁都，如何对得起天下百姓？

（白）：这个么……

国　忠（表）：啊呀！皇帝迁都的决心动摇了！一旦皇帝同意守城，必定把军权交给陈元礼，而陈元礼对我是恨透恶极了，我以后日子不好过，不死在安禄山手里，也要死在这老贼手上。无论如何不行！

（白）：啊呀，万岁呀！陈元礼竟然不顾圣驾安危，孤注一掷，此乃误君误国之议也，望万岁明察。

陈元礼（表）：陈元礼怒火中烧，忍无可忍了！

（白）：呀呀呸！杨国忠呀杨国忠，尔倚仗贵妃之宠，惑乱朝政，以致酿成今日之祸，你才是个误国殃民的奸贼！

国　忠（白）：喔唷……

（表）：这一文一武骂开了头，朝堂上一片哗然，大部分官员赞成杨国忠的主张——迁都，只有一部分武将支持陈元礼——主战，死守长安……吵得一塌糊涂。唐皇觉得双方讲得都有一定道理，一方是跟了自己几十年出生入死的心腹大将，为了大唐江山社稷，而力主坚守长安；另一方面是我的阿舅，为了我的安全而力主迁都。毕竟是"至亲莫若郎舅"……

唐皇一时难以决断，眼看朝堂上吵得不亦乐乎，头也痛了，所以吩咐暂时休会，让我仔细想想，再做决定，唐皇究竟如何决定？请听下档！

第四回　马嵬坡

车辆声，马蹄声……

（表）：唐皇仓卒西迁，为啥？安禄山已攻破潼关，杀奔长安。

长安城内的文武大员惊慌失措，纷纷议论，有的主张议和，有的主张力战……

但唐皇最后还是听从杨国忠的主张迁都西蜀。

所谓"诸亲莫若郎舅"，所以唐皇对他言听计从。

唐皇命龙武卫大将军陈元礼为保驾将军，统率六军即刻撤离长安，护驾迁都西蜀。

（表）：陈元礼心里火呀！大唐江山落到这个地步，全是杨国忠这个奸贼贪赃纳贿，擅权误国所造成的，因为皇帝宠爱杨贵妃，所以一味纵容杨国忠，而不纳忠谏。潼关失守，杨国忠就有不可推卸的责任。虽则现在兵临城下，但我认为潼关虽失，民心未失，长安城有精兵五万多，士气激昂，愿与胡贼决一死战。坚守一二个月是没有问题的，待等各路勤王之师抵达，一举克敌，大唐有望，但是现在你皇帝又听信杨国忠的谗言，迁都西蜀。说得好听点是迁都，其实就是逃难。民心一失，将来如何收拾？皇帝主意已定，君命难违，只能整顿军队撤离长安。但是六军将士的情绪非常不满，个个怒形于色，更且一路上杨国忠一家作威作福，六军将士愤怒到了极点，好比一场火山即将爆发！队伍一路下来，到了第二天的半夜，抵达马嵬坡。此地有一处驿站叫马嵬驿。还比较像样，周围有围墙，里面有几间房舍，庭心中央有一棵粗壮的梨树。枝茂叶盛，散发出淡淡清香。由于老太监高力士事先已派人打扫准备，所以收拾得还算干净。唐皇想，经过二天的崎岖跋涉，又饥又渴，总算在这马嵬坡可以安安稳稳过一夜了。

唐皇与杨妃身体刚刚坐定，只听得外面一片呐喊声，声振屋宇，唐皇大吃一惊，莫非安禄山杀得来了？

力　士（白）：启奏万岁爷，大事不好了！

唐　皇（白）：何事惊慌？

力　士（白）：六军兵变！

唐　皇（白）：啊！此话怎讲？

力　士（白）：杨丞相被杀了！

唐　皇（白）：啊呀！

杨　妃（白）：哎呀！兄长！

唐　皇（白）：这……陈元礼何在？

力　士（白）：陈将军正带着将士们在追杀杨家满门……

唐　皇（白）：啊呀！这……

杨　妃（白）：哎呀！陛下，快快救命呐……

唐　皇（白）：妃子莫慌，妃子莫慌……

　　　　（表）：叫她不要慌，其实自己心里也在慌。

唐　皇（白）：高力士，速去传旨，命陈元礼即刻见朕！

　　　　（表）：高力士还未出去，外面又奔进来一个小太监。

力　士（白）：领旨。

小太监（白）：启奏万岁爷，杨家满门被杀了！

杨　妃（表）：杨妃听到杨家满门被杀，如何受得了？顿时昏厥过去。

唐皇（惊慌失措）（白）：啊呀！妃子醒来……这便如何是好？

杨妃（苏醒）（白）：喔唷……

　　　　（表）：高力士关照宫女搀扶杨娘娘到里间休息。

唐　皇（白）：这个大胆的陈元礼。竟敢抗旨不遵，擅杀大臣，反了，反了……

　　　　（表）：还是老太监冷静提醒皇帝现在辰光六军情绪激动，一旦激变，后果不堪设想，要以大局为重。

唐皇被高力士一提醒，亦慢慢冷静下来，现在只能安抚，不能激化。

唐　皇（白）：高力士，宣陈元礼见朕！

　　　　（表）：用不着宣旨，来了！陈元礼横眉怒目带了四员郎将，全身戎装腰佩宝剑，不等通禀就闯了进来。

陈元礼（白）：我皇万岁，陈元礼甲胄在身，恕不下跪了。

　　　　（表）：拱手欠身，表示行礼。

唐　皇（表）：唐皇只觉着陈元礼迎面扑来一股杀气，心中一凛。

唐　皇（白）：国忠被害了？

陈元礼（白）：乱臣贼子，人人得而诛之！

力　　士（表）：高力士要紧咳嗽一声，暗示皇帝不要追究了。

唐　皇（表）：皇帝可懂？懂！心腹太监嘛！但我总亦要有个落场势，不能来个急刹车。

　　　　（白）：哦！国忠有罪当诛，何罪呀？

陈元礼（表）：陈元礼想，啥人有辰光来细诉杨国忠的罪状。

　　　　（白）：国贼之罪，擢发难数。

唐　皇（表）：唐皇想不落，你连落场势也不给我，我只好自落场。

　　　　（白）：是呀！国忠之罪，擢发难数，将军，传谕六军，朕一概免究。

陈元礼（白）：谢吾皇万岁！

　　　　（表）：陈元礼并不退下，依然昂首而立，一只手按在剑柄上，虎视眈眈朝里间望。

唐　皇（表）：只听得驿馆外的呐喊声，非但没有平息，反而越来越响，唐皇对陈元礼望望，你快去安抚六军，还在此做啥？

　　　　（白）：陈将军，国忠已诛，将军速去安抚六军，护驾西行。

陈元礼（白）：万岁。国贼虽诛，祸根未除。

唐　皇（白）：啊！此话怎讲？

陈元礼（白）：国贼虽诛，杨妃尚在，军心不安，请陛下割恩正法！

唐皇（大惊）（白）：啊呀！这……

　　　　（表）：唐皇顿时感到三魂出窍，天昏地暗，差点昏厥过去。你何出此言？妃子何罪？

陈元礼（白）：逆贼安禄山乃杨妃的义子，奸相杨国忠乃杨妃的兄长，杨妃以其美色而惑乱君王之心，此乃祸之本，乱之根也！

唐　皇（白）：哎！宠信安禄山，重用杨国忠乃朕之过失，杨妃素不干预朝政，与妃子何涉？至于美是杨妃自美，惑是寡人自惑，岂能加罪与妃子呀……

杨妃（哭泣声）：哎哟……

　　　（表）：杨妃在里间听得清清楚楚，想不到六军杀了杨家满门还不罢休，还要杀我，真是吓得魂不附体，想阿哥在外头的所作所为与我无关，我从不干预朝政，怎么将我当作祸根？好得皇帝会保护好的，他是一国之君，一定能够救我！况且陈元礼是皇帝的心腹大将，是忠臣，他不会抗旨不遵的。

陈元礼（表）：你杨妃的估计"豁边"了！今朝陈元礼不买皇帝的账——

　　　（白）：陛下话虽如此，但请听六军之呼声——

　　　（只听得外面呐喊声"不杀杨妃不进兵""不杀杨妃不护驾"）

　　　（白）：众怒难犯，还请陛下割恩正法！

唐　皇（表）：唐皇对陈元礼袍袖一挥，提高喉咙——

　　　（白）：朕乃一国之君，难道连一个妃子都保不住了么？

陈元礼（白）：陛下，勿忘此乃战乱，非常之时！

唐　皇（白）：将军，六军可以趁战乱胁迫天子么？

　　　（表）：声音不高，但十分威严，陈元礼感到一凛，不由自主低头躬身。

陈元礼（白）：臣不敢！

　　　（表）：陈元礼明白皇帝希望我能站在他的一边，弹压六军，但不过你不知六军现在情绪可谓一触即发，如果激怒军心，后果不堪设想。

　　　这辰光，外面呐喊声，喧闹声越来越响——国贼虽诛，祸根未除，不杀杨妃，决不护驾！

陈元礼（白）：陛下可曾听得六军之呐喊，表明众将士之决心，请陛下以军心为重，割恩正法，以平众怒。

唐　皇（表）：既然你陈元礼不肯去弹压六军，我自己去——

（白）：罢！将军既不能安抚军心，朕亲自出外晓谕六军。

（表）：立起身来，手执藜杖朝外面去。

力　士（表）：高力士一看急煞了！外头形势这样乱，你出去太危险了。
　　　　　赶紧上前跪在皇帝面前，两手一拦——

（白）：万岁爷，六军正在咆哮，圣驾不能挺身晓谕。

（表）：这时，唐皇只知救杨妃一命，顾不上自己危险，用手推开高力
　　　　士，直朝馆驿外面去。
　　　　高力士要紧跟上来。

陈元礼（表）：陈元礼想，亦好，让你出去看看，可以认清形势，但是皇帝的
　　　　　安全是至关重要的，所以带了四员郎将跟在后面，贴身保护。

杨　妃（表）：外头的喊杀声，听得杨妃心惊胆战。皇帝为了要救我，而不顾
　　　　　自己安危，亲自出去劝说六军，心里又是感动，又是担心。感
　　　　　动的是作为一国之君，为了一个妃子而冒险与军队对话，恐怕
　　　　　这是自古以来绝无仅有的，可见皇帝对我的一片深情；担心的
　　　　　是外头形势混乱，皇帝年纪大了，万一有点闪失，怎么办？杨
　　　　　妃想冲出去拦住唐皇，但再一想，恐怕现在也只有皇帝亲自出
　　　　　马，才能救我。但愿皇帝说服六军，平安无事。

（表）：出馆驿，前面就是一个广场。广场上六军明火执仗。高举刀枪
　　　　剑戟，黑压压一片，马蹄声、呐喊声交织一起，震耳欲聋。
　　　　馆驿的台阶上，中间立着手执藜杖的唐明皇，上首龙武卫大将
　　　　军陈元礼，手按剑柄，近身保驾，下首立着高力士，亦是腰佩
　　　　宝剑，贴身护驾。这二人对唐皇都是忠心耿耿，不过角度不一
　　　　样，高力士只忠于唐皇一人，唯命是从；而陈元礼不仅忠于唐
　　　　皇，更忠于大唐江山社稷，敢于犯颜直谏，但是，现在这二人
　　　　的目的一致——保护唐皇万无一失，万一有点闪失，这两人都
　　　　愿牺牲自己救唐皇。
　　　　高力士上前一步，净宫一挥，提足丹田劲，拔直喉咙，高喊
　　　　一声——

力　士（白）：众将士听着，大唐皇帝圣驾在此呀！

（表）：广场上呐喊声、嘈杂声逐渐平息下来了，众将士看到唐皇虽然

面容憔悴，但还是有一种说不出的威严，震慑人心，顿时鸦雀无声。不过，广场上数万将士竟然无一下跪，按理说，皇帝出来，众将士应伏地下跪，山呼万岁！现在居然岿然不动，高力士对皇帝望望，恐怕今朝你也搭勿够。唐皇立在台阶上，用目光扫视四周，见六军个个怒形于色，咬牙切齿，唐皇既感到有些恐慌，又有点悲伤，想勿到做了几十年皇帝落到这般地步。

唐　皇（白）：唉！六军将士们——

　　　　（唱）：大唐危急事非常，逆贼兴兵反渔阳。

　　　　　　　　皆因是寡人无道思安乐，大不该重用奸相乱朝纲。

　　　　　　　　如今是误国乱臣已伏诛，六军无罪莫彷徨；

　　　　　　　　要赤胆忠心保大唐。

　　　　　　　　那贵妃不干朝政事，内宫伴驾从不论短长；

　　　　　　　　岂能加罪将她伤。

　唐皇（白）：杨国忠伏诛，乃罪有应得，六军此举可嘉……只是杨妃无辜，不可加罪……

　　　（表）：说到此处，广场八方群起响应："请万岁割恩正法！"

　　　　　　　哗——

　　　　　　　唐皇又气又急，心乱如麻。想六军就是不肯放过杨贵妃，发急了！等喊声稍微静一静——

　唐皇（白）：万方有罪，罪在寡人，与杨妃何干？六军不听朕之晓谕，乃不忠于朕，也罢！朕愿退位谢罪，与杨玉环到民间去当一个庶民百姓！

　　　（表）：皇帝不做了！可以吗？倒说皇帝掼纱帽了。

　　　　　　　哗——一片啰唪。六军将士个个感到震惊，想不到皇帝会有这只棋子。

　　　　　　　正在此时，一员大将挺身而出，大喝一声——

王尚礼（白）：万岁！此言差矣。

　　　（表）：吓！唐皇出生出世未曾碰着过，竟然有人对他自己"你错了"！啥人？一看么想不落，原来是自己的心腹将领王尚礼。唐皇气得闲话亦说不出，怒目圆睁盯住王尚礼，听你讲点啥？王尚礼脸色严峻，走到唐皇面前。

王尚礼（白）：万岁一国之君，天下之主，怎能以一个妇人而舍弃天下？大唐将士为保李唐江山浴血奋战，仅潼关一仗即伤亡二十余万，如今六军为清君侧，除祸本，而陛下竟宁愿退位而保全杨妃，这岂不是轻将士而重美人，轻江山而重女色！陛下如此为君，六军如何效忠天子？

（表）：王尚礼这番话好比火上添油，顿时六军骚动起来，呐喊声铺天盖地，如同山崩海啸一般——"不杀杨妃不进兵""不杀杨妃不护驾""杀杨妃呀"！

哗——

六军将士不由自主朝前涌来，真如排山倒海一般，吓得高力士心都要荡出来了，不得了！陈元礼急忙上前，挡在皇帝面前，拔剑在手对高力士说："快扶陛下进去，快！快！外头有我！"高力士要紧搀扶住瑟瑟发抖的唐明皇，退到里面。

驿外，陈元礼拼命高呼："六军是忠于大唐天子的，还不退下去！"

陈元礼在六军的威信极高，被他仗剑一呼，六军不再向前冲了。

不过喊杀之声越来越响："杀杨妃呀！"

唐皇此时老泪纵横，泣不成声，高力士亦失声痛哭，要紧抱住唐皇，拖他在椅上坐定。

力　士（白）：万岁爷，冷静一些，保重龙体要紧……

陈元礼（表）：这时，陈元礼急匆匆赶到里间。

（白）：陛下，面谕之后，军心更乱，众将士非杀杨起不可。陛下呀，一旦有变，臣无法控制——

唐　皇（白）：啊呀！这……

力　士（表）：高力士看到现在形势已是十分危急不能再犹豫了，走到唐皇面前倒身下跪。

（白）：万岁爷，事到如今，奴婢有话不能不奏。

唐　皇（白）：快快奏来。

力　士（白）：恕奴婢无罪吧？

唐　皇（表）：现在啥个辰光，还客气点啥？

　　　　（白）：快讲。

力　士（白）：杨娘娘虽则无罪，可是杨国忠乃是他的兄长。杨国忠虽已杀了，
　　　　　　　　但杨娘娘仍在侍驾，令军心不安军心不安，陛下也不安，所以
　　　　　　　　请陛下……

唐　皇（白）：怎么样呀？

力　士（白）：忍痛……割恩吧！

　　　　（表）：说完，朝地上重重叩头，额角头上血都叩出来了！

唐　皇（表）：唐皇听完，撩起一脚，踢在高力士的肩上，高力士仰面一跤。
　　　　　　　　跌在地上。

　　　　（白）：咄！奴才！亏你说得出口？

力　士（白）：恕奴婢无罪。

唐　皇（白）：妃子亏待你么？

力　士（白）：没有，没有，杨娘娘对奴婢恩重如山。

唐　皇（白）：说什么军心不安，朕也不安，朕宁死亦不忍舍弃妃子的。

　　　　（表）：唐皇说完，掩面而泣，泣不成声。

杨　妃（表）：突然从里间传出一声凄楚的哭声——

　　　　（白）：哎呀，杨玉环愿死！

　　　　（表）：杨妃起先还有一种强烈的求生欲望，想不到六军的情绪是如此激
　　　　　　　　烈，甚至于皇帝挺身而出与六军对话，也不起作用。看来你皇帝
　　　　　　　　也救不了我了，我难逃一死！想到死，贵妃好比人浸在冷水里，
　　　　　　　　浑身冰凉。现在形势危急，我不死，六军不会罢休，一旦激变，
　　　　　　　　后果不堪设想，连皇帝都有危险。高力士说得对，只有我死，军
　　　　　　　　心才能安，军心安，皇帝则安。皇帝为了我舍身拼命，由此可
　　　　　　　　见，他对我感情之深，我即使死也无遗憾了。现在听到唐皇说
　　　　　　　　"朕宁死亦不忍舍弃妃子的"，再也忍不住了，手捧金钗钿盒，脚
　　　　　　　　步踉跄，走了出来，到皇帝面前，脚一软，扑到皇帝身上。唐皇
　　　　　　　　看到贵妃面色苍白，云鬟蓬松，泪如雨下，真是心如刀绞——

唐　皇（白）：唉呀！妃子，你来做什么？进去，快进去！

杨　妃（白）：陛下，臣妾愿死，臣妾愿死！

　　　　（唱）：悲泣声中叩圣君，泪流如雨湿衣襟。

花容失色云鬓乱，相看泪眼已断魂。

陛下呀！我兄长误国滔天罪，妾身怎得再侍当今。

唯求一死报君恩。

杨　妃（白）：陛下，臣妾愿请——赐死。

唐　皇（表）：真是五内俱焚，用悉悉抖的手轻轻抚摸贵妃散乱的青丝——

（白）：妃子，万万有罪，罪在朕躬，与妃子何干？你若捐躯，朕纵有四海之富，九五之尊，要它则甚？

（唱）：恨六军，太无情，持众咆哮欺寡人。

纵然是箭雨枪林何所惧？也博得个泉台上与你永不分。

（表）：说完，唐皇双手将杨妃紧紧抱住——要死，死在一起！

杨　妃（表）：杨妃听到唐皇准备与自己一起死，心里又急又痛，反而眼泪止住了，仰起头对皇帝望望，摇摇头——

（白）：陛下，此言差矣！

（唱）：渔阳鼙鼓动地惊，唐室存亡仰圣君。

你是身系天下民心在，万不能为我一人而弃苍生。

玉石俱焚非我愿，莫教我身后凄凉留骂名。

（表）：现在大唐正在存亡危急之时，假使你与我一起死，大唐必然灭亡，天下百姓一定会说，大唐是因我而亡，把我比作是商纣王的妲己、亡国的祸水，留下千古骂名，我在九泉之下也不会安宁的。我不是妲己，你也不是纣王，所以我能死，你不能死！

（白）：望陛下成全妾身吧！

唐　皇（表）：听杨妃这番话，好像五雷轰顶，呆脱了！我要是与她一起死，反而害了她成为千古罪人。

看来我救不了你杨妃，死也不能随便死……

（杀杨妃呀！杀杨妃呀！……）

唐皇（惊恐万分）（白）：啊呀！

杨　妃（表）：杨妃把金钗细盒摔到唐皇面前。

（唱）：这金钗细盒我带了去，不负你三千宠爱在一身。

在那长生殿上把双拜，夜半无人私语轻；

但愿生同罗帐死同陵。

今朝葬我在梨树下，来日还都再迁皇陵；

不负当初七夕盟。

唐　皇（白）：痛煞朕也！

杨　妃（表）：杨妃慢慢地站起身来，整一整衣裳，理一理云鬓，回转头来——

（白）：陈将军！

陈元礼（一惊）（白）：臣在！

杨　妃（白）：将军一向对圣驾忠心耿耿，此番六军喧哗，是因我而起，如今杨玉环愿为大唐而死，愿为圣驾而死。请将军晓谕六军，安抚军心，保护君王西行，还望将军忠心侍驾，光复河山，我死在九泉之下亦感激将军，请受杨玉环一礼。

陈元礼（惊慌失措）（白）：啊呀！

（表）：这样一位杀人不眨眼的大将军，居然亦是热泪盈眶，又悔又恨——我错怪了杨贵妃！想不到贵妃是这样深明大义，顾全大局，从容大度，主动请死。尤其她与皇帝的感情之深，令人感动。虽然与奸贼杨国忠是兄妹，但完全不一样，难怪皇帝如此宠爱。但现形势危急，我亦无力控制局面，只能硬硬心肠。

（白）：娘娘千岁！老臣深受国恩，自当保护圣驾，虽肝脑涂地在所不辞。娘娘为大唐天下之安危，舍生请死，老臣当铭记在心，请娘娘千岁，受末将一拜！

（表）：陈元礼把甲拦裙一撩，"扑"，伏跪在地！

嗨！这陈元礼见了皇帝都不下跪，现在对杨妃却深深一拜！

杨　妃（白）：高力士。

力　士（白）：奴婢在。

杨　妃（白）：你侍奉圣驾一向周到，如今万岁年事已高，我死之后，还望公公加倍小心万岁的冷暖起居。如若万岁思念我玉环时……望公公多加劝慰，保重龙体要紧……

力　士（表）：老太监这时已是泣不成声。

（白）：请娘娘放心，奴婢记下了。

杨　妃（白）：高力士，取白绫来。

高力士（一愣）（白）：……是！

杨　妃（表）：杨妃重新走到皇帝面前，倒身下跪。

　　　（白）：陛下，妾今生无悔，只求来生再侍奉三郎……

唐　皇（表）：唐皇此时悲痛欲绝，一句话也说不出来，泪流满面，双手捧住贵妃面庞，眼泪全滴在贵妃的面上。

　　　（白）：妃子……娘子……

杨　妃（白）：陛下……三郎……哎呀！我舍不得三郎呀！……

力　士（表）：这时高力士手捧一根白绫过来，跪在地上。

　　　（白）：请杨娘娘归天！

杨　妃（表）：杨贵妃缓缓站起身来，整整衣裙，手捧金钗钿盒，跟随高力士朝外面去。

力　士（白）：喳！六军听着，大唐皇帝圣天子，准六军之请，赐杨贵妃杨玉环死呀！

　　　（表）：一声凄厉的叫声，传到外头，呐喊声一下子停顿了……毕毕静……使人感到格外的紧张，恐怖。气也透不过来。

　　（合唱）：相看血泪忍离别，君王掩面救不成。

　　　　　　宛转蛾眉马前死，一代红颜绝凡尘。

　　　（表）：亦不知隔了多少辰光，只见高力士手捧白绫，到馆驿的台阶上，对六军宣布。

力　士（白）：杨娘娘归天了！

　　　（表）：顿时六军将士一崭齐跪倒在马嵬坡下，齐声高呼："愿吾皇万岁！万岁！万万岁！"

力　士（表）：高力士回转身来望里面去，到里面只见唐皇以袖遮面，人瘫倒在椅子上，高力士高举白绫，跪倒在唐皇面前。

（哭道）（白）：万岁爷，杨娘娘归天了！

唐　皇（表）：只见唐皇突然一凛，袍袖放下来，头慢慢抬起来，泪眼蒙眬，只见眼前白漫漫一片——

（凄楚地，声音微弱）（白）：妃子……

　　　　　　演出结束！

评弹系列新篇《四大美人》演出大事记

2002 年 12 月，《四大美人》首演于上海大剧院。

演员：张振华、金声伯、邢晏芝、秦建国、沈世华、胡国梁、徐惠新、庄凤珠、范林元、黄嘉明、庞婷婷

主持人：陈希安

导　演：周介安

2006 年 8 月，应香港康乐与文化事务署之邀，《四大美人》在香港大会堂演出。

演员：庄凤珠、倪迎春、张振华、高博文、施斌、秦建国、沈世华、吴静、吴君玉、江肇焜、沈玲莉、毛新琳、盛小云、邢晏春、邢晏芝、周强等。

2006 年 9 月 9—17 日，在上海兰心大戏院作汇报演出，演员同上。

2010 年《四大美人》在台北新舞台演出。

演员：张振华、邢晏芝、徐剑秋、秦建国、张建珍、黄海华、陈琰、陆人民、钱国华、马志伟、毛新琳、高博文、程艳秋、颜丽花、陆锦花、周慧、郭玉麟、毛瑾瑾、张毅谋、归兰、江肇焜、许芸仙

艺术指导：张振华、邢晏芝、庄凤珠、沈世华、秦建国、江肇焜

2015 年赴日本多座城市演出。

演员：黄海华、吴啸芸、解燕、秦建国、周慧、陆嘉玮、陆锦花、高博文、郭玉麟、朱琳

《四大美人》首演于上海大剧院

❶ 主持人：陈希安
❷《西施篇·姑苏台》：胡国梁、徐惠新、庄凤珠
❸ 胡国梁
❹ 庄凤珠
❺ 徐惠新

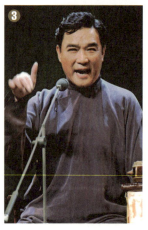

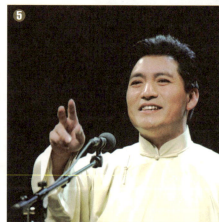

《四大美人》首演于上海大剧院

❶ 《貂蝉篇·凤仪亭》: 范林元、黄嘉明、庞婷婷
❷ 范林元
❸ 黄嘉明
❹ 庞婷婷

《四大美人》首演于上海大剧院

❶《昭君篇·雁门关》：秦建国、沈世华
❷ 沈世华
❸ 秦建国

《四大美人》首演于上海大剧院

❶ 《杨妃篇·马嵬坡》：张振华、金声伯、邢晏芝

❷ 张振华

❸ 邢晏芝

❹ 金声伯

《四大美人》首演于上海大剧院

❶ 剧组全体演职人员
❷ 作者与张振华、金声伯、邢晏芝讨论剧本

《四大美人》在香港演出

❶《貂蝉篇·连环计》：邢晏春、
  吴静
❷《貂蝉篇·凤仪亭》：施斌、
  盛小云
❸《貂蝉篇·受禅台》：高博文、
  吴君玉、盛小云

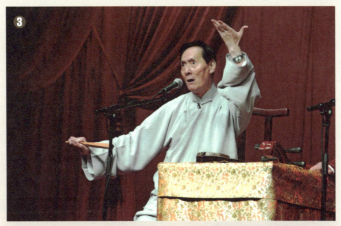

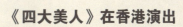

《四大美人》在香港演出

❶《杨妃篇·西宫情》：秦建国、江肇焜、邢晏芝

❷《杨妃篇·金瓯缺》：毛新琳、邢晏春、江肇焜

❸《杨妃篇·马嵬坡》：张振华

❹《杨妃篇·马嵬坡》：周　强

❺《杨妃篇·马嵬坡》：邢晏芝

《四大美人》在香港演出

1 《昭君篇·建章宫》：吴君玉
2 《昭君篇·雁门关》：沈世华
3 《貂蝉篇·凤仪亭》：盛小云
4 《西施篇·浣纱溪》：高博文、倪迎春

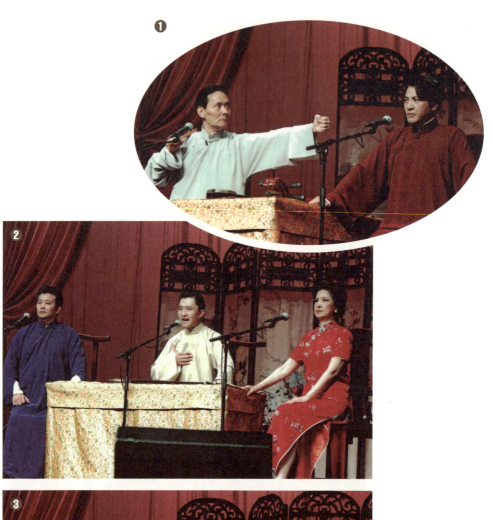

《四大美人》在香港演出

❶《西施篇·属镂剑》:张振华、施斌
❷《西施篇·姑苏台》:秦建国、高博文、庄凤珠
❸《昭君篇·长门怨》:江肇焜、沈玲莉、吴静
❹《昭君篇·建章台》:毛新琳、吴君玉、沈世华
❺《昭君篇·雁门关》:秦建国、沈世华

《四大美人》在香港演出

❶ 谢幕

❷ 金庸先生连听四场《四大美人》

❸ 《四大美人》赴港演出新闻发布会上，作者与"四大美人"：庄凤珠、邢晏芝、沈世华、倪迎春

❹ 作者与庄凤珠、张振华、秦建国在香港出席《四大美人》介绍会。

《四大美人》在台北演出

① 演出海报

② 全体女演员合影，左起：陈琰、张建珍、许芸芸、周慧、归兰、颜丽花、毛瑾瑾、陆锦花、程艳秋

③ 《西施篇·浣纱溪》：黄海华、陈琰

④ 《西施篇·美人计》：程艳秋

⑤ 《西施篇·属镂剑》：钱国华、陆人民、马志伟

《四大美人》在台北演出

① 《西施篇·姑苏台》：毛新琳、陆嘉玮、陈琰
② 《貂蝉篇·连环计》：张毅谋、归兰
③ 《貂蝉篇·凤仪亭》：陆人民、周慧
④ 《貂蝉篇·美人泪》：郭玉麟、周慧
⑤ 《貂蝉篇·受禅台》：马志伟、郭玉麟、毛瑾瑾

《四大美人》在台北演出

① 《昭君篇·长门怨》：钱国华、程艳秋、颜丽花
② 《昭君篇·建章宫》：黄海华、毛新琳、陆锦花
③ 《昭君篇·雁门关》：秦建国、张建珍
④ 《杨妃篇·西宫情》：高博文、江肇焜、许芸芸
⑤ 《杨妃篇·清平调》：江肇焜、张建珍

心寄弦情——窦福龙评弹作品集

《四大美人》在台北演出

❶《杨妃篇·马嵬坡》：张振华、徐剑秋、
　邢晏春
❷ 张建珍
❸ 江肇焜
❹ 陈琰
❺ 高博文
❻ 郭玉麟

《四大美人》赴日本演出

❶《杨妃篇·马嵬坡》：高博文、郭玉麟、朱琳
❷《西施篇·浣沙溪》：黄海华、吴啸芸
❸《貂蝉篇·凤仪亭》：陆嘉玮、陆锦花
❹《昭君篇·雁门关》：秦建国、周慧

《四大美人》赴日本演出

❶ 赴日本演出现场座无虚席
❷ 中国驻日大使程永华接见《四大美人》剧组
❸ 作者与"四大美人"：吴啸芸、周慧、陆锦花、朱琳
❹ 《四大美人》全体剧组人员合影
❺ 《四大美人》全体剧组人员合影

窦·福·龙·评·弹·作·品·集

梁上君子

中篇评弹

林徽因

《林徽因》是上海评弹团的一部创新力作，令人耳目一新。我感觉作品选材和立意好，思想感染力强，内容融合传统与现代，连通历史与今天，词曲典雅优美，表演古韵新风，引人入胜。艺术家们用精湛的演技，不仅细腻演绎出林徽因的情感世界与传奇经历，更鲜明突出地展现了林徽因、梁思成等优秀知识分子甘于清寂、不畏艰辛、献身事业、以学报国的高尚情操，坚贞不屈的民族气节和爱国情怀，令人深思，催人奋进！作品传递出的正能量，对今天满怀信心投身于实现民族复兴伟大中国梦的广大观众特别是青年知识分子朋友们，富有积极的现实意义。

二○一六年十一月一日 于北京

开场曲　再别康桥

轻轻的我走了

正如我轻轻的来

我挥一挥衣袖

不带走一片云彩

轻轻的走

轻轻的来

挥一挥衣袖

不带走一片云彩

云彩　云彩　云彩

第一回　太太客厅

（问）：在座各位，我有一个问题想请问大家。一个女人得到三个非常
优秀的男人刻骨铭心的爱，请问她是什么感受？

（答）：得意？对。不，纠结！

（问）：纠结？为什么？

（答）：因为这个女人也爱上了这三个男人，怎么不纠结呢？

（表）：而且这三个男人都非等闲之辈，都是闻名中外的学者、教授。

一位叫梁思成，他是美国宾夕法尼亚大学的高材生，中国建筑
学科的开创者，美国纽约联合国大厦的设计者之一。

一位叫金岳霖，毕业于美国哥伦比亚大学，著名哲学家与逻辑
学家，北京清华大学的教授。

还有一位是英国剑桥大学毕业、风流倜傥、大名鼎鼎的诗
人——徐志摩。他写的新诗风靡一时，引领了当时的潮流。特
别是几个女学生们对徐志摩的崇拜，绝对不亚于现在的女粉丝
对男明星的痴迷。

使得这三位大才子竞相折腰，爱慕倾心而且终生不渝的女人是
谁呢？

她就是林徽因，中国第一位女建筑师，学贯中西的才女，诗人。林徽因面对这三个男人的爱，怎么不纠结呢？

但是由于各种因素的促成，她还是理性地选择了和梁思成结为伉俪。而把她和徐志摩、金岳霖之间的爱留在了心间。

今天是1931年11月19日，北平北总布胡同三号就是梁思成与林徽因的住所。梁家的客厅虽然并不豪华，但布置得十分雅致。由于主人风雅好客，北平的学者、教授都喜爱来此坐而论道。自然而然形成了一个"文化沙龙"。

客厅的女主人就是林徽因，因为她博学多才、顾盼生风。所以无可争议地成为"沙龙"的主角，因此大家都把这个客厅称为"太太客厅"。

今天的"太太客厅"又是高朋满座。其中有新文化运动的领袖人物胡适博士，物理学家周培源、文学家闻一多、作家沈从文、哲学家金岳霖，还有画家刘海粟，他是上海美术专科学校的校长。当年就是他首创人体模特写真，在上海滩引起轩然大波。他思想开放，是当今画坛的领军人物。还有一位知名女作家凌叔华，她和胡适、徐志摩、林徽因的交情极深。今天这些人聚集在太太客厅等一位好朋友特地从上海赶来。什么人？徐志摩。这批人不得了，时代精英、社会名流，年纪不过三十左右，风华正茂。而且每个都能说会道，所有没有多少时间"太太客厅"已经是谈笑风生、热闹非凡。

刘海粟（白）：老金。

金岳霖（白）：海粟。

刘海粟（白）：今天太太客厅的男主人好像不在？

金岳霖（白）：梁思成和胡适到机场去接徐志摩了。

刘海粟（白）：男主人不在，女主人在呀，太太客厅，她是主角呀。

金岳霖（白）：徽因在隔壁书房里准备今天晚上的演讲稿。

刘海粟（白）：那就变得没有主人，只有客人了。

金岳霖（白）：这样就叫"客厅"呀。

刘海粟（白）：老金，你就住在隔壁，你是"毗林而居"，今天太太客厅的主人要你来当了。

凌叔华（白）：要你来了。

金岳霖（白）：你们就喜欢拿我寻开心呀！ OK，各位。Please have some coffee。请喝咖啡。

刘海粟（表）：这句英语不知道外国人能听懂吗？

（白）：老金，你进来英语又进步了！

金岳霖（白）：是吗？叔华，尝尝看咖啡的味道怎样？

刘海粟（白）：Very nice.

凌叔华（白）：味道好极了。

金岳霖（白）：各位！敝人昨天夜里特地为这"太太客厅"写了一副对联。也算在列公面前班门弄斧，请大家多多批评指正。

刘海粟（白）：拿出来看看。

金岳霖（白）：客气客气。

（表）：说完对联墙上一挂，上联"梁上君子"，下联"林下美人"。

刘海粟（表）：好！这副对联把梁思成与林徽因的姓嵌在里面。而且对仗工整流畅，妙极了。

（白）：老金，你这副对联写得真不错，就是有一点美中不足。

金岳霖（白）：倒要请教。

刘海粟（白）：大家都知道"梁上君子"是贼的雅称，上海人说起来"三只手"，你把梁思成比喻成梁上君子有伤大雅。

金岳霖（白）：海粟，我不是这个意思。大家都知道思成、徽因为了考察中国古建筑，走南闯北，不计艰险。他们每发现一处古建筑，都是欣喜若狂，如获至宝。而且两个人亲自爬到几十尺高的梁上丈量尺寸，看古建筑的结构，然后画好一幅幅精美准确的图纸，这才是我梁上君子的真正含义。

凌叔华（白）：原来如此。这个就叫反其意而用之。

刘海粟（白）：是我孤陋寡闻，现在茅塞顿开。

凌叔华（白）：君子配美人，正如诗经所云"窈窕淑女，君子好逑"。比喻思成与徽因再恰当不过了。想不到你一位研究逻辑学的专家，还有这么好的文采，小女子甘拜下风！不过老金，你这样是在抢我的饭碗了呀！

金岳霖（白）：叔华，我胆再大，也不敢在你这个凌大作家门前"虎口夺食"。

凌叔华（白）：虎口？我是老虎？我这么凶啊？

刘海粟（白）：老金，讨打了啊！叔华是老虎的话，岂不是"母大虫"了？

金岳霖（白）：有点的。

凌叔华（白）：各位，我倒有一个提议：这么好的一副对联，如果配上一幅画，不是锦上添花吗？

金岳霖（白）：叔华的提议好的，海粟。有劳你的生花妙笔了！

刘海粟（白）：要我画梁思成和林徽因？

金岳霖（白）：对的。

刘海粟（白）：叫我画梁思成还可以，画林徽因是随便怎样也画不出的！

金岳霖（白）：为什么？

刘海粟（白）：叫"意态由来画不成，当时枉杀毛延寿"。

（表）：这两句是宋朝的王安石称赞王昭君的诗句，这说明王昭君的美是画不出来的。林徽因胜比王昭君，所以徽因的美我也是画不出的。毛延寿是冤枉的，我可不想当毛延寿，死了还被人骂。这副对联我们看都觉得好，只怕等会徐志摩看了，别有一番滋味在心头吧！

金岳霖（表）：金岳霖一听他这句话的意思懂的，在说当年康桥的事。在座各位大家都知道，徐志摩和林徽因在康桥曾经有过一段像诗一样的恋情。但事情已经过去这么多年了，双方都有了家庭，尤其是在这"太太客厅"。你今天提起这件事情不适时宜。让我来打个岔。

金岳霖（白）：淑华、海粟，来，喝咖啡，喝咖啡。

刘海粟（白）：哦，喝咖啡。

凌叔华（白）：喝咖啡。

金岳霖（白）：海粟，志摩既然要来听徽因的演讲，为什么不乘早上的飞机？反而要搭乘这下午的邮政飞机呢？

刘海粟（白）：志摩囊中羞涩，没有钱买机票，只能免费搭乘邮政飞机，把自己当作包裹一样寄过来。

金岳霖（白）：不对呀！大家都知道志摩在上海三所大学上课，再加上平时写诗、写文章的稿费。一个月的收入最起码要五六百元，比一般的工人要高出几十倍。应该说收入相当富裕了，怎么一张飞机票都买不起呢？

刘海粟（白）：志摩虽然收入多，但也经不起他的新夫人陆小曼的挥霍无度呀！

凌叔华（白）：对。

金岳霖（表）：虽然说金岳霖和徐志摩非常要好，但是因为工作原因，一个在北京，一个在上海，平时联系不多。他万万没想到志摩在上海的境况这样窘迫，非常关心。

（白）：淑华、海粟，你们两个久居上海，和志摩过往甚密。现在志摩的境况到底怎么样？愿闻其详。

刘海粟（白）：提起志摩，一言难尽啊！

（唱）：他是当年留学赴英伦，在康桥结识林徽因；

徽因是豆蔻年华惹人爱，天生丽质有风韵，诗人一见便倾心。

虽则是佳人有意，才子多情，怎奈他父母之命早成婚。

志摩性浪漫，向往自由行；

不堪旧礼教，嫌弃旧婚姻，琴瑟难和不顺心。

徽因是虽有恋情也难忍受，故而她不辞而别返北京。

康桥不是鹊桥渡，耿耿银河叹无垠。

他是好事不成空叹息，康桥一别成遗恨，难免书生独伤情。

金岳霖（表）：要你说现在志摩上在海的情况，你怎么又说到康桥之恋？徽因就在隔壁书房，她听见了会怎么想？说两声就算了，还要唱了。

（白）：各位，来，喝咖啡，喝咖啡。

刘海粟（白）：喝咖啡。

林徽因（表）：不知隔壁的林徽因听见没？全听到了！客厅和书房只隔开一层板壁，客厅里高谈阔论，书房间里听得清清楚楚！林徽因在书房间里整理演讲稿，因为今天的演讲非常重要。各国驻华使节都要来听她讲中国古建筑史。

徽因做事情一向认真，尤其是听说今天志摩特地从上海赶来听她的演讲。心里非常激动，竟然一夜失眠。不料想早上起来梳洗，一失手一面圆镜"啪"跌到地上敲碎了！徽因顿时觉得有一种不祥的预兆。

这面镜子是当初志摩送给我的。虽然不是什么定情之物，但可以讲是康桥之恋的见证。现在突然碎掉，徽因心绪不宁，忐忑不安！推托整理讲稿而避免会客，实际上她是非常焦急地在等待志摩的到来。现在听到刘海粟提到康桥之恋，触动了自己的心弦，顿时涌出一股说不清道不明的滋味。

（唱）：忆昔康桥初恋情，心潮起伏意难平。

他是诗人气质多浪漫，风度翩翩才超群，似醉如痴撩芳心。

河畔倾诉声喁喁，夕阳西照丽人行，难得相知慰平生。

谁料想使君有妇且有子，我顿失迷茫乱方寸。

难道这花前月下，细语风轻，鱼雁往返，桥上鸳盟；

都好比梦里幻境当不得真。

（表）：我自问我有什么错？漂亮是错吗？才情是错吗？喜欢才子是错吗？但是因为他已经有了一场婚姻，不是错，也是错了！这一场恋爱，不管有多少美好，终究是错的！

（唱）：且自省，莫沉沦，我岂能肆意而为失品行。

他那里是不理想的婚姻，我这里是不理智的爱情；

故而我毅然转身返北京。

（表）：但我并不是不辞而别。临走时我给他写了一封信，信上是这样写的：我走了，带着记忆……里面藏着我们的情，我们的谊，已经说出和还没有说出的所有的话走了！

（唱）：此情可待成追忆，永留心间一片云。

刘海粟（表）：客厅里十分热闹，话没有断过，尤其是刘海粟，性情中人，而且是艺术家。要么不开口，一开口就刹不住了，滔滔不绝，简直像说书一样。因为久居上海，喜欢听评弹，还喜欢与评弹演员交朋友，所以深受影响。

（白）：徽因不辞而别，志摩十分伤感。

（表）：那是真的像说书了。

（白）：各位，志摩为了徽因写了好几首诗，来寄托他对康桥之恋的思念之情。大家最最熟悉的就是《再别康桥》。

集　　体（白）：轻轻的我走了，

正如我轻轻的来；

我轻轻的招手，

作别西天的云彩。

林徽因（表）：外面在集体朗诵了呀，这首诗是志摩为我写的。我对志摩的深

情厚谊还是刻骨铭心的。尤其这诗的最后几句：

悄悄的我走了，

正如我悄悄的来；

我挥一挥衣袖，

不带走一片云彩。

刘海粟（白）：好诗呀，好诗！由此可见志摩并未死心。正在他伤心失意的时

候碰到了陆小曼。

金岳霖（表）：金岳霖听你提起陆小曼，想正好，快点把话题转移到她身上。

省得他们横也康桥，竖也康桥。

（白）：海粟，提起陆小曼我倒想起来了。据说当时促成志摩与陆小曼

婚姻的始作俑者就是你呀！

刘海粟（白）：不不不！我不过是促成其事，而始作俑者乃胡适博士也！

金岳霖（白）：当时陆小曼已经有了家庭了，她怎么又和志摩结合在一起呢？

刘海粟（白）：唉，这个事情……

凌叔华（白）：海粟，小曼我比你熟。

刘海粟（白）：对的，你对陆小曼最了解。这样吧，你主讲。

凌叔华（白）：你补充，我们拼双档。

金岳霖（白）：那是真像说书了。

凌叔华（白）：说起陆小曼啊，胡适博士曾经说过这样一句话。他说："陆小曼

是北京城不可不看的一道风景线。"

（唱）：国色天香貌倾城，名门望族好出身。

天公着意生兰蕙，造物弄人谪凡尘。

生就的眉清目秀，粉肌红唇，顾盼生姿，婀娜婷婷；

光彩照人动京城。

她知诗书，通外文，能歌舞，擅丹青；

当代才女传美名。

登门无数求亲者，踏破门坎终不成。

只为名花早有主，年方妙龄已配婚。

嫁的是青年才俊真豪杰，原是那西点军校的高材生。

总料想郎才女貌正相配，谁料想性格迥异相径庭。

（表）：大家看起来，他们两个人蛮相配的，郎才女貌，天造一对，地设一双，谁知道生活在一起才发现两个人性格迥异，格格不入。

刘海粟（白）：正在这个时候，徐志摩出现了！志摩通过胡适介绍认识了陆小曼。那么出事了！这两个人好碰头的呀？一碰头，真所谓"金风玉露一相逢，便胜却人间无数"。

刘海粟（唱）：

凌叔华　　一个儿是痴情的才子，一个儿是奔放的女性；

一个儿是情场失意的回头客，一个儿是不甘寂寞的俏佳人；

一个儿是追求浪漫的多情种，一个儿是向往自由的织女星；

一个儿如干柴成堆，一个儿如烈火腾腾；

两情相悦，难舍难分；

全不顾街头巷尾成话柄，闹得个社会舆论乱纷纷。

刘海粟（白）：社会非议，坊间绯闻，双方家庭的极力反对，志摩真觉得压力大。实在没有办法，来请我和胡适帮忙促成其事。后来通过我的劝说，王庚答应和陆小曼离婚。一年过后，徐志摩和陆小曼举行了婚礼，他们两个人也总算是"有情人终成眷属"。

金岳霖（白）：那么蛮好嘛。

凌叔华（白）：什么蛮好，志摩到了上海之后，大大的不好了。

林徽因（表）：里面徽因本来是不经意在听外面议论。现在听见志摩到上海之后不好，有意要听了，所以侧耳静听。

凌叔华（白）：上海十里洋场，灯红酒绿，小曼到上海之后性格上的缺点彻底暴露了。行为放纵，挥霍无度，后来竟然还抽了鸦片。志摩好心劝她，她非但不听，还把烟枪丢到志摩头上。我想志摩也真作孽，本来好好一个人，被小曼折磨得筋疲力尽，意志消沉。不过我心里最清楚，其实志摩最最不舍得的还是和徽因这段……

刘海粟（白）：康桥之恋啊。

凌叔华（白）：对啊。

金岳霖（表）：怎么又来了。

（白）：喝咖啡，喝咖啡。

林徽因（表）：徽因万万没想到志摩现在的处境竟是这样狼狈，再也坐不住。我再不出去他们还要说下去了。要紧书房门一开，走进客厅。

林徽因（白）：Hello.

金岳霖（白）：徽因。

林徽因（白）：I'm Sorry. 徽因失礼了！

（表）：林徽因的出现，像一道彩虹划过长空，光彩照人。不是瞎说，凡是当年认识林徽因的人都会觉得她身上有一种特殊的魅力。

金岳霖（表）：金岳霖最在意林徽因的感受。

（白）：徽因。

林徽因（白）：老金。

金岳霖（白）：演讲稿准备好了吗？

林徽因（白）：演讲的内容是充实的，但是我怕说得不好！

金岳霖（白）：徽因，你太谦虚了。你和思成都是建筑领域的专家。尤其是你的演讲水平，连思成也是望尘莫及的。

刘海粟（白）：对啊，思成一直都在我们面前称赞你：大家都说文章是自己的好，老婆是人家的好。而我梁思成却是老婆是自己的好，文章是老婆的好！连这位哈佛才子都自叹不如，你还担心什么？

林徽因（白）：海粟，你这是在恭维我，还是取笑我？

刘海粟（白）：不敢不敢。

林徽因（白）：老金啊，这副对联是你的大作吧。

金岳霖（白）：徽因，请不吝赐教。

林徽因（白）：梁上君子……叔华——

凌叔华（白）：徽因。

林徽因（白）：梁上君子是什么意思啊？

凌叔华（白）：梁上君子么就是……贼呀！

林徽因（白）：老金啊，你分明骂思成是贼，你不太厚道。

金岳霖（白）：思成是贼呀，不然怎么把你这个"林下美人"偷到手的呢？

林徽因（白）：既然思成是贼，那么按照你的逻辑，我是思成的太太，岂不是
　　　　　　　贼婆娘了啊？

金岳霖（白）：徽因……

刘海粟（白）：老金，你又在讨打了。

凌叔华（白）：你欠揍。

金岳霖（白）：喝咖啡。

刘海粟（白）：喝咖啡。

凌叔华（白）：喝咖啡。

金岳霖（表）：就在这个时候，只听见门外汽车喇叭声响。呀，志摩来了！金
　　　　　　　岳霖赶紧立起身来打开大门一看。只看见梁思成与胡适两人急
　　　　　　　急匆匆进来，不见徐志摩。

　　　（白）：思成，志摩呢？

梁思成（表）：梁思成看见林徽因，三脚二步走到她面前，把她的手一抓。

林徽因（表）：只觉得思成的手冰冰冷。

　　　（白）：思成，志摩呢？

凌叔华（白）：志摩呢？

刘海粟（白）：志摩呢？

胡　适（表）：胡适看梁思成开不出口。

　　　（白）：徽因，飞机失事，志摩遇难了！

　　　（表）：啊！万万没想到会得到这样一个消息。就像晴天一个霹雳，大
　　　　　　　家都呆住了！所有人的目光盯着林徽因看。

　　　（白）：徽因。

　　　（表）：只看见她神色凄惨。

　　　（白）：徽因，徽因！

　　　（唱）：如针刺心痛难言，强忍泪水自哽咽。
　　　　　　　挥一挥衣袖，你轻轻的去也，
　　　　　　　霎时间化作一缕青烟；人世间再没有四月天。

怎忍听杜鹃啼唱悲年少，只落得残红细雨读诗篇。

不相见，不能再相见，永远不能再相见；

生死两茫茫，魂断离恨天。

梁思成（白）：徽因，今天的演讲就取消了吧！

刘海粟（白）：是啊，徽因，你就不要去了。

林徽因（白）：不！今天的演讲照常进行，否则，志摩要失望的。

（表）：今天晚上北京协和医院的礼堂座无虚席。唯有第一排当中的位
子空着，上面放好一本徐志摩的诗集。

林徽因强忍悲痛踏上讲台。

（白）：女士们先生们：在中国的大地上，有无数精美绝伦的古建筑，
这都是中国古代人民智慧的结晶，今天我所讲的题目就是中国
古建筑史。

（表）：林徽因用流利的英语做了一场题目为"中国古建筑史"的演讲，
博得全场热烈的掌声。

（白）：最后请允许我用一位伟大诗人的几句诗作为今天的结束语。

轻轻的我走了，

正如我轻轻的来；

我挥一挥衣袖，

不带走一片云彩。

（表）：这两句诗，到今天还刻在英国剑桥大学的一块石碑上。

康桥之恋是林徽因的初恋。她与梁思成又是怎样修成正果的
呢？请听下档。

第二回　紫　燕　绕　梁

（表）：梁思成与林徽因在新婚之夜，梁思成问林徽因：徽因，我问你
一句话，只问一次，以后不会再问，你为什么选择我梁思成？

林徽因回答说，你这个问题的答案太长了，我要用一生来回答
你，你做好听的准备了吗？

亲爱的听众朋友们，这句话你们懂吗？不懂！不瞒大家说，我

也不懂。关键是梁思成懂吗?

可以告诉大家,我们说的书就是在回答这个问题。

上一回的故事发生在 1931 年,我们将时光倒流,推前五年。也就是 1926 年,这时梁思成 25 岁,林徽因 22 岁。听从双方父母安排,来到美国宾夕法尼亚大学求学,已经整整两年。他们两人虽然尚未婚配,但心照不宣,名分已定,学成归来就举办婚礼。这一天,梁思成突然接到父亲写来的两封信。梁思成的父亲不得了,中国近代史上赫赫有名风云人物——梁启超。他既是一位政治家、思想家,又是一位博古通今、学贯中西的当代大儒。门生故吏遍天下,有极高的威望。特别是在教育子女方面相当成功。一直告诫儿女们要专心做学问,不要想着去做官。八个子女个个成才,成为国家栋梁。现在梁启超的两封信飞越重洋,送到了梁思成的手里,梁思成觉得有点特别。为什么?因为这两封信,一封是写给自己的,还有一封是专门写给林徽因的。把自己这封信打开来一看:啊!一个人呆掉!呆了半天。为什么?因为信里带来一个不幸的消息。林徽因的父亲林长民在一场军阀混战中中弹身亡了。这突如其来的噩耗使梁思成万分悲痛,马上想到我怎么和林徽因说呢?这件事情怎么告诉她呢?

他知道林徽因对父亲的感情非同一般啊!林长民出身于名门望族,早年参加辛亥革命。后来在北洋政府中担任司法总长。这个时候梁启超是财政总长。他们两个人一碰面一见如故,莫逆之交,情趣相投,志趣相同,无话不谈,情同手足。林徽因是林长民的长女,从小聪明伶俐。所以父亲对这个女儿特别喜欢,特别宠爱。林长民在游历欧洲各国的时候,就把女儿带在身边,让她开眼界,见世面。用这样一种开明的方法培养一位天才少女。所以林徽因对父亲的感情既有父女之情,还有一层很重要的朋友之情。这件事情我怎么跟她讲?为了这个梁思成一夜未眠。

第二天是星期天,一早起来赶到宾大图书馆门前等候徽因。这是他们两个人的惯例,每逢周末都是在图书馆里度过。宾大图书馆是一幢哥特式建筑,塔身尖顶,四周镶嵌浮雕,望上去非常别致。门前开阔的大草坪，郁郁葱葱，两旁绿树成荫。蓝天白云相衬之下，十分旖旎，非常漂亮！但是今天的梁思成有什么心思来欣赏这样一种美景。他在等你林徽因早点来吧。隔了一会，来了。从草坪的对面走过来。身上一套洁白的衣裙，就像希腊神话中的维纳斯，飘然而至。

林徽因（表）：来的正是林徽因，今天对徽因来说是一个重要的日子。所以特地精心打扮，穿了一套自己最喜欢的洁白长裙。现在手里拎着书包，笑盈盈地踏过来。

（白）：Hello! Good morning. 思成。

梁思成（白）：Good morning.

（表）：梁思成手往书包里伸进去，

（白）：徽因……

林徽因（白）：拿来！

梁思成（表）：听见"拿来"，心里"咯噔"一来，我这个手伸进包里拿两封信呀，"拿来"？难道两封信你知道吗？不可能的。

梁思成（白）：徽因，什么东西拿来？

林徽因（白）：礼物啊。

梁思成（白）：什么礼物？

林徽因（白）：你忘了？今天什么日子？

梁思成（白）：今天……？哦，今天是你的生日。

林徽因（表）：不容易，总算想起来了。我总满心希望你今天手捧鲜花在这里等我，想不到花没有，礼物也没有，忘记了。现在你真的不把我放在心上了。

梁思成（表）：不要怪她动气，是要动气的，为什么？我不好。平时她的生日，送花的人很多很多！但是第一名总归是我，但是为了这两封信，心里太过万分悲痛。把她的生日忘得干干净净，这个我是不好，打个招呼吧。

（白）：徽因，对不起，这两天功课太忙了，昨晚又熬了一个通宵，所以把你的生日忘了。下次无论如何一定当心，请你原谅！

林徽因（表）：这个书呆子，用功实在用功，一天到晚钻在书堆里。不过他这种

　　　　　　　勤奋好学的精神也是让我从心底里佩服，我就是喜欢他这一点。

　　　　（白）：思成同学知错能改，还是好学生，不过下不为例啊！

梁思成（白）：下不为例，下不为例。

林徽因（白）：那么今天你如何弥补？

梁思成（表）：看得出的，今天徽因生日，特别开心。我这两封信拿出来，信
　　　　　　　里的内容你知道后一定悲痛欲绝，今天过生日的气氛冲得无影
　　　　　　　无踪。这样，倒不如今天让我陪你开开心心过掉这个生日。
　　　　　　　改日再说吧！对。

　　　　（白）：徽因，你看今天天气特别好，风和日丽！这样，我们两个人不
　　　　　　　去图书馆了，我陪你散散步，一起走走可好？

林徽因（表）：每逢周末，不是跑图书馆，就是孵博物馆，不是画图纸，就是
　　　　　　　查资料。今天为了我的生日，算放假一天，陪我散散步，他也
　　　　　　　算是罗曼蒂克了！

　　　　（白）：好啊，不过花还是要送的。

梁思成（白）：一定，一定。

林徽因（表）：手往思成臂弯里一搭，头往他肩上一靠，两个人相依相偎，姗
　　　　　　　姗而行。

梁思成（表）：这两人一路走来，回头率是200%的。为什么多100？看见的
　　　　　　　100人回去一定会告诉另100人。放到现在有了手机，还要不得
　　　　　　　了，朋友圈一晒一转，成千上万。当时留学美国的男同学非常
　　　　　　　眼热呀！一直和梁思成说："思成同学，你能赢得徽因的芳心，
　　　　　　　我们都为你感到高兴！"嘴上是这么讲，心里是有点酸溜溜的。

林徽因（白）：思成，你还记得八年前的今天，我的生日宴会吗？

梁思成（表）：怎么不记得！我和你第一次碰头就是在你的生日聚会上。被你
　　　　　　　提起，梁思成的思绪被你拉回八年前。对呀，那天你也是穿着
　　　　　　　一套洁白的衣裙，漂亮、动人，我永远也不会忘记。

　　　　（唱）：记得当年初相会，惊鸿一瞥难忘怀。
　　　　　　　她是亭亭玉立，天真烂漫，玲珑剔透，明眸生辉；
　　　　　　　才气横溢有文采；宛如天女降尘寰。
　　　　　　　我是一见钟情无二念，舍此佳偶更有谁？

与她结连理好双双并蒂开。

林徽因（表）：其实那时我对他的第一印象也是非常好的。

（唱）：见他是翩翩佳公子，彬彬有文才；

朴实无华侃侃谈，乃是堂堂正正一须眉。

青梅竹马意气投，朝夕相处两无猜。

少年殷勤成知己，朦胧情窦已半开。

一个似金童方转世，一个似玉女才投胎；

天造地就正相配，玉箫吹彻凤凰台。

梁思成（表）：但是大家知道，天下世界的事不会那么顺利的！林徽因到英国
碰到了徐志摩，这个事情就变得复杂了。

（唱）：一波有三折，好事多磨难；

一曲康桥恋，情海起波澜；

女儿家的心事最难猜。

林徽因（表）：在英国游历的时候碰到了徐志摩，他一表人才，风流倜傥。最
最吸引我的就是他身上那股诗人的气质。但他那不受理智约
束的浪漫主义和随便什么事都按照自己心意去做的生活态度，又
让我觉得和他在一起有一种虚幻缥缈、不着边际的感觉。而思
成呢，稳重朴实，是一个可以依靠的人。所以当时我确实有点
心猿意马。

（唱）：我是踌躇徘徊芳心乱，仔细权衡再而三；

我决意执手思成永相随。

林徽因（表）：权衡再三，我还是选择了梁思成。

梁思成（表）：梁思成与林徽因可以说是两情相悦，而且双方父母都知道、同
意这件事情。那么这样就可以敲定、定局了？还不行。双方父
母曾留学外国，受了西方民主思想的教育，反对父母包办、提
倡自由恋爱。尤其是梁启超，一直要求他们自由交往，培养感
情，最后水到渠成。这样做虽然有点波折，或许还会起风波，
但是毕竟是一种明智的做法。所以后来有人谈起梁思成与林徽
因这样一段爱情，有这样一句话：这是梁启超一生当中最最得
意的杰作。

（表）：两个人一路往前走，看见前面一条小河，弯弯曲曲，两岸绿树成荫，空气很好。现在说起来，PM$_{2.5}$的含量极低。看见有一张礼拜凳，梁思成摸出一方手帕擦了擦干净，招呼一声。

梁思成（白）：徽因。

林徽因（白）：思成。

梁思成（白）：来，我们就在这里坐一下吧。顺手包往边上一放。

林徽因（白）：思成，刚刚看见你手往书包里伸，我还以为你拿礼物给我。

梁思成（表）：听见礼物，又是咯噔一来，我包里是两封信，暂时还不能拿出来。一动脑筋，有了。包里摸出来两张图纸送过来。

梁思成（白）：徽因，这就算是我今天送给你的生日礼物吧！

林徽因（白）：礼物？

梁思成（表）：给。

林徽因（表）：接过来一看，画得太漂亮了！

林徽因（白）：思成，你画的吗？

梁思成（白）：不！我是在你的两张草稿图上作了点修改，成为这两张图纸。严格说起来这是你的作品，今天我也算是借花献佛了。

林徽因（表）：我的？再仔细一看，哦，想起来了。的确，前几天我的确画过两张设计草稿，但觉得不满意，随手一丢。想不到思成把它描绘得如此精美，连我自己都认不出来了。

（白）：思成，你画得太漂亮了，这个礼物我喜欢的。看来我这个美术系的学生只能甘拜下风了。

梁思成（表）：他们两个人是应该成为一对，为什么？话得投机，有共同语言。梁思成从小就喜爱画画，有相当好的基础。后来受林徽因的影响到美国报考宾大建筑系的。林徽因真的不简单，为什么？当年宾大建筑系只收男生，不收女生，把徽因拒之门外。但徽因并不灰心，改考美术系，但建筑学所有课程，所有科目她都来旁听、选修。说旁听、选修，一点都不马虎，最终的考试成绩一点都不亚于我们本科生。而且在设计图纸时，她时常有奇思妙想，极富创意精神。这就叫：天才毕竟是天才。从心底里发出一种佩服。

梁思成（白）：徽因。

林徽因（白）：思成。

梁思成（白）：有人在说，我们中国如果出第一位女建筑师，非你莫属啊！

林徽因（白）：我？思成，我只是个旁听生。怎么能与你们这些正牌的建筑系
学生相提并论呢。

梁思成（白）：你太谦虚了。照我看来，这一句话千真万确。

林徽因（表）：真的？这句话从你思成嘴里说出来，听在徽因心里只觉得比吃
蜜糖还要甜。面对自己心爱的人，面对这样好的景致。徽因只
觉得眼前的一切都是美好的，不禁诗兴大发，轻轻吟诵：我不
曾忘，也不能忘，那天的天澄清的透蓝，太阳带点暖，斜照在
每棵树梢头，像凤凰。

（白）：思成，你觉得我……

（表）：奇怪，平常每逢我吟诗，他是最欣赏的。有什么新诗出来，他
总要评头论足，怎么今天一点反应也没有。

（白）：思成，思成。

梁思成（白）：徽因。

林徽因（白）：你脸色不好，是不是身体不舒服？

梁思成（白）：没有，没有。昨天熬了一个通宵。

林徽因（白）：你怎么眼泡虚肿，像是哭过了，怎么回事？

梁思成（白）：早上出来热毛巾捂过……捂过……

林徽因（表）：徽因多么敏感，你这样吞吞吐吐，语无伦次，肯定有事！

（白）：思成，你一定有事情，你有事情你不要瞒我。你讲出来我们两
个人一起商量商量，你不要瞒我，讲出来一起商量。你讲呢。

梁思成（表）：梁思成眼泪几乎要涌出眼眶。为了让你开心点我硬是克制着。
看上去瞒你一天是不行了。罢了，这一关总是要过的，讲吧，
心情非常沉重。

（白）：徽因。

林徽因（白）：成。

梁思成（白）：我是有话要和你说，还有一件要紧事情要告诉你。但是你听了
之后你一定要禁受得住啊！

林徽因（表）：心里咯噔一来。

　　　　（白）：思成，你讲。

梁思成（白）：昨天我父亲来信，信上带来一个不幸的消息：你的父亲，我的
　　　　　　　　林叔叔他，在军阀混战中……中弹身亡了！

林徽因（白）：你……你说什么？

梁思成（白）：林叔叔身亡了！

林徽因（唱）：闻消息，宛如霹雳从天降，山崩地裂日无光。

　　　　　　　　想我们是父女如师友，交流多欢畅；

　　　　　　　　谈笑无拘束，相依共温凉，天伦之乐不寻常。

　　　　　　　　却不料一旦惨别成永诀，从此生死两茫茫。

　　　　　　　　大厦将倾我难为力，家中还有苦命的娘，众弟妹如何来度时光？

　　　　　　　　我恨不能生双翅，速飞翔；立时转回乡。

　　　　　　　　只觉得精神崩溃，前途渺茫；嚎啕痛哭无主张。

　　　　（白）：爹地！爹地！

梁思成（白）：徽因，你要哭你就放声哭出来吧！你会心里面好过点。徽因，
　　　　　　　　不瞒你说昨晚我得到消息也是悲痛欲绝，我也是哭了一晚上。
　　　　　　　　但是徽因，我们毕竟要面对这样的现实。林叔叔走了，徽因，
　　　　　　　　还有我呢！接下去，一切的一切我和你两个人一起来担当。

林徽因（白）：思成……

梁思成（白）：徽因，我爸爸知道你身体单薄，受不了这个打击，所以专程还
　　　　　　　　写了一封信给你。

　　　　（表）：这封信递到她面前，

　　　　（白）：徽因，你看，爸爸给你的信。

林徽因（白）：梁爸爸给我的？

　　　　（表）：把信打开，仔仔细细地看。

　　　　（表）：这是用毛笔工工整整写成的一封长信。梁启超对梁思成与林徽
　　　　　　　　因抱有很大的期望，特别对徽因钟爱有加。信纸上隐隐约约看
　　　　　　　　得见斑斑点点的痕迹，这痕迹就是泪痕与墨迹交融在一起。可
　　　　　　　　见老人是挥泪成书啊！

　　　　（唱）：徽因，我的儿啊！

未曾提笔泪盈眶，难忍心头痛非常。

我是坎坷一生逢乱世，满腔热血思图强，壮志难酬独彷徨。

幸得长民成知己，志同道合情义长。

谁料想他是空怀豪情难如愿，陷入漩涡少周详，在那战乱之中饮恨亡。

我匆匆料理他身后事，万分悲痛痛断肠。

怎奈是那薄薄家财难维持，尤恐你徽因只身在异邦。

我是怕只怕你突遭变故方寸乱，悲伤过度少主张，学业荒疏难补偿。

我是细斟酌，费思量，心腹话，化作字几行；

家书一封吐衷肠。

徽因呀，徽因儿呀！

你休踌躇，莫彷徨；家中事，宽心放；

振作精神忍悲伤，危难处与思成来共商量。

从今后你就是我家亲生女，望你们紫燕高飞可绕梁。

你们学业有成要归故土，献身国家作栋梁；

切莫辜负了父辈一片苦心肠。

（唱）：这一字字，一行行，

充满了温暖，充满了阳光；

感到了父爱，感到了希望；

我是感恩戴德记胸膛。

这一封信要把它当作传家宝，刻骨铭心永珍藏。

（白）：爸爸，我知道了。

（表）：梁思成与林徽因紧紧相拥。到底如何？请听下回。

第三回　李 庄 情 怀

（表）：梁思成与林徽因经历了风风雨雨之后，学习上加倍努力，以优异的成绩毕业于宾夕法尼亚大学。然后到哈佛大学、耶鲁大学进行深造。双双完成了学业之后，到加拿大举行婚礼，从此以后小夫妻相亲相爱、互勉互励。

他们为了考证和研究中国的古建筑，走遍全国十五个省，一百几十个县，终于在山西五台山，发现了唐代建筑——佛光寺。这个消息真可以说是震惊中外、举世瞩目！经过他们不断的努力，还开创了中国建筑系学科的先河。事业上真可以说是蒸蒸日上，但是想不到在情感上却发生了一些波折。

起因，就是因为金岳霖。金岳霖与林徽因相识，还是徐志摩介绍的。他第一次看见徽因，就注定他今生劫数难逃！他随便怎样不能想象，美丽、聪慧、浪漫、理性这些特性会集中到一位女子身上。林徽因就是他心目中的女神，一生不能自拔，从今往后他就"毗林而居"。毗邻而居大家知道是一句成语，"邻"是邻居之邻，但是对金岳霖来说，这个林就是林徽因。无论林徽因搬到哪里，他总归在她贴隔壁住下来，可以说是终生不渝。人非草木，孰能无情。你老金这份爱慕之情敏感的徽因当然知道。她居然也动心了，但是她不想隐瞒这一份感情。有一天，她跟思成说。思成，我有件事情实在不知道要怎么办！什么事情？因为，因为我同时爱上了两个人。

梁思成傻了！他心里清楚今天你所指一定是金岳霖。因为老金对徽因的爱从不掩饰。被你讲穿了，真正痛苦的不是林徽因，而是梁思成。他辗转反侧，一夜未眠，到第二天，说徽因，你是自由的。如果你选择了老金，我祝愿你永远幸福。

徽因呆掉了，定一定神，把思成这番话一字不漏告诉了老金。现在轮到金岳霖愣住了，呆了半天。徽因，看来思成是真正爱你的。我不能去伤害一个真正爱你的人，我退出。

这三个人都是心口如一的君子，说到做到！把一场情感纠葛，化为了一段动人的佳话。

这件事如果换了我们三个人，麻烦了。要弄出人命了！

的确，像这样的情感纠葛在当今社会也有不少，但要真正要处理到这种境界可以说绝无仅有。关键是每一个人的人品与气质所决定的。

徽因能够把这份感情光明磊落告诉自己丈夫，所以在这个问题上，林徽因可以用二个字来概括：坦荡。

梁思成能够这样做，并非是懦弱，是因为他对徽因的信任和爱。也可以用二个字概括：宽容！

金岳霖对徽因是刻骨铭心的大爱，为了她甚至终身未娶。但他只是在心里默默爱着徽因，也可以用二个字来概括：克制。

从此以后，这三人心无芥蒂，患难与共，亲如一家。

现在是1943年的秋天，抗日战争进入到了最最关键的时刻。在重庆的上游，有个偏僻的小镇叫李庄。因为地处长江的南岸，气候潮湿，阴雨连绵。在沿江山坡上，有三间并排平房，二间是梁思成与林徽因一家五口的住处。还有一间是老金的家，因为他是"毗林而居"啊！

现在老金坐在小板凳上，面前两块石头，上面铺一块木板算一张书桌。老金在埋头写一本书——《知识论》。这部书将来被哲学界奉为经典的著作，就是在这样的环境中完成的。

老金做学问、写文章有个习惯，专心致志，心无旁骛。这两天奇怪，只觉得心神不定，忧心忡忡。为什么？因为徽因的肺病又复发了，而且思成不在李庄，到重庆去了。写不下去，索性不写，笔放下。听见外面鸡棚里生蛋鸡叫得热闹。要紧奔到外面，手伸到鸡棚里一摸，二只新鲜鸡蛋，赶紧当当心心拿出来。让我去探望徽因。走到徽因门口，对里面一看，只觉得一阵难过。只见林徽因病容憔悴，横躺在一张行军床上，左手拿着一块木板，上面有几张纸。

右手拿着支笔，还在做学问、写文章。心里蛮难过，但脸上还是强装笑颜，走到里面，二枚鸡蛋传过去。

金岳霖（白）：徽因你看，今天我的"养鸡场"大丰收了！

林徽因（表）：两只鸡蛋接到手里，还有点热乎乎的，知道他是鸡棚里刚刚摸出来的。自从这场战争，一家人颠沛流离，吃尽当光，到李庄，徽因得了肺病。这是"富贵病"呀！极需营养，怎么办？幸亏老金用自己最最喜欢一支派克金笔换来几只生蛋鸡，办了这样一个"养鸡场"。堂堂清华大学的教授，每天只要鸡棚里摸到鸡蛋。你看呀，兴奋得像个小孩一样，拿来给我补充营养。这两枚鸡蛋在此时此地对徽因来讲是何等珍贵。

（白）：老金啊，我知道谢你也是多余。但是除了谢，我真不知道还能和你说些什么。

金岳霖（白）：徽因，今天两个生蛋鸡真的争气，一天生了二只蛋，好兆头。看来你的身体马上就会康复了！

林徽因（白）：金教授啊，你不去做学问，到这里来做了养鸡专业户。你这个逻辑学家做事一点点没有逻辑，不务正业！

金岳霖（白）：怎么说我不务正业，我和你说，养鸡里面有深奥的逻辑学呢！别样不说，到底先有鸡还是先有蛋？到现在还没有研究出来呢！

林徽因（白）：强词夺理！

金岳霖（白）：徽因，我看你做事倒有点不符合逻辑。

林徽因（白）：我？我什么事违反你金教授的逻辑学了？

金岳霖（唱）：唉！徽因呀！
休道我空谈逻辑不堪闻，这缓急轻重你要分明。
你是多年受尽风霜苦，积劳成疾病染身，要自己保重善调停。
山城雾重地潮湿，家徒四壁掩柴门，陋室几间且容身。
你是憔悴芳容人虚弱，缺医少药没处寻，惨淡生计病加深。
思成他囊空如洗难应付，相对爱妻暗吞声，可怜愁煞穷书生。

金岳霖（白）：思成为了你去重庆求医问药，他是煞费苦心啊，你应该在家好好休养。你看呀，你又在写了，你怎么可以这么不爱惜自己的身体呢！

（唱）：你是忙家务费尽心，搞研究，写论文；
殚精竭虑难支撑，这涸泽而渔不足论。
常言道留得青山在，哪怕没柴焚；有志必定事竟成。

林徽因（唱）：老金啊！
人生苦短促，过眼如烟云，岂能庸庸碌碌度光阴？
为徽因，耗尽了你的力，倾注了你的情；
相伴无私爱怜深，我忘不了你高山流水七弦琴。

这二枚鸡蛋虽然小，足见你赤诚一片心。

金岳霖（唱）：毗邻而居我所愿，患难与共理该应，相助一臂慰知音。

林徽因（白）：难怪鲁迅先生说：人生得一知己足矣！我和思成有你这样一位知己，此生足矣！

金岳霖（白）：彼此，彼此。徽因，思成去重庆好几天了，

林徽因（白）：是啊。

金岳霖（白）：重庆天天在轰炸，蛮担心的，怎么还不回来呢？

林徽因（白）：就是呀。

梁思成（表）：说曹操，曹操到。梁思成风尘仆仆回到家里。

（白）：徽因，老金你也在啊。

金岳霖（白）：思成。

梁思成（白）：徽因，你身体怎么样？

林徽因（白）：老毛病了，不妨事。

梁思成（白）：今天我给你们带来了一位好朋友。

林徽因（白）：谁？

（表）：顺着他指的方向望到门口一看，一个外国人，戴一副金丝边眼镜，身上西装笔挺，手里拿好一只公文包。再仔细一看……

林徽因（白）：老费！

费正清（白）：徽因。

金岳霖（白）：老费！

费正清（表）：费正清，美国著名的学者，出名的中国通。也是当年"太太客厅"的座上客。现在看徽因想从床上起来，公文包一扔，要紧过来紧紧握住徽因的手。

（白）：徽因，躺着，别起来！老费，没想到在这样偏僻的地方还能见到好朋友。

林徽因（白）：老费，真是他乡遇故知啊。

费正清（白）：是啊。

林徽因（白）：夫人慰梅她好吗？

费正清（白）：她很好。

林徽因（白）：我太想念她了！

费正清（白）：她也非常想念你。下个月她就要来中国工作了，到时候她一定会来看你的。

林徽因（白）：总算会面有期了，老费来，请坐。

费正清（白）：好，好！

（表）：费正清万万不敢相信自己的眼睛。什么？这个就是林徽因啊？不像了，在他的印象中，林徽因是北平太太客厅的女主人。走出来衣着时尚，光彩照人。哪想到今天病容憔悴，身上粗衣布裙，不像了，唉。

（唱）：忆昔当年在燕京，高朋雅集论古今。

惠风和畅无丝竹，曲水流觞胜兰亭；

这太太客厅谁不闻？

当年是时尚的女性倾城貌，妙语连珠四座惊。

多少青年求学者，不羡荣华如浮云，但愿一识林徽因。

怎料想一朝困顿竟如此，贫病交加布衣裙。

故友相逢也难认清，怎不教人欲断魂。

费正清（白）：徽因，这些年你们受苦了。

林徽因（白）：吃点苦算什么，但这场战争，使我们的人生价值未能体现，美好的梦想也不能实现。太遗憾了！惭愧呀！

费正清（白）：不，你们对中国古建筑的研究与保护全世界都知道。我在美国也听说了啊！你们是中国人的骄傲啊。

（唱）：你是研究考证古建筑，与思成跨马扬鞭，双宿双飞并肩行。

大漠孤烟留踪迹，餐风宿露走荒村，历尽艰难到处寻。

走燕赵，访三晋；登木塔，攀龙门；

赵州桥上抒豪情，硕果累累举世闻。

更其是发现了唐代的佛光寺，梦想终于成了真，苍天不负你苦心人。

费正清（白）：老金，你说对不对啊？

金岳霖（白）：佩服！这美国人非但是个中国通，而且评弹也唱得这么好。的确，佛光寺是中国古建筑史上的重大发现。日本人一直讲唐代建筑中国已经没有了，要看到日本看。所以他们夫妻两人这个发现可以说举世瞩目、震惊中外。

因为我们中国经过几千年来的时代变迁，又是多年的战乱，历史上留下来的精美绝伦的古建筑大多数消失殆尽。梁思成、林徽因为了保护、找寻古建筑，他们想出来一个办法。什么办法？向全国每个县发出一封信，信里还附一块钱，信的内容只有一个：就是问县里是否有需要保护的古建筑请告诉我们，最好能附一张照片。信发出之后，他们收到全国很多的回信。从中筛选出200多处古建筑，进行了测绘、考察。其中就有五台山佛光寺、河北赵州桥、山西应县木塔等。特别是到佛光寺去考察，相当艰苦，因为佛光寺在偏僻的深山中。夫妻两人赶到那里，林徽因一看，几十尺高的梁上有几行小字，但是距离太远，实在看不清楚。怎么办？冒着危险，这样瘦弱的身躯爬到梁上。这个建筑年代久远，里面满是灰尘。等到几行小字看清楚，经过考证，的确佛光寺是真正的唐代建筑，欣喜若狂。

所以难怪有人要评论林徽因说："她不是不让须眉，而是让须眉汗颜！"就凭这一点，我金岳霖为她献出一切，我也心甘情愿！

（白）：老费，但是现在徽因的身体……

费正清（白）：老金，你放心，我已经调到大使馆工作，思成处得讯徽因需要帮助，我义不容辞。而且大使也知道徽因是一位杰出的人才。但是要根治她的肺病必须要送她到美国去治疗，这就是我今天来的原因之一。

林徽因（表）：徽因一听感动啊，你老朋友特地赶到这里来的原因之一居然是要送我去美国看病。

（白）：老费，谢谢你，不过我暂时还不能去。

费正清（白）：为什么？

林徽因（白）：因为我与思成已经参加了中国营造学社，专门研究、考察中国建筑。我们走遍大半个中国，积累了大量资料，我们还准备要编写一部《中国建筑史》。在这关键的时候，思成他需要我的帮助，我也离不开思成，所以我暂时还不能去。

老费，刚刚听你说来的原因之一？那有其一必有其二吧。

费正清（白）：对。

林徽因（白）：还有什么事？

费正清（白）：这二来嘛，现在反法西斯战争到了关键的结点，盟军对日占区要进行轰炸。思成跟我说日占区里有很多古建筑不能损坏，要保护起来。所以我今天把地图带来了，请你们标识清楚，以免玉石俱焚。

林徽因（表）：地图接到手里。总算学有所用了！

（白）：老费，那你让我和思成好好地看一下。

（表）：徽因把地图打开，两个人盯着地图认认真真、仔仔细细地看。手上这支笔不停地在地图上圈圈点点。突然夫妻两人不约而同想到一个问题。

（白）：老费啊，我想再问一个问题。现在盟军轰炸日占区，那以后会不会轰炸日本本土？

费正清（白）：很有可能！

林徽因（白）：那思成和我建议，京都与奈良不能炸。

费正清（白）：为什么？这是日本！

林徽因（白）：因为在京都和奈良有最最古老的唐代建筑和精美绝伦的寺院。这不单单是属于日本，这应当是全人类智慧的遗产，所以请一定予以保护，不能炸呀。

费正清（白）：了不起。

金岳霖（表）：旁边老金听到这里只觉得人极度震撼！日本的侵略战争给他们夫妻俩带来了极其惨痛的伤害。梁思成的弟弟梁思忠早在淞沪抗战中就牺牲了。徽因的三弟林恒，是一位空军飞行员，两年前在对日空战中壮烈殉国了。徽因得讯眼泪都哭干了，写了一首诗《哭三弟恒》，影响很大。现在夫妻两人有这样的举动，这需要何等的胸襟与气魄！我觉得这里应该有掌声。果然，后来盟军对日本本土进行轰炸，日本几乎被夷为平地，成为一片焦土。唯独京都与奈良幸免于难，到现在仍是广大旅游观光爱好者的必到之处。所以日本人，你们真要好好感谢梁思成与林徽因呀！突然想到如果盟军对日占区轰炸，日本人一定会变本加厉对重庆加大轰炸啊！

费正清（白）：对呀，所以这里很不安全。徽因——

林徽因（白）：老费。

费正清（白）：你应该跟我去美国治疗吧。

林徽因（白）：老费！如果真是这样，那我林徽因更不能走啊！

费正清（白）：为什么？

林徽因（白）：国难当头，全民抗日，我林徽因虽不能上阵杀敌，但是我至少
　　　　　　　　可以选择和我的国家一起承受苦难！

费正清（白）：那你的身体？

林徽因（唱）：休道我体虚弱，病缠身，区区顽疾何足论？
　　　　　　　　我自有一团正气提精神。
　　　　　　　　我虽不能跃马横枪上阵去，但是共赴国难理该应。
　　　　　　　　恨日寇，逞横行，侵略中华有野心，大好河山已蒙尘。
　　　　　　　　国家兴亡匹夫皆有责，何况我辈读书人。
　　　　　　　　不愿身为亡国奴，岂能苟且求偷生。
　　　　　　　　我是报国有心总无力，壮志未酬愧平生。
　　　　　　　　疆场英雄血，长空烈士魂；
　　　　　　　　万众一心筑长城，我岂能独向异邦贪残生。
　　　　　　　　人生自古谁无死，留取丹心照汗青。

　　　　　（白）：国家兴亡，匹夫有责，只要所有的中国人协力同心，我坚信我
　　　　　　　　们的国家就不会亡。再说我把自己的后路也想好了。

费正清（白）：后路？

林徽因（表）：徽因从床上慢慢地坐了起来，一手床沿上一撑，一手往长江一指。

　　　　　（白）：万不得已，长江就是我的后路！

金岳霖（白）：老费，我们中国南宋末年的民族英雄你可知道？

费正清（白）：我知道，文天祥。

金岳霖（白）：还有一位呢？

费正清（白）：还有一个，叫……I don't know！

金岳霖（白）：我以为你是"万宝全书"呢！

费正清（白）：缺只角！

金岳霖（白）：我来告诉你，叫陆秀夫，当时南宋的小皇帝只有八岁，虽然年纪小，但他是南宋王朝的象征。文天祥被俘后，保护小皇帝的重任就落在陆秀夫身上了。元朝军队杀过长江，一路南下，宋军节节败退，退到南海厓山一带，全军覆没。陆秀夫宁死不屈，背心上背着小皇帝纵身投海，壮烈殉国、万古流芳！

林徽因（白）：知我者老金啊！老费，我林徽因学不了文天祥，但是我可以做陆秀夫。

费正清（白）：好，这就是中国文人的风骨，民族的气节！

（表）：两年过后，抗日战争胜利，日本无条件投降，他们回到了北平。梁思成在清华大学创办建筑系，并担任系主任，特聘林徽因为一级教授。之后北平和平解放，新中国诞生。

林徽因以饱满的精神代表清华大学设计了中华人民共和国国徽，高高挂在天安门城楼上。

现在大家到天安门广场瞻仰人民英雄纪念碑时，庄严而夺目的纪念碑底座，设计者就是林徽因。

梁思成与林徽因为保护古建筑而提出的一系列建议，历史证明是完全正确的！

林徽因去世多年以后，有一天，金岳霖突然在北京饭店郑重其事地邀请至交好友前来赴宴。老金举起了酒杯，各位，今天我们聚集在这里，是为了纪念一个人，今天是林徽因的生日。

你是爱、是暖、是希望，你是人间四月天。

正是：一身诗意千寻瀑，万古人间四月天。

紫 燕 绕 梁 *

梁思成（表）：在梁思成与林徽因的新婚之夜，梁思成问林徽因："我问你一句话，我只问一次，以后不再问。你为什么选择我？"

---

* 原第二回的修改稿。

林徽因（表）：林徽因回答说："你这个问题答案太长了，我要用一生来回答你，你做好听的准备了吗？"

梁思成（表）：当时可能梁思成也不甚明白爱妻这番话的深意，但你听完我们讲的故事后就会恍然大悟！梁思成和林徽因在美国宾夕法尼亚大学完成学业后，在梁启超的大力促成下，他们在加拿大举行了婚礼，有情人终成眷属，回国后，受聘于东北大学，开设了中国第一个"建筑系"。1931年回到了北平，参加了中国营造学社，开始了终其一生的中国古建筑的研究工作。

梁思成（表）：现在是1937年7月初，在山西五台山的山脚下一条崎岖的小路上，有一匹骡子拉着一辆平板车，车上装着行李与测绘工具，车上坐着一位老汉，手执鞭杆，挥鞭驱驰。后面跟着四匹小毛驴，前面二匹，分别坐着一男一女，虽然衣着讲究，但显得风尘仆仆。这正是梁思成和林徽因夫妻二人。后面二匹，坐着二位年轻人，一位叫莫春江，另一位叫纪玉堂，他们都是梁思成、林徽因的学生，也在中国营造学社工作，担任梁林夫妇的助理，追随着老师走南闯北考察古建筑。后来他们二位都成了著名的建筑学家。连续几天一路颠簸，梁思成感到十分疲惫，更且旧伤发作，隐隐作痛。但他更担心爱妻的身体，因为林徽因生过肺病，虽然有所好转，但毕竟还是虚弱，我尚且如此，何况她呢！所以十分关切地问一声——

（白）：徽因，你身体如何？可要休息一下？

林徽因（表）：其实，徽因也在担心思成的身体，因为思成在年轻时曾遭遇过车祸，腰、腿都收了伤，至今还有后遗症，现在看到思成在担心自己的身体，心里很感动，对他微微一笑，这一笑，笑得十分灿烂！

（白）：思成，此时此刻我想起了王昌龄的诗句"一片孤城万仞山"了！虽热此地离玉门关还很远，但已是春风不度了！

（表）：说完，徽因扬声大笑！

梁思成（表）：引得思成也大笑起来。正在此时一阵山风吹来，扬起了尘土，遮天蔽目。二人赶紧把围巾遮住了口鼻。

林徽因（白）：真是说到风，风就来了。说不得！说不得也！

      （表）：他们二人更加笑得前俯后仰，差点从驴子上滚了下来。在后面的莫春江与纪玉堂也跟着大笑起来。莫春江与纪玉堂追随老师多年了，深有感受。梁先生学识渊博，作风严谨，善于思考，但沉默寡语。而林先生则不同，她不仅多才多艺而且乐观幽默，善解人意。无论各种场合，只要有她的身影，谈笑之间，使人感到生机盎然，精神焕发。这种魅力可能是与生俱来的。多少人为之倾倒，亦有多少人为之嫉妒。比如，著名女作家冰心，原本是林先生的闺蜜，大概出于一点妒意，写了一篇《太太的客厅》，嘲讽林先生。而林先生只是付之一笑，而从山西考察回来时，特地带了一坛陈年老醋送给了冰心，为了考察古建筑，她不顾病体虚弱，登山涉水，亲力亲为，在这样飞沙走石的恶劣环境下，居然还逗得大家开怀大笑，使人忘了困苦，忘了忧愁。这种乐观主义的精神，感染了每一个同行之人，这就是林徽因的幽默。

梁思成（表）：梁思成望着眼前风尘仆仆，灰头土脸的爱妻，很难想象这就是在"太太客厅"内神采飞扬的林徽因啊！

      （唱）：山色苍茫日西沉，挥鞭催塞独沉吟。

        都只为文化遗产古建筑，埋没民间无人问，故而登山涉水苦搜寻。

        徽因是不让须眉奇女子，她与我同甘苦并肩行，无怨无悔有精神。

        只恐她身躯娇弱难支持，我是怜惜爱妻忧在心。

      （表）：思成深情地望着徽因——

林徽因（表）：思成用围巾遮住了半个面孔，但他的一双眼睛露在外面，徽因看到了思成的眼神就明白了他的心思。心里一阵激动，对他又是微微一笑。

      （唱）：会心一笑知君意，不须为我多操心。

        这一生犹如莲灯光一闪，学以致用尽所能。

        虽则是奔波多年有收获，然而是任重道远功未成。

        唐代建筑今何在？心犹不甘意难平。

      （表）：虽然这几年来，我们走遍了一百三十多个县，寻访、考察了一千八百多处古建筑，有宋、辽、明、清各个朝代的宝贵遗产，但遗憾的是至今未曾发现过唐代的建筑。而令人愤愤不平的是日本学者以嘲讽的口气给中国古建筑下了一条定论：在中国已经没有唐代时期的木构建筑了，要看中国唐代木构建筑，就去日本的奈良、京都吧！虽然是年代久远，屡经战乱，在广袤的华夏大地上，难道真的就没有唐代建筑了吗？我不信这个邪！

梁思成（表）：我也不信这个邪！为了寻访古建筑，我也曾写了几百封信，每封信都附上一块大洋，分别寄给各个县长，请求他们将当地的古建筑拍了照片寄给我们，居然有大部分县长回信并寄来了当地最有特点的古建筑照片，这对于我们考察古建筑起了相当重要的作用。遗憾的是，至今未发现唐代建筑，对此我与徽因耿耿于怀。偶然我从一幅唐朝人绘制的敦煌壁画上，发现了在五台山中有一座佛光寺。真如灵光一现记在心上。我便四处打听问讯，有人听说过五台山中确实有一座佛光寺，但败落已久，要找到它谈何容易！经过四处寻访，总算有了一点眉目，所以虽然一路艰辛，他们夫妻二人却充满了希望。眼看已来到了五台山下，他们的心情格外迫切了。

林徽因（白）：春江！今天到得了佛光寺吗？

莫春江（白）：老师，我已向当地老乡打听过了，佛光寺就在这附近山中，今天天色已晚，要在前面的小村庄住一宿，明天一早上山，或许就可以见到佛光寺了。

林徽因（白）：好啊！听你的安排！思成，我们驴上加鞭！看谁先到这小村口。

梁思成（表）：徽因是骑马好手，骑驴是大材小用了，所以只能是驴上加鞭了。

（白）：徽因，骑马、骑驴我都不如你，不过山路崎岖，还要小心啊！

（表）：一路颠簸，直到太阳下山了，才赶到了五台山深处的一座小村庄。找到了村中唯一的一家小客栈，客栈伙计赶紧起灶生火，大家吃了一餐粗茶淡饭。

莫春江（白）：二位老师，房间已安排好了，请早点歇息，明日一早就要徒步上山了。

林徽因（白）：你们一路辛苦了，也早点休息吧。

梁思成（表）：这房间十分简陋，靠墙有一土坑，因天气不冷没有生火，中间一张小桌，旁边一条长板凳，桌上点着一盏油灯，但打扫得还算干净。夫妻俩把带来的行李铺盖打开，铺在坑上。然后并肩坐在板凳上，默默相对。思成虽然感到十分疲劳，却毫无睡意，对徽因说——

（白）：徽因，累了吧？你早点睡吧！

林徽因（表）：其实徽因与思成一样，虽然觉得很累，但心情十分激动，因为明天就要看到向往已久的佛光寺了。还不知现在的佛光寺破败得如何了？可还存有唐代的遗迹？真是迫不及待，所以也毫无睡意。

（白）：思成，你在敦煌壁画上看到的佛光寺，距今已千年之久，屡经战乱，不知破败得什么样了？听说，这佛光寺现在已无香火几乎成了废墟，所以我既充满了期待，又十分忧虑啊！唉！睡不着啊！

梁思成（白）：是呀！佛光寺就在眼前了，反倒忧心忡忡了。

（表）：思成望着黯淡灯光下的爱妻，心中十分感慨。想我梁思成哪里修来的福分，能得到这样一位终身伴侣？这不得不感谢我们父辈的大力促成啊！徽因的父亲叫林长民，出身于名门望族，早年参加辛亥革命，后来担任过北洋政府的司法总长，那时思成的父亲梁启超是财政总长，二人政见相同，志趣相投，成为莫逆之交。徽因是他的爱女，从小就是个天才少女。当林长民出国考察时，还特地带了徽因同行，游历了欧洲各国。后来林长民在一次战乱中不幸身亡，多亏了梁启超，不但负担了林徽因一家生计，还支持徽因完成学业，期待她学成归来，报效国家。林徽因与梁思成都没有辜负梁启超的期望，他们一生兢兢业业，成为了国家的栋梁！

此时梁思成思绪万千，想起了往事——

梁思成（白）：徽因，你还记得我们初次相见时的情景吗？

林徽因（白）：怎么不记得呢？那时我们青春年少，无忧无虑，太美好了！

梁思成（唱）：记得当年初相会，惊鸿一瞥难忘怀。

你是亭亭玉立，天真烂漫，玲珑剔透，明眸生辉；

才气横溢有文采，宛如天女降尘寰。

我是一见钟情无二念，舍此佳偶更有谁？

若与徽因结连理，梁门有幸真快哉！

林徽因（白）：其实那时我对你的第一印象也极好。

（唱）：你是翩翩佳公子，彬彬有文才；

朴实无华侃侃谈，乃是堂堂正正一须眉。

青梅竹马意气投，朝夕相处两无猜。

少年殷勤成知己，深得芳心左右陪，朦胧情窦已半开。

梁思成（表）：嗨！天下世界上的事体没有这样顺当的。就在徽因去英国游历期间，结识了徐志摩，事情就复杂化了。

梁思成（唱）：一波有三折，好事多磨难，女儿家的心事最难猜。

林徽因（表）：徽因对思成望望，这话的味道有点酸！徽因心里明白，思成说的一波三折就是指我与徐志摩的"康桥之恋"。对此，徽因是十分坦然的。志摩才情横溢，风流倜傥，他的诗人气质，柔情蜜意，确实使我怦然心动。但他那不受理智约束的浪漫主义，一切率性而为的生活态度，却使我感到虚幻缥缈，不着边际……而思成却是一位稳重朴实的谦谦君子，是一位可靠的、可以依托的对象，就是缺少一点浪漫。所以一时之间确实使我有点心猿意马。

林徽因（唱）：我是踌躇芳心乱，沉吟独徘徊。

公子性宽厚，诗人太浪漫。

仔细权衡再而三，我决意执手思成结连环。

（表）：作为终身伴侣，二者之间我还是选择了思成，而把康桥之恋留作了永久的回忆。

梁思成（表）：既然我与徽因两情相悦，而且门当户对，按照当时风气，父母作主订下亲事就可以敲定了。嗨！偏偏这两位家长都是留过学的，不愿搞"包办婚姻"，他们主张为我们创造条件，自由交往，培养感情，顺其自然，待等水到渠成。这样做，虽然会有些波折，其实是十分明智的。尤其是我老爸，他是十分钟爱徽因的，为成就我们的好事，他是暗中筹划，真是煞费苦心啊！

（唱）：他是崇尚自由恋爱观，深谋远虑巧安排，说道好姻缘还需好栽培。

送我们出洋留学去，互勉互励早成材，期盼将来有大作为。

林徽因（唱）：待等到学业有成归故土，紫燕绕梁永相随，玉箫吹彻凤凰台。

梁思成（唱）：他们是彻夜未眠倾诉心头事，灵犀一点相依偎，忽听得金鸡高唱报晓来。

（表）：天色微明，梁思成、林徽因等一行四人已整装待发了。因为山路陡峭，不能骑驴，所以只带了一些测绘器具与应用物品。徒步上山一路颠簸，艰难行进了将近两个小时，思成和徽因累得气喘吁吁，疲惫不堪。真想停下来歇一歇。走在前面的二位年轻人毕竟体力好，已经爬上了一处高坡。突然听到他们二人一声惊呼："啊！二位老师快来看！"梁思成与林徽因料定两位学生一定有所发现，顾不得疲劳，连奔带爬也上了高坡。

莫春江（白）：老师，请看！

林徽因（表）：顺着莫春江手指的方向，凝神一看。"呀！"亦是一声惊呼。只见在不远的山坡上，乱树丛中，隐隐约约显露出一座雄伟的古刹，在阳光的映照之下，霞光万道。这就是我们朝思暮想的佛光寺啊！真是欣喜若狂，顿时感动疲劳全消，不知哪里来的力量，四个人一路狂奔，来到了佛光寺门前，停住了脚步，凝神观看。

梁思成（表）：梁思成惊呆了！眼前的这座古刹虽然十分破败，但是斗拱雄大，出檐深远，柱子粗壮，屋顶平缓，简洁而雄伟，祥和而浩荡，分明是典型的唐代建筑风格啊！夫妻俩怀着对古老文化敬畏与仰慕之情，十分虔诚地躬身施步，一步一步地向佛光寺走去。"格……"，轻轻推开佛光寺的大门，四个人踏进大殿，朝四处一望——

林徽因（表）：林徽因惊呆了！不仅大殿内的结构处处呈现唐代木建筑的风格，而且在大殿两边有几十尊彩色雕塑，有庄严的佛像，慈善的菩萨，威武的天王，飞天的神女……真是千姿百态，栩栩如生。

徽因是宾大美术系毕业的，美术功底扎实，那塑像的形态、神情，她一望而知这是唐代的风格。啊！这昏暗、破败的大殿上，竟然全是稀世珍宝呀！

（唱）：［点绛唇］

满怀着，敬仰之心，凝神观瞧，

不由人，一阵阵，澎湃心潮。

佛殿上，处处是，稀世珍宝。

果然是，唐建筑，不差分毫。

呀！见梁上，蝙蝠成群，飞舞喧闹，

黑压压，灰蒙蒙，弥漫飘摇。

千年的，古建筑，竟如此萧条，

一声声，长叹息，令人心焦。

梁思成（表）：梁思成深深感到这华夏文明的宝贵财富，急需拯救、保护，刻不容缓，于是，迫不及待与林徽因一起对佛光寺所有的建筑，进行细致地考察与测绘，夫妻二人不顾体弱多病，亲自爬到梁上去测绘，全不顾梁上成千上万的蝙蝠与臭虫地叮咬，把个人安危置于度外。上苍不负苦心人，他们终于在梁上发现了唐人的题记，证明了这座佛光寺建于唐代大中十一年，距今已有一千多年的历史了。通过几天几夜地艰苦工作，完成了考察与测绘工作。梁思成把佛光寺称之为"中国第一国宝"，特此写了一份报告给有关当局，请求予以抢救、保护。到了新中国成立后，佛光寺被列为全国重点文物保护单位。梁思成、林徽因夫妇发现佛光寺，是在1937年7月5日，正好是"七七卢沟桥事变"的前两天。抗日战争爆发了！他们二人在抗日战争时期，又有哪些遭遇呢？请听下回。

中篇评弹《林徽因》演出大事记

中篇评弹《林徽因》于 2016 年 3 月 21 日至 25 日于上海兰心大戏院连续公演 5 天。

红队演员：郭玉麟、黄海华、陆锦花、朱琳、秦建国、周慧、高博文、毛新琳、张建珍

蓝队演员：陆嘉玮、周彬、吴静慧、王心怡、沈仁华、吴啸芸、姜啸博、王承、解燕

艺术指导：陈希安、庄凤珠、沈世华、江肇焜

舞美设计：桑琦

服装设计：王秋平

2016 年 9 月 20 日至 27 日应台湾辜公亮文教基金会之邀，中篇评弹《林徽因》于台北市政府大楼"亲子剧场"举办两场商业演出，并先后进入台湾师范大学、中国文化大学、"中央研究院"、东吴大学四所高校举办讲座。

红队演员：郭玉麟、黄海华、陆锦花、朱琳、秦建国、周慧、高博文、毛新琳、张建珍

蓝队演员：陆嘉玮、周彬、吴静慧、王心怡、沈仁华、吴啸芸、姜啸博、王承、解燕

2016 年 10 月 15 日，中篇评弹《林徽因》在北京长安大戏院公演。

演员：郭玉麟、黄海华、陆锦花、朱琳、秦建国、周慧、高博文、毛新琳、张建珍

2016 年 11 月 9 日，中篇评弹《林徽因》在上海大剧院公演。

演员：郭玉麟、黄海华、陆锦花、朱琳、秦建国、周慧、高博文、毛新琳、张建珍

2016 年至 2019 年 4 月，中篇评弹《林徽因》在北京、上海、重庆、江苏、浙江、广东、江西、福建、河北、河南、山东、广西、云南、贵州、甘肃、辽宁、哈尔滨、吉林、内蒙古自治区、宁夏回族自治区的近 30 个城市演出 60 余场。

演员：郭玉麟、黄海华、陆锦花、朱琳、秦建国、周慧、高博文、毛新琳、张建珍、陆嘉玮、周彬、吴静慧、王心怡、沈仁华、吴啸芸、姜啸博、王承、解燕、王雨虹、盛碧云、王萍、陶莺芸

① 中篇评弹《林徽因》于兰心大戏院连演六天门口海报
② 龚学平、陈东、吴孝明、张鸣、翁思再来观看《林徽因》首场演出
③ 第一回《太太客厅》：黄海华、郭玉麟、陆锦花、朱琳
④ 第二回《紫燕绕梁》：秦建国、周慧
⑤ 第三回《李庄情怀》：高博文、毛新琳、张建珍

❶ 第一回《太太客厅》：陆嘉玮、周彬、吴静慧、王心怡

❷ 第二回《紫燕绕梁》：沈仁华、吴啸芸

❸ 第三回《李庄情怀》：王承、姜啸博、解燕

❹《林徽因》谢幕照

❶《林徽因》剧本朗读会全体人员合影
❷《林徽因》研讨会全体人员合影
❸《林徽因》大剧院演出全体人员合影

《林徽因》赴京演出　陈至立、唐家璇等领导与全体演员合影

第一回　七荐孙武

（表）：二千五百年前，吴王阖闾登上王位，野心勃勃，一心
称霸东南，所以四处招贤纳士，网罗人才。心腹大夫
伍子胥连续七次向吴王举荐隐士孙武有大将之才，堪
当重任。直到最近伍子胥送上孙武所写的《兵法十三
篇》，吴王阅后真是如获至宝，所以今朝升座大殿，召
见孙武。吴王头戴王冠，大袍阔服，腰悬属镂剑，坐
在居中。

旁边还坐着一位年轻貌美的公主，名叫胜玉，今年
十六岁，手捧盘郢宝剑。胜玉虽然生得婀娜多姿，但
眉宇间流露出一股英武之气。

吴王升殿办公，怎么让年轻的女儿坐在一旁？原来吴
王的原配夫人是吴国第一美女，非但姿容绝代，而且
聪明贤惠，善解人意，深受吴王宠爱，夫妻之间感情
极深。这位夫人所生一子一女，儿子就是现在的太子
叫姬波；女儿就是胜玉。那夫人在养这个女儿时难产
而亡。吴王痛不欲生。这胜玉一生下来就与其母活脱
活像，尤其逐渐长大了，其形容举止简直与她母亲一
模一样，吴王把对夫人的爱全部倾注在女儿身上，所
以吴王对胜玉是双重的爱。

这胜玉容貌、举止、言谈都像娘，而性格爱好却不像
娘，而像爷——尚武。从小就喜欢听爷讲打仗的故
事，就是读书亦偏爱读军事著作。到了十几岁时，看
到她的兄弟们都在学剑术，胜玉吵了也要学，吴王对
她是百依百顺，特地请了剑术高手教她剑术，今日是
胜玉十六岁生日，吴王特地将一口削铁如泥、锋利无

比的盘郢宝剑作为生日礼物赐与胜玉，这非同小可！因为当时的制度，佩剑是要讲身份与场合的。尤其是这盘郢剑是国之重宝，只有国王才能佩带，那时是冷兵器时代，一口宝剑代表了一个国家的军工生产水平，就好比现在一个国家有没有核武器，象征了一个国家的军事实力。现在吴王将盘郢剑赐与胜玉佩带就好比把一颗原子弹交给胜玉佩在腰间，这还了得！从此之后，胜玉在任何场合都可以佩剑，这是崇高的政治待遇。前几天吴王给胜玉看了一部《兵书十三篇》，看得胜玉十分兴奋、激动，佩服得五体投地。所以今天亦要见见这部兵书的作者。

吴王（挂口）：欲图东南称霸业，

胜玉（挂口）：全凭《兵法十三篇》。

胜　玉（白）：父王，那孙武乃是旷世奇才，伍大夫连续七次举荐，父王因何今日才得召见？

吴　王（白）：这个……为父心中有些疑虑。

胜　玉（白）：父王有甚疑虑？

吴　王（表）：这吴王阖闾心机很深，平时是喜怒不形于色。唯独对这个宝贝女儿愿意倾吐自己心中的秘密。虽然阖闾贵为一国之君，但有时会觉得自己很孤独、寂寞，而这女儿却是他唯一的倾诉对象。

（白）：儿呀！你哪里知道为父的难处呵！

（唱）：列国纷争战不休，我是东南称霸梦寐求。
富国强兵当务急，何处有良将受命统貔貅。

（表）：无论是安邦定国，还是争霸天下，我都要有一支强大的军队。而这支军队谁来统率？谁能担任主将？我并非没有将才，眼前就有二人堪当此任。第一位就是伍子胥。

（唱）：那伍子胥，有奇谋，论将才，世无俦；堪当重任征九州。

（表）：他原是楚国的大将，因受楚王迫害逃奔吴国。他为了报杀父之仇，屡次请我趁楚国正是内乱之时兴兵伐楚，但我都未应允。

（唱）：虽则他西破楚邦无反顾，一心为报杀父仇；
怕的是难忘故国的旧根由。

（表）：伍子胥虽有大将之才，对我又是忠心耿耿，但他毕竟是楚人，根在楚国。楚国人十分同情他的身世遭遇，十分爱戴他。我如把军队交付他，待打败楚国之后，万一楚国人一致拥戴他，难免不动心，那时我危矣！

（唱）：将军虽好难重用，左右为难暗自愁。

（表）：还有一位将才就是我的兄弟，你的叔叔——夫概。他也善于用兵，骁勇无比。按理说"打虎亲兄弟，上阵父子兵"。兵权交给他可以放心了？更不行！

（唱）：夫概他桀骜不驯心叵测，怕的是他觊觎王位暗藏在心头。

（表）：吴国的王位传承历来有"兄终弟及"与"父死子继"二种制度。那王僚亦是我的堂兄呀！我刺杀了王僚而登上了王位。这是前车之鉴。所以我登上了王位后，为了避免夫概等兄弟有非分之想，而立了你哥姬波为太子，断了他们的念想。我若将兵权交给夫概，岂不是把小鸡交给了黄鼠狼！

（唱）：一朝权在手，反目便成仇，兄弟情分顷刻丢；
到那时我成了他的阶下囚；千秋大业付东流。

（表）：此二人虽都有本事，但只能作为副将，而不能当主将独掌兵权。所以我一直在物色一位可以挂帅的主将。孙武确是一位极为理想的人选。

（唱）：天降奇才孙武子，兵书奥妙鬼神愁。
胸中韬略精微处，还更比伍员胜一筹；
这样的将才没处求。

（表）：可惜！此人并非吴国人，而是齐国人，而且不是一般的齐人。他姓孙，孙氏乃齐国的名门望族，是齐国的四大家族之一。他的社会关系太复杂了。他出身名门，而且胸怀韬略，不在齐国发展而到吴国隐居，为什么？

（唱）：他出身齐国名门后，理应该出仕为将事诸侯；
隐居穷窿没来由。
我若用孙武为将伐齐邦，又恐他心怀异端把故国投；
故而我犹豫再三难定谋。

（表）：我要争霸天下，西楚北齐是我二大竞争对手，将来我与齐国开战，而兵权落在齐人手中，岂不危哉！

（白）：因此为父疑虑重重，犹豫不决。

胜　玉（表）：原来如此，父王的顾虑是道理的。

（白）：父王！那孙武乃是奇才，如弃之不用，流落他国，岂不可惜！既然他隐居吴地，何不召来面对，再作计较。

吴　王（白）：我儿所见与为父略同，孤命伍子胥召孙武进宫了。

内　侍（白）：启奏大王，伍子胥陪同孙武已在殿前候旨了。

吴　王（白）：宣孙武上殿。

内　侍（白）：大王有旨，宣孙武上殿呐！

孙　武（白）：孙武告进。

鄙人孙武叩见大王。

吴　王（白）：平身，赐座。

孙　武（白）：草民乃一介布衣，焉敢有座。

吴　王（白）：先生乃是客卿，理当有座，请坐！

孙　武（白）：谢大王！

吴　王（表）：吴王聚精会神打量孙武，只见孙武身高七尺，仪表非凡，好气概！

胜　玉（表）：胜玉看得呆住了！原以为能写出如此一部兵法巨著的，一定是一位年老的长者，而且听说他与伍子胥称兄道弟，年龄应该与伍子胥相差无几，你看伍子胥已经须发苍白了，怎么他的兄弟如此年轻？估计不过三十上下。其实伍子胥的年龄也不过四十左右，他的须发苍白是当初过昭关时急得发白的。只见孙武英姿勃勃，双目炯炯，气宇轩昂，真是"帅"呆了！看得胜玉顿时面红耳赤，心跳加速。

吴　王（白）：请问先生尊姓大名，何方人士？因何来到吴国？

孙　武（白）：鄙人姓孙名武字长卿，乃齐国人士，因避战乱来到吴国，隐居在穹窿山中已有三年了。

吴　王（白）：那《兵法十三篇》可是足下亲手所撰？

孙　武（白）：正是鄙人在三年隐居期间潜心所撰，恐贻笑大方。

吴　王（白）：先生过谦了。寡人看足下如此年轻，如何能写出如此堂奥深邃
　　　　　　　的兵书来？凭足下之才华不在齐国舒展抱负，而来到吴国隐居，
　　　　　　　却是为何？

孙　武（白）：这个……一言难尽。

吴　王（白）：愿闻其详。

孙　武（白）：如此，大王容禀——

　　　　（唱）：祖居齐邦列庙廊，世代为将辅君王。

　　　　　　　为报天恩称霸业，连年征战在疆场；赐姓孙氏天下扬。

　　　　（表）：我祖上原姓田，后因立下赫赫战功而赐姓孙氏。

　　　　（唱）：孙武是延续家风承祖训，自幼儿研读兵书论短长。

　　　　（表）：名震列国的大军事家司马穰苴是我的族叔，他曾写过一部《司
　　　　　　　马穰苴兵法》，我从小就受到他的启蒙教育。

　　　　（唱）：穰苴亲授司马法，兼学太公阴符章。

　　　　　　　贯通融会兵家事，实指望一旦为将征四方；振兴齐邦国运昌。

　　　　　　　不料想齐王无道朝政乱，宗族纷争起祸殃。

　　　　　　　司马穰苴遭冤死，正人贤士尽沮丧。

　　　　　　　家国无望，前途渺茫，有志难偿，

　　　　　　　只得远走他乡，投奔吴国把身藏。

　　　　　　　隐居穷窿有三载，潜心著书十三章。

　　　　（白）：鄙人将平生所学，悉心考研，倾注其中，乃成此书。今奉献明
　　　　　　　主，得蒙垂青，乃草民之幸也。

吴　王（白）：原来如此。先生，寡人读了《兵法》之后不胜钦服，但仍有些
　　　　　　　不解之处，可否请先生赐教一二？

孙　武（表）：孙武见吴王如此推崇自己写的《兵法十三篇》，也感到很欣慰、
　　　　　　　兴奋。既然吴王不耻下问，我不妨比较透彻讲解一番。于是孙
　　　　　　　武以历史著名战争为例，以战略与战术角度详细剖析胜败原
　　　　　　　因……

胜　玉（表）：听得吴王与胜玉如痴似醉，佩服得五体投地。

　　　　（唱）：好一部兵法十三篇，洋洋洒洒数千言；字字珠玑扣心弦。

　　　　　　　囊括古今论战事，言简意赅有针砭。

知己知彼决胜负，庙算精微谋为先。

为将之道论"五德"，虚实用兵智勇全；出奇制胜若神仙。

至理妙论何曾见，拍案叫绝比圣贤。

谁能够深通兵法为将帅，何愁出师不凯旋。

天下兵书知多少，哪一部比得上这旷世绝伦的十三篇。

吴　王（白）：唉！先生妙论精辟绝伦，只是寡人的国小兵微，以先生之大才恐难以舒展。

孙　武（白）：国不在大小，兵不在众寡。自古以来，以弱胜强，以少胜多之战例不胜枚举。若嫌男丁不足，不妨以女兵代之。鄙人之《兵法》，不但可施于兵卒，虽妇人女子奉我军令亦可驱而用之。

吴　王（白）：先生莫非戏言？

孙　武（白）：军中无戏言，鄙人愿一试之！

吴　王（表）：吴王想，你的军事理论确实不错，但不知你的实际指挥才能如何？也有可能你不过是纸上谈兵而已。既然你夸口能操练女兵，不妨一试。我后宫多的是年轻宫女。于是吴王决定挑选一百八十名宫女分作红绿二队，半个月后在演兵场操练。

孙　武（表）：孙武当即提出三个条件：一、大王要任我为将，否则名不正，言不顺；二、赐斧钺，专断赏罚；三、派执法官、传令官、鼓手各一名，刀斧手十名，以壮声威。另外红绿二队各选队长一名，分别统率二队。吴王一口答应，退殿后，各自去准备。

胜　玉（表）：胜玉兴奋呀！缠住吴王不放，一定要亲自参加操练。

消息传到后宫，顿时沸腾起来。这些宫女都好比关在笼子里的鸟，缺少自由，宫里又不能上网，闷煞了！现在听说要操练女兵，都跃跃欲试。这又不是去打仗，而只是拿了兵器装装样子，拗拗造型，摆摆"泡司"，正好出去散散心，何乐不为？所以报名十分踊跃。

吴王有二位最宠爱的妃子，一名庄姬，一名沈姬，也得到了消息。其中庄妃最为冲动，心想虽然我生得花容月貌，只不过让你吴王一个人看的，所以养在深宫无人识，简直是浪费资源。现在能到大庭广众去"秀一秀"，让天下人都知道我庄姬是多么美貌，有一种强烈的满足感。这样的机会不要错过。就向吴王要求参加练兵，而且要担任队长。吴王起先不同意，后来经不起庄姬的"作"，"作"得吴王只能同意。沈姬知道了，那沈姬与庄姬平时争宠吃醋，本是一对死冤家，现在听说庄姬要去当队长，不罢休，亦吵了要去，吴王没法也只得同意。

还有胜玉了，如何安排？吴王就让胜玉当执法官，对胜玉说这执法官在军中地位仅次于将军。比二位队长威风，胜玉欣然接受，总算摆平！

孙武就在伍子胥的帮助下。在军中挑选了一员偏将为传令官，并派他去宫中教宫女手执武器的基本动作与要领……一切准备就绪，就等开操了，请听下档！

第二回　教　场　斩　姬

（表）：在姑苏城外的望云山下，有一片开阔的空地，这就是吴军的演兵场。在望云山的半山腰有一排建筑，是吴王的检阅台。

今朝吴王大袍阔服，腰悬属镂剑，带领文武大臣到检阅台观看孙武演兵。

姑苏的百姓听说今朝要在演兵场操练女兵，都争先恐后前来观看。假使是一般操练，大家没有这么起劲，因为今朝是训练女兵，这些女兵都是宫女，个个都是美女呀！而且还听说吴王最宠爱的二个妃子亦要出场，值得一看！苏州人欢喜轧闹猛，这是多少年来的老传统了。所以演兵场外人山人海，热闹非凡……

（号角声）呜……

（战鼓声）咚……

（韵白）：只听得号角阵阵，响彻云霄；战鼓咚咚，声震山坳。

只见那一杆杆旌旗，红绿相间，迎风飘摇；

一队队女兵，身披甲胄，头戴兜鍪。

穿红的一手执剑，一手执盾，面带微笑；

穿绿的双手执戈，参差不齐，略显轻佻。

虽则是一身戎装，依然是百媚千娇。

但见那二位队长：身穿铠甲，头插雉毛；

腰悬宝剑，气扬趾高；搔首弄姿，分外妖娆。

似这等阵势，你哪里见得到？

恐怕是破天荒后第一遭。

看得场外百姓兴高采烈，拍手叫好！

（叫好声）好啊……

　　（表）：这也不像是看练兵的，倒像是在看模特儿大奖赛。

（韵白）：突然间，号角声歇，战鼓停敲。

　　虎威声中，刀斧手前边开道。

　　只见一员大将顶盔贯甲，外披战袍；

　　气宇轩昂，风华正茂。

　　原来是将军孙武，威风凛凛驾到。

（韵白）：那胜玉是头戴束发紫金冠，雉尾高挑；

　　身穿黄金锁子连环甲，镶嵌八宝。

　　腰悬盘郢宝剑，光华闪耀；双手捧斧戎，执法如山高。

　　真个是英姿飒爽，女中英豪。

　　（表）：孙武站在将台正中，双目炯炯朝四面一望——说也奇怪，方才还是乱哄哄的教场，立时鸦雀无声。

孙　武（白）：传令官何在？

传令官（白）：末将在！

孙　武（白）：宣布军令。

　　（表）：传令官把军令宣布一遍。孙武命令击鼓列阵。传令官令旗一挥，鼓手敲列阵鼓。鼓声起，按要求各队要立即排成五人为一伍，十人为一列的阵式，而这些宫女一下子找不着方向了，"阿姐""妹子"乱叫乱窜，乱成一团，二个队长受到百姓的追捧，心中得意，更加装腔作势，不但不约束队伍，反而带头笑得花枝招展，引得这些宫女个个都笑弯了腰。场外观众更是一片笑声和掌声，有的甚至喝起彩来！孙武见状眉头一皱，把惊堂木一拍——

（白）：来！停止击鼓！令出不行，乃申令不明，将军有责。传令官重
申军令！

（表）：传令官再把军令重申一遍，鼓声再起，总算勉强列阵完毕。

（白）：来！传令进攻。

（表）：鼓手敲进攻鼓，按要求绿方挥戈进攻，红队执剑盾防守，并不
要求双方厮杀，而是要求一进一退，进退有序，攻防有法。不
料那庄、沈两姬平时就水火不容，今日是狭路相逢，分外眼红，
都不愿示弱，把军令、法度置之度外，各自吩咐队伍拼命向前
冲，搞得二支队伍扭成一团，乱作一堆。
孙武大怒，把手一挥，鼓声立即停止。

（白）：传令官再申军令，如再有不遵军令者，军法不容！

（表）：传令官三申军令后，鼓声再起。

（唱）：（乱鸡啼）三申军令鼓声响，操练女兵在教场。
庄姬与沈姬，心里勿卖账。
肚里转念头，侬来白相相。
侬平常是冤家，针尖对麦芒。
今朝有机会，正好打一场；
分一个高低来比短长。
碰着孙武子，一点勿识相。
像煞有介事，作势又装腔。
军令何足惧，侬背后牌头硬。
大王得宠侬，谅倷呒法想。
关照众女兵，尽管乱冲撞，闯出祸来有侬承当。
宫女胆子小，不敢太鲁莽。
队长带了头，有啥闲话讲。
跟着瞎起哄，一道轧闹猛。
放开手和脚，甩脱刀和枪。
拆散头发团，有点横竖横。
弄得一团糟，实在不像腔，笃定泰山有靠傍。

（表）："哗……"演兵场中乱成一团。孙武勃然大怒，大喝一声，声如

霹雳!

孙　武（白）：执法官何在?

胜　玉（白）：在!

孙　武（白）：本将军三令五申，尔等不遵号令，军法何以处之?

胜　玉（表）：胜玉气呀! 想这两个妃子仗着父王宠爱，把军令当作儿戏，不把孙武放在眼里。身为队长带头不遵军令，这样下去。孙武如何收场。现在听孙武问，赶紧躬身回答。

　　　　（白）：按军法当斩!

孙　武（白）：但法不责众。队伍如此，罪在队长。刀斧手听令! 将二个队长绑出辕门斩首示众。

　　　　（表）：刀斧手一听吓得目瞪口呆。嗨! 这是大王的爱妃呀! 不要搞错。旁边胜玉亦一吓。虽则这两个队长是可恶，平时我就看不惯，但毕竟她们是父王的爱妃，你要杀她们，老爸不会答应的。不要弄僵呀!

胜　玉（白）：将军，虽则这二位队长罪有应得，但念其初犯，不宜处斩，还望将军从宽发落。

孙　武（白）：哆! 尔身为执法官应知军令如山，岂同儿戏。严肃军纪乃治军第一要务，尔速速执行军法，不可懈怠，否则一体同罪!

胜　玉（表）：胜玉见孙武神色凝重，双目炯炯，威武中透出一股肃杀之气，不由得心头一凛。

　　　　（唱）：威风凛凛赛天神，炯炯双目似寒星。
　　　　　　　　他是神情凝重冷似铁，铁骨铮铮不可侵。
　　　　　　　　那二姬依持君王宠，藐视军令不该应，居然违法胡乱行。
　　　　　　　　军法无情理当斩，又恐父王怒气生。
　　　　　　　　那孙武投鼠忌器全不顾，傲然正气令人钦。
　　　　　　　　执法如山非儿戏，我岂能犹豫不前乱方寸;
　　　　　　　　极应该力挺将军同一心; 定斩二姬不容情。

　　　　（表）：我是执法官，应该帮助孙武严肃军纪，父王怪罪下来，我与他一起承担，于是对两旁刀斧手眼睛一弹，高举斧钺，厉声喝道——

（白）：速将二队长绑出辕门，斩首示众！

（表）：刀斧手一看主将威严，公主发飙，再不动手就是违抗军令，吃不消！赶紧下来将庄、沈二姬绑出辕门。

起先二个妃子还有恃无恐，你小小孙武敢奈我何？不料真的动手了，吓得二妃花容失色，魂不附体。本来想出来"秀一秀"，不料"秀"出人性命了！极叫救命——

二　妃（白）：大王！救命呀！

吴　王（表）：吴王在检阅台上看得清清爽爽，开始还哈哈大笑——好白相。现在突然见孙武面孔一板要杀二姬，心里慌了。看到二姬被绑出去时狼狈样子，心痛呀！马上吩咐伯嚭速速下山传我旨意：此二人乃孤之爱妃，孤无此二人食则无味，寝则不安，千万不能斩。立即放归后宫，寡人自当处之。伯嚭领命飞奔下山，到营门口，见刀斧手准备行刑，大喝一声——

伯　嚭（白）：刀下留人呀！

（表）：庄、沈二姬已经吓得三魂出窍了。现在看到伯嚭来，知道大王派人来救我们了，死不了了！大王的旨意谁敢违拗？头颈又在硬起来了。伯嚭赶紧上将台——

伯　嚭（白）：孙将军，大王有旨意：二位队长乃大王之宠妃，无此二人大王食则无味，寝则不安，不能斩杀，命速速放归后宫由大王发落。

孙　武（表）：孙武立起身来从胜玉手中接过斧钺，高举在手——

（白）：军令如山，军法无情。孙武已受命为将，将在外，虽君命有所不受。不斩二队长何以服众？刀斧手！速将二队长斩讫报来！

（表）：刀斧手一看孙将军严颜厉色，一股肃杀之气，好像他身上有一股强大的气场，使人觉得浑身汗毛凛凛，不得了！再不动手，我们的小命也难保——手起刀落，嚓——！

吓得伯嚭差点从台上跌下来。踉踉跄跄回转山上复命。

孙武吩咐将二姬首级悬挂营门示众，另选二位队长继续操练。这些宫女哪里见过如此残酷的场面，都吓得胆战心惊，面似土色。想想两个队长是大王的爱妃，不听号令竟落得如此下场，我们算得了什么？识相点！所以个个战战兢兢用心听鼓声指挥，居然进退有序，根据要求丝毫不差，操练达到了预定目标。

场外百姓起先也随着女兵嬉笑怒骂而起哄，自从斩了二姬之后，场外鸦雀无声，连咳嗽声音都没有一声。等到操练结束，场外爆发出一阵暴风雨般的掌声——这充分说明了老百姓对这次操练的肯定，传为千古佳话！

孙武命令收兵回营后，立即带领执法官、传令官上山向吴王交令复命。

不料吴王在大怒之下早已拂袖而去。伯嚭对孙武说，"你杀了二姬闯了大祸，还不速速进宫向大王请罪"。孙武正色道，"我奉王命演兵，整肃军纪乃责之所在，何罪之有？今奉上令旗、斧钺请转呈大王，孙某听候发落"。说罢也拂袖而去。

孙武子校场斩二姬，得罪了吴王，危在旦夕。

后事如何？请听下档。

第三回　从 谏 拜 将

（表）：孙武三令五申怒斩二姬，大义凛然，拂袖而去。胜玉知道事态严重，一面佩服孙武的威武不屈，正气凛然；一面又担心父王在盛怒之下会做出不利于孙武的决定。这种时候唯一能在父王面前讲得上话的就只有伍子胥了！啊呀！紧要关头这伍子胥上哪里去了？事态紧急，让我先进宫去劝说父王一番。所以急匆匆进宫，一看原来伍子胥已经在宫里了。父王正对着伍子胥大发雷霆。

胜　玉（白）：儿臣叩见父王！

吴　王（表）：吴王对女儿望望，白欢喜你的！你当了执法官，臂膀朝外弯，不帮我，反而帮孙武杀我的爱妃。你可知道你母亲故世后，全靠这二个妃子弥补我的空虚、寂寞。她们死得这么惨，你叫我今后的日子怎么过？称心上要狠狠骂她几句——不舍得！说来奇怪，没有看到女儿时火冒三丈，但当与女儿面对面时，却有火发不出。他深知这小姑娘的脾气比自己还要横！记得她小时候，有一次我不过责备她几句，她就绝食三天，奄奄一息。急得我六神无主，抱着她痛哭流涕，再三作自我批评，总算使她回心转意。从此以后，我是事事顺她心，样样如她意，只要她高兴，我就快活。唉！我自己也搞不清，我这个老爸当得是成功，还是失败？

（白）：起来，一旁坐下！

胜　玉（白）：谢父王。

吴　王（表）：骂女儿不行，只有骂伍子胥。

（白）：伍员，尔可知罪否？

伍　员（白）：臣何罪之有？

吴　王（白）：那孙武胆大妄为，目无君王，如此狂士是尔所荐，尔难道无罪么？

伍　员（表）：子胥非常严肃立起身来，整顿衣冠，拜倒在吴王面前。

（白）：恭喜大王！贺喜大王！

吴　王（白）：啊！寡人还有什么喜事啊？

伍　员（白）：大王得到了一位盖世英才的孙武，称霸东南有望矣！岂不可喜可贺！

吴　王（表）：气呀！这样说来你非但无罪还有功了？

（白）：岂有此理，一派胡言！

伍　员（表）：你正在气头上，但你冷静下来仔细想一想就不难明白其中的道理。我现在先讲个故事给你听听……

吴　王（表）：我现在还有什么心思听你讲故事？

（白）：寡人好不耐烦！

胜　玉（表）：伍子胥这时要讲故事，一定有道理，而且与今天发生的事情有关，要让他讲。

（白）：我要听的。请伍大夫讲来！

伍　员（白）：是！大王！公主！容禀。

（表）：对吴王望望，你不要听，没得用，你女儿要听的。

子胥要讲的是齐国有名的军事家司马穰苴的一段故事。司马穰苴本姓田，就是孙武的族叔。因为官封大司马（相当于现在的国防部长），所以都称他为司马穰苴。在二十年前——

（唱）：群雄争霸乱四方，晋燕联军伐齐邦。

边关失守频告急，来势汹汹不提防。

遍地狼烟烽火起，满朝文武尽惊慌，大敌当前少主张。

幸有那司马穰苴挺身出，挂帅出征保边疆。

（表）：齐国君主齐景公对司马穰苴并不放心，特派他的一个宠臣叫庄贾为监军，对司马穰苴有所牵制。而这庄贾——

（唱）：他是位高权重特骄宠，目无法纪太狂妄。

待到发兵日，三军已整装；

他是饮得熏熏醉，步履也踉跄；姗姗来迟到教场。

（表）：由于他严重违反军法，不管他身为监军之职，而且还是君主的宠臣，毅然将他斩首以正军法。齐景公得到消息，马上派使臣驾了马车飞奔去军营中救庄贾。岂知非但救不了庄贾，而且还追究使者在军中驰马的罪责。因为使者是君王的代表，不能加罪，而把那匹马杀了，把车毁了，这叫"法不容情"！处置已毕，司马穰苴就带领队伍浩浩荡荡开拔了。这消息传到诸侯各国引起极大的震惊！尤其是晋、燕二国联军感到恐慌。齐国军队的军纪是如此严明，必定是勇不可当。

（唱）：如此军威谁能敌？未曾交锋胆已丧。

偃旗息鼓收兵去，望风而遁避锋芒；

穰苴是不战成功天下扬。

（表）：一仗未打而收复失地，这叫"不战而屈人之兵"。这才是用兵的最高境界。

胜　玉（白）：妙啊！伍大夫，今日孙武教场斩二姬与司马穰苴斩庄贾有异曲同工之妙呀！

伍　员（表）：这小姑娘悟性真高，一点就通。对！今日孙武教场斩二姬，观者成千上万，消息传到列国，吴国军威大振，谁敢小觑？心理战已经赢了三分。

大王可知我们吴国军队虽然号称有数万之众，但是军纪松懈，真要打起仗来，缺乏战斗力。从今日教场演兵可以看出，孙武有能力把吴国军队训练成为所向无敌的精兵。你拥有这样一支精兵，何愁不能称霸一方！

（白）：岂不可喜可贺？

胜　玉（白）：儿臣也恭喜父王！贺喜父王！

吴　王（表）：你不要胡调！我承认伍子胥讲的是对的，但不过斩了我二位爱妃，损失也太大了！

伍　员（表）：唉！你的毛病就是好色。这要怪你自己，你为什么派二姬作为队长呢？你从心里把这场演兵当作儿戏。而孙武是认真的、严肃的。

（白）：大王！美色易得，一将难求。为了二位美人而舍弃一员良将，等于舍弃天下。孰轻孰重？不显而易见么？

吴　王（表）：对！孙武能帮我成为一方霸主，何愁没有美女？但是吴王还有一个心病说不出口，就是孙武的"将在外，君命有所不受"。虽然道理不错，但作为君王来说，心里都很难接受。这不仅是我，恐怕古今中外的君王对此都会犯忌的。即使要用孙武，我也要有所控制。

（白）：这个……

伍　员（白）：当前楚国正值内乱，正是伐楚的大好时机，大王应立即拜孙武为将，统兵伐楚，大功可成也。

吴　王（表）：听伍子胥一番剖析，解除了心头不少疑虑。对！将才难得，机不可失。像孙武那样的旷世奇才，我不重用，万一流落到了其他诸侯国，或者回到齐国，对我吴国的威胁太大了。一得一失、一正一反，权衡再三，决定用！

（白）：子胥所言使寡人茅塞顿开。请择选吉日，寡人拜孙武为将！

伍　员（白）：大王英明！

胜　玉（白）：父王英明！

吴　王（白）：你起劲得很！对女儿一望，呀！只见她面似桃花，眼神迷离，兴奋之状溢于言表……啊呀！吴王恍然大悟。女儿年纪不小了，十六岁了，按说早该攀亲了。说过多门亲事她都不乐意，我也不勉强，反正"皇帝的女儿不愁嫁"。再说我也舍不得她嫁出去，所以耽搁到现在，成了"剩女"了。看光景她对孙武似乎情有独钟。嗨！好事体！假使他们能结成一对，真是天赐良缘。这不仅称了女儿的心，而且解决了我心中的忧虑。因为孙武毕竟是齐国人，我把军队交给他总有点不大放心。假使他能成为我的女婿，变成一家人了，还怕什么？不过看孙武已年近三十，不知可曾娶妻？再想想孙武是避乱来到吴国隐居，在穹窿山中著书立说，看来是个单身"王老五"，想到其间，心中豁然开朗，哈哈大笑……

伍　员（白）：登台拜将事不宜迟，待伍员速去准备，告退。

吴　王（表）：待伍子胥一走，吴王笑嘻嘻对女儿望望……

　　　（白）：儿呀！为父拜孙武为将，尔以为如何？

胜　玉（白）：父王英明！

　　　（表）：伟大！伟大！

吴　王（白）：哈……既然如此，我儿可称心么？

胜　玉（表）：咦？怎么问我称心不称心？啥意思？

　　　（白）：这个……

吴　王（白）：如意么？

胜　玉（表）：胜玉对爷的面孔一望，呀！好像朦朦胧胧有点感觉到爷的意思，顿时面孔通红，心动过速！

　　　（白）：父王！这……

吴　王（白）：哈……

　　　　　　　我儿放心，为父一定会使尔称心如意的！

胜　玉（表）：恍然大悟，心头一阵狂喜，这种喜悦、兴奋的心情是从来没有体验过的。

　　　（白）：呀！

　　　（唱）：七分狂喜三分羞，犹如甘露润心头。

　　　　　　　父王爱我如珍宝，娇养深宫不识愁；二八年华似水流。

　　　　　　　我是几番拒绝论婚嫁，关关雎鸠不追求。

　　　（表）：胜玉从小没有母爱，只有父爱。性格上有点男性化的倾向，而且还有比较严重的恋父情结。在他眼里看到的贵族子弟都缺乏阳刚之气，有点"娘娘腔"；而那些勒马横戈的武士，虽然十分阳刚，但失之粗犷，甚至粗鲁。总之所有的男人，除了爷，没有一个中意的。她的老爸是她心中的唯一偶像。不过自从看到孙武之后，她突然感到老爸的形象有点淡薄了。今朝教场斩姬之后，在她心目中孙武形象显得高大威武，至于老爸的形象，对不起！退居二线了。

（唱）：那孙武是英雄本色真君子，豪情万丈冲斗牛；

我是一见倾心意气投。

好一似云破月来花弄影，情窦初开意绸缪。

神仙眷属难寻觅，今世良缘前世修。

盼得天如愿，有缘配鸾俦；生死不渝结好逑。

从此她朝暮相思无断绝，心扉已开不能收。

（表）：这十六岁少女的情怀这扇门从来没有开过，今朝爷的几句话使她心头这扇门开了。嗨！开了就关不上了！

胜玉羞答答抬起头来，对爷望望，隐隐然——可能吗？

吴　王（表）：我是一国之君，没有办不到的事，放心！

胜　玉（表）：这老爸真好！胜玉对吴王深施一礼，对爷望望——拜托！起身回转宫里去了。

吴　王（表）：这吴王"拆烂污"了！胜玉心里这团火被你"蓬"点旺了！可知少女的心一旦着了火是扑不火的，救火车也没有用！后来吴王通过伍子胥一了解，方知孙武在齐国就已娶妻，而且一起来到吴国隐居，现住在穹窿山中。吴王十分失望，女儿面前如何交代？以后再想办法吧！

伍子胥一切准备就绪，选定黄道吉日，请吴王登台拜将。

吴王当了全体文武大臣拜孙武为上将军，执掌吴国兵权。

拜将后第一件事就是商议伐楚，经过相当长时间精心筹划，孙武完成了他的战略部署。时机成熟，吴王决定伐楚。任命孙武为中军主将，统率全军，伍子胥、伯嚭为副将，夫概为先锋，攻打楚国。吴王亦随同中军亲自出征。

那孙武果然用兵如神，以三万精兵声东击西，神出鬼没，杀得二十万楚军亡魂丧胆，望风而遁。终于攻占了楚国都城，吴军大获全胜。不料吴王的兄弟夫概趁机谋反，带领一支队伍杀回姑苏。孙武得讯连夜带领一支队伍赶去救援，留吴王与伍子胥、伯嚭坐镇楚国都城。孙武一举粉碎了夫概的叛乱，大功告成了！不料吴王在楚国都城出了大事，请听下档！

第四回　拒 亲 退 隐

（表）：吴王攻占了楚国都城，以胜利者的姿态住进了豪华奢侈的楚王宫。因为楚昭王仓皇出逃，这些嫔妃、宫女一个都未带走……吴王在此氛围中，激发了他好色贪欲的本性，就在宫中纵情淫乐。更有伯嚭为了讨好吴王，他把楚国王公大臣的妻妾，择姿色出众者献给吴王，吴王是照单全收。上行下效。伯嚭以下众将士没有顾忌了，四处奸淫掳掠，无恶不作，霎时间把楚国搞得如人间地狱一般，百姓惨遭蹂躏。而伍子胥为了报仇雪恨，正带了人在挖掘楚平王的坟墓，等到他发觉情况严重，急忙亲自四处弹压，但是犹如黄河决堤，难以约束了！而楚昭王派人向秦国哭诉求援，秦王派出了一支精锐部队直逼楚国都城。吴王急召伍子胥商议对策，伍子胥长叹一声，军心涣散，民心已失，难以抵敌，为了保存实力，只能速速退兵，撤离楚国。此时吴王后悔莫及，伐楚得而复失，功亏一篑，只得班师而还。但是通过这次伐楚战争，吴王深深感到孙武确是一位难得的将才。他以三万之众打败了楚军二十多万，直捣楚国都城。这种战例古今少见。但孙武本领越大，我越感到可怕！因为他毕竟是齐人，与我非亲非故。夫概叛乱我不怕，他只是匹夫之勇。而孙武若有异心，无人能敌。本想招他为婿，我可以放心任用。将来我百年之后，他还可以辅佐我的儿子，我后顾无忧。可惜他已有妻室，总不见得让我女儿——堂堂的公主去做他的小妾、二奶！更令人烦恼的是女儿已认定孙武不嫁了！因此愁得吴王夜不成寐，一筹莫展。思来想去就把伯嚭叫来商量，因为伯嚭

有心机，点子多！吴王啊！你与伯嚭商量，就好比生病人与鬼
商量！

吴　王（白）：如此这般，卿家有何良策？

伯　嚭（表）：原来如此。你无非因孙武已有妻室，公主不能下嫁，而公主又
　　　　　　　是"吃煞"孙武，非他不嫁……这个问题容易解决。只要让孙
　　　　　　　武把妻休了，然而再迎娶公主，不就名正言顺了吗？

吴　王（白）：孙武他能休妻吗？

伯　嚭（白）：那孙武原本一介布衣，得大王提拔而成为我国之上将军，他
　　　　　　　理当感恩戴德。况且今后能成为大王之娇客，这是何等的恩
　　　　　　　宠呀！

　　　（表）：这样的好事怎么轮不到我的头上。

　　　（白）：此事包在微臣的身上。

　　　（表）：说完辞别吴王，到上将军府拜访孙武。孙武见伯嚭来访，亲自
　　　　　　　接到前厅分宾主坐定。

伯　嚭（白）：恭喜上将军！贺喜上将军！

孙　武（白）：啊？喜从何来？

伯　嚭（白）：将军呀！

　　　（唱）：紫气腾腾集祥云，将军府第喜盈门。
　　　　　　　雄才大略舒怀抱，出奇制胜率精兵；伐楚功成第一名。

　　　（白）：这岂不是一喜么？

孙武（苦笑）：嘿……

　　　（唱）：劳师远征偃旗还，功亏一篑悔于心；
　　　　　　　我是辜负君王知遇恩。

　　　（白）：孙武何功之有？惭愧！

伯　嚭（表）：伯嚭明白孙武心中有一股怨气。这话里有点指桑骂槐的意思。

　　　（白）：这且不说吧！眼前将军确有一桩天大地大的喜事啊！

孙　武（白）：又有什么喜事？

伯　嚭（唱）：盖世英雄人仰慕，君王属意得垂青；
　　　　　　　欲将爱女下嫁上将军。
　　　　　　　将军是攀龙附凤成佳婿，前程无限上青云。

（白）：大王有意将胜玉公主下嫁将军，岂不是天大的喜事？

孙　武（表）：孙武闻言，大惊失色！

（白）：啊呀！大夫说哪里话来！孙武早有妻室，怎能再娶公主？

伯　嚭（白）：将军早已娶妻，大王早就知道了。

（唱）：大王是但求才俊成娇客，不嫌将军曾娶亲。

　　　　只要你休却糟糠再婚配，莫负公主有痴情。

孙　武（唱）：我妻仲姜乃是贤淑女，形影相随十余春，患难与共倍艰辛。

　　　　想当年我是探求精微忘寝食，她是夜夜伴读到天明；

　　　　结发的恩情比海深；我岂能贪图荣华灭人伦。

（白）：似这等不仁不义、无廉无耻之事，俺孙武恕不从命！

伯　嚭（表）：什么仁义道德，礼义廉耻，这都是虚的，做人要现实点！什么
　　　　患难夫妻，怎比得上胜玉公主年轻美貌，而且最受吴王宠爱，
　　　　你娶了公主就是一人之下，万万人之上——

（白）：真是艳福不浅，洪福无穷呀！

孙　武（白）：尔此言差矣！想俺孙武蒙吴王不弃，任为上将，自当尽心竭力
　　　　为吴国效命，以报大王知遇之恩。俺孙武既不贪图荣华宝贵，
　　　　也不敢有任何妄想！尔既奉王命而来，就请代奏大王，孙武绝
　　　　难从命！

伯　嚭（白）：上将军千万不可意气用事，望三思而行……

孙　武（白）：休得多言！送客！

（表）：孙武下逐客令了，伯嚭只能灰溜溜回宫禀告吴王。
　　　　孙武怒气不息，独自坐在厅堂上低首沉思……

仲　姜（白）：啊！夫君，夫君！

（表）：夫人仲姜与孙武从小就是青梅竹马，长大后情投意合，又是门
　　　　当户对，所以结为夫妇，夫妻感情十分深厚。现在仲姜听到伯
　　　　嚭走了一会儿了，怎么孙武还未进来？所以出来看看。只见孙
　　　　武紧锁双眉，低头沉思，在想什么？

仲　姜（白）：夫君，方才伯嚭前来为了何事？

孙　武（白）：这个……不提也罢！

仲　姜（白）：说说何妨？

孙　武（白）：那伯嚭前来如此这般……我一怒之下将其逐出府去了。

仲　姜（表）：其实我在屏门后都听到了。

　　　　（白）：你如此回绝，可曾想过后果如何？

孙　武（表）：不瞒你说，我是在考虑会产生的后果。

　　　　（白）：夫人，看来我在吴国难以立足了！

仲　姜（表）：仲姜微微一笑！你对我的情义使我铭感肺腑，但是你未免有点
　　　　　　　感情用事了。

孙　武（白）：此话怎讲？

仲　姜（表）：所谓"用人不疑，疑人不用"，而吴王对你却是"疑而用之"，
　　　　　　　这是很危险的呀！

　　　　（唱）：虽则吴王有知遇恩，但是十分疑惑存戒心。
　　　　　　　　皆因你出身齐国名门后，既无瓜葛又无亲；
　　　　　　　　他岂能交付兵权掌三军。

　　　　（表）：故而他想招你为婿，成为一家人，让你死心塌地为他效命，他
　　　　　　　才能真正把兵权交付与你，你才能舒展抱负，实现理想，而你
　　　　　　　却是——

　　　　（唱）：义正辞严相拒绝，吴王不免起疑云，君威难测要祸临身。
　　　　　　　　倒不如了却君王心腹事，休妻再娶结同盟。
　　　　　　　　莫道糟糠难割舍，我是深感夫君眷恋情，怎能够为我一人而误
　　　　　　　　此身。
　　　　　　　　我情愿远离君家孤寂去，荆钗布裙过光阴。
　　　　　　　　愿上苍得遂青云志，青史留名慰平生，我是终老山林亦甘心。

　　　　（白）：我愿割爱而成全君之大业，使君名垂千古，流芳百世，妾即便
　　　　　　　舍却此身亦值得的！

孙　武（表）：听妻一番肺腑之言，肃然起敬。起身向仲姜躬身一礼。

　　　　（白）：知我者妻也！深明大义者亦妻也！

　　　　（唱）：你是个深明大义的奇女子，我不是贪图荣华的滥小人。
　　　　　　　　哪怕是壮志难如愿，怀才不能伸；
　　　　　　　　也不能忘恩负义丧人伦，孙武决不负知音。

　　　　（表）：如必须牺牲人格而去博取理想与前程，我宁可不要！

何况通过伐楚一战，我发现吴王并非是个仁德的明君。他在楚国的所作所为，令人发指，暴露出他的残暴的本性，令人可憎！可怕！他野心勃勃，妄图争霸天下，接下来的目标就是齐国。

（白）：夫人啊！那齐国乃是生我养我的故土啊！

（唱）：他是兴兵伐齐已谋划，称霸东南逞野心；

妄图一战定乾坤。

到那时血流千里无炊火，涂炭生灵哭断魂。

我若是助纣为虐领兵去，对不住孙氏祖先，

更对不住父老乡亲，有何面目枉为人。

（表）：其实在伐楚回来后，我就打算要隐退了，现在看来是非退不可了。但是我要想全身而退也并不容易，因为吴王怕我退后流落其他诸侯国，更怕我回到齐国，将来成为他的对手，即使要退必须明确告诉他，我退隐山林而不离吴国，从此著书立说，不问世事，或许才能全身而退。

（唱）：我要急流勇退归隐去，远避是非绝嚣尘。

潜心重修兵书策，留传后世任评论，不枉此生未了因。

执子之手同偕老，生生死死不离分。

仲　姜（表）：仲姜听得十分感动。点头称是，到底夫君看得比我深了一层，既然要退，就要快！吴王现在肯定是恼羞成怒了。只怕迟则有变。

吴　王（表）：吴王果然是勃然大怒。恼恨孙武不识抬举，大失所望，但又不由得暗暗佩服孙武一股浩然正气！只是在女儿那里我如何交代呢？内侍来请吴王用膳，说"今朝从太湖里捕来一尾上好的鲜鱼，经精心烹煮，定是鲜美可口，请大王尝鲜"。吴王吃了几口，觉得果然嫩滑鲜美，突然心中一动，有了！马上吩咐内侍将这盘鱼给公主送去。内侍呆了一呆，对吴王望望这盘鱼吃过了，送去给公主吃，公主不要光火呀？"这个！"吴王对内侍说，"你只管送去，寡人自有道理。"内侍只得捧了这盘鱼到公主宫中去。

胜　玉（表）：胜玉已知道了。不料孙武竟然一口回绝。理由很简单——不愿抛弃糟糠之妻，胜玉真是伤心欲绝！心想我贵为公主，而且人家都说我活脱活像我的母亲——吴国第一美女，难道还比不上一个齐国的民女？这也太伤自尊心了，胸闷呀！

胜玉极其失望，但并未绝望。因为爷还未给我一个说法。因为当初爷曾经对我包拍胸脯，说"我是一国之君，没有办不到的事"所以胜玉还存在一线希望。正在胜玉心忧如焚之时，宫女来报说大王派人送来一盘鲜鱼，请公主佐餐。胜玉想："爷呀！我现在有什么心思吃鱼呀！我现在就等你的一个回应。"胜玉对这盘鱼一望，呀！胜玉顿时又羞又恼，脸孔涨得通红。这是一盘吃剩的鱼呀！给我吃？你这是羞辱我，或者是你老年痴呆了！再一想，哎！爷对我是无比宠爱，要啥是啥，再说我们太湖里的鱼多的是……爷这样做，一定有他的深意。

（唱）：父王作事太乖张，竟把这残餐剩鱼送我尝。

莫非他不便言明心腹事，故弄玄虚作比方。

低下头，暗思量，呀！猛然省悟痛肝肠。

那鱼儿虽好已残余，暗示这孙武已然有妻房；

纵然弃之亦无妨。

（表）：爷的意思是说这鱼虽然鲜美可口，但毕竟是剩餐残羹，暗示孙武虽好，已有妻室，弃之并不可惜，劝我死了这份心。哎！父王呀！那孙武乃是旷世英才，坦荡君子，岂能与区区鱼儿相提并论，你的比喻并不恰当。

（唱）：那孙武是顶天立地的奇男子，

哪怕是得罪君王也不愿弃糟糠，

真是情深义重世无双。

他的高风亮节令人敬，父王的比喻太荒唐。

（表）：不过从中可以看出爷对此已毫无信心，计穷力竭了。胜玉唯一的希望已然破灭，彻底绝望了。本来涨得通红的面庞，一下子变得"夹廖势白"。仰起头，长叹一声，眼泪喷涌而出……

（唱）：仰天长叹，泪如雨降，涓涓湿透薄罗裳。

苍苍乎此身无缘分，茫茫乎魂兮归何方？

今生无望待来世，我要先到地下候孙郎；

但求来世配成双。

（表）：既然今世无缘，就等来世吧！我要抢先一步到来世去等他。胜
玉手捧盘郢剑——

（白）：宝剑呀！宝剑，你就成全了我的来世吧！

（表）：拔剑自刎。

吴　王（表）：吴王得知胜玉殉情，真是老泪纵横，痛不欲生！懊悔不已，我
假使当面向她交代，女儿亦不至于自刎，送什么鱼呢？送了女
儿的一条命，懊悔莫及。感到自己对不起女儿。为了弥补，吴
王决定把为自己修建的王陵改为公主坟，安葬胜玉。还将宫中
一半的奇珍异宝以及盘郢剑一起陪葬。出殡那天，将所有来看
闹猛的姑苏城的老百姓全部赶进墓道，然后下令封闭墓道，将
一万多无辜百姓活活埋葬在里面。吴王叹口气说道："女儿啊！
为父将一万人与你陪葬也算对得起你了！"

孙　武（表）：孙武闻知，心彻底冷了！吴王对自己国家的老百姓竟然如此辣
手，这是何等残酷无情！我帮他打天下，岂不是助纣为虐？所
以毅然决然，留书一封，表明心迹，挂印而去，从此不知所踪。
唯留下一部兵书流传千古，被历代的军事家奉为"兵学圣典"。
直到现在已有二十多种翻译本在全世界流传……这部书就是
《孙子兵法》！

❶ 窦福龙、陈希安与张振华
❷ 左起：陆人民、窦福龙、
沈仁华、陈希安、丁皆平、
蒋文、张振华、钱国华

证　书

由窦福龙创作的**中篇苏州弹词**《**孙武与胜玉**》荣获2013年度全国优秀曲艺作品评选表彰活动 **金奖**。特颁此证，以资鼓励。

中国曲艺家协会
二〇一五年一月

证　书

苏州市吴中区评弹团：

　　中篇弹词《孙武与胜玉》入选第十三届中国戏剧节，荣获优秀展演剧目。

　　特发此证，以资鼓励。

中国戏剧家协会　第十三届中国戏剧节组委会
二〇一三年十一月

奖状

第一回　茶馆巧遇

（表）：公元一八四〇年鸦片战争之后，清政府处于内忧外
患、风雨飘摇之中。但是在杭州城内，西子湖畔表面
上依然是一派繁华景象。在西湖边上有一处茶楼，名
叫"汪记茶楼"，四开间门面，一边临湖，一边沿街，
是品茗赏景的好去处。

茶楼门前来了一位二十多岁的年轻人，身材瘦削，但
双目炯炯有神。头戴瓜皮小帽，身穿绛红柿布夹袍，
腰里束一根蓝色腰带，穿一双千层底布鞋——一望而
知是一个生意人。但此人举止洒脱，态度从容，迈步
踏进茶馆。店小二看见，赶紧上前招呼——

小　二（白）：我道是谁，原来是阜康钱庄的胡先生，多日不见了，
望上去红光满面，紫气腾腾，一定是春风得意呀！里
面请——

（表）：小二引客人到里面一张空桌前，请客人坐定。

（白）：胡先生，今朝有新上市的狮峰龙井，可要来一杯尝
尝新？

胡雪岩（白）：甚好。

小　二（白）：上好龙井一杯呀！

胡雪岩（表）：此人是谁？这就是本书的主人公——胡雪岩。胡雪岩
本名胡光墉，雪岩是他的字，因为他后来出了名，做
了不少善事，受到百姓的爱戴，尤其是他所创办的
"胡庆余堂"是家喻户晓的，所以大家都尊重地习惯称
呼他的字，而本名胡光墉却鲜为人知了。

胡雪岩是安徽绩溪人。绩溪这地方钟灵毓秀，人杰地
灵，出过不少名人，胡雪岩出身贫寒，只读过三年私

塾，后来偶遇机会来到杭州，在阜康钱庄当了五年学徒，满师后当了跑街先生，由于他勤恳好学，为人讲诚信，深受老板器重，只一年多就升为出店先生。在钱庄里，这出店先生的地位很高，仅次于掌柜了。他经常到茶馆坐坐，并非因为他喜欢饮茶，而是当时新闻媒体极不发达，消息闭塞。而茶坊酒肆中三教九流杂处其间，所以能听到不少国家大事、社会新闻。所以他来茶馆是"领市面"，了解行情的……他是这家茶馆的常客了。

胡雪岩朝四面一望，只见店堂内有十几张八仙桌，差不多都坐满了，高谈阔论，喧喧嚷嚷，十分热闹。忽然听到背后有一声叹息之声，不由自主回头一看，只见角落里一张桌旁独自坐着一位与自己年龄相仿的年轻人，一看打扮就知道这是一位穷读书人，而且还戴着孝。但见此人相貌堂堂，气宇不凡，但神情沮丧，愁眉不展，独自坐着叹闷气。嗨！说来奇怪，胡雪岩一见此人就产生一种莫名其妙的关切。这就叫"缘份"。

小　二（白）：胡先生，这是用虎跑水冲的上好龙井，请用茶。

胡雪岩（白）：小二，那边坐着的一位读书相公是谁？以前我从未见过呀！

小　二（白）：这位相公呀，是从福建来的，流落在此，实在是时运不济，可怜！

胡雪岩（白）：他从福建来此做甚？怎样"时运不济"？

小　二（白）：胡先生，你就是喜欢东打听，西问讯，那么我就说点给你听听……

　　（唱）：（费家调）

　　　　　这位读书相公本姓王，书香门第有名望。

　　　　　只为家道零落无生计，父子双双离家乡，投亲访友奔四方。

　　　　　囊中羞涩难温饱，一路上饥寒交迫度时光。

　　　　　他父亲是来到杭州身染病，瘟疫缠身遭灾殃，药石无效一命亡。

　　　　　真是屋漏偏逢连夜雨，船破又遭滔天浪。

　　　　　无钱买棺难入殓，急煞书生无主张，只得到福建会馆求同乡。

胡雪岩（白）：那些同乡可曾资助于他？

小　二（唱）：老乡见老乡，两眼泪汪汪；

　　　　　亏得同乡热心肠，接济书生极力帮。

（表）：看来世上还是好人多，出钱帮忙，买棺成敛，暂时安厝在会馆里，以后有机会再扶柩回乡。倒是这读书人太老实了，爷在听爷的，爷死了自己一点主意都没有了。

（唱）：他是孤身一人不知往何处去，进退两难没商量，终日里闷坐茶馆愁绪长。

（表）：真是"走投无路"，只得天天到茶馆来泡一杯最便宜的茶，从早上喝到打烊，茶叶都冲得发了白了。从早上到现在只吃了一只烧饼，吃得清清爽爽，桌上一粒芝麻都寻不到。可怜呀！

胡雪岩（表）：胡雪岩想我从小家贫，没有好好读书，甚是懊恼，十分羡慕读书人。想不到这读书人竟落魄到这般地步，深表同情。你看他虽身处逆境，但气宇不凡，还流露出一股凛凛正气。好比蛟龙困于浅水之中，一旦风云际会，便会腾空而起……

白眼狼（白）：（猛碰桌子，大喝一声）把她带进来！

胡雪岩（表）：一吓！啥人？在茶馆大声喧哗。抬头一望，只见右边一张桌旁坐着一个彪形大汉。满脸横肉，歪戴一顶瓜皮帽，在碰台拍凳，高声吆喝。胡雪岩识得此人，乃是杭州城里的一个流氓，绰号"白眼狼"，手底下有六七个小混混，专营聚赌抽头、敲诈勒索、逼良为娼、放印子钱……无恶不作。今朝他在这里恐怕又要生出什么是非来了。

只见门前二个小流氓，推推搡搡把一个姑娘推了进来。

小流氓（白）：见过我家白大爷！

云　姑（表）：这姑娘十七八岁年纪，生得眉清目秀，身穿孝服，走到白眼狼桌前，一个"万福"——

（白）：白大爷！

白眼狼（表）：呆脱了！想不到一个渔家女子竟生得如此如花似玉，本来"抢眉爆目"，顷刻变得"眉花眼笑"，一副色眯眯样子。

（白）：你就是肖老头的女儿呀！你可知你老子借了我多少银子？

云　姑（白）：借了你五两银子。

白眼狼（白）：现在你老子死了，自古道"父债子还"，你快快还钱吧！

云　姑（白）：借期未到，到期我定当奉还！

白眼狼（白）：小妮子口轻飘飘，你老子死了，你拿什么还我？到时你溜之大吉，我向谁去要？今天我找你来，就是要做个了断！

云　姑（白）：我父亲新丧，后事尚未了，还望宽限几日，那怕当尽卖绝也会偿还你这笔债的。

白眼狼（白）：你家里还有什么可以变卖的？我看只有把你自己卖了，还值几两银子。这样吧！你就到我府上做个使唤丫头，服侍得我老爷满意舒坦了，就收你做一房姨太太，你享福了，哈……

云　姑（表）：姑娘气得柳眉倒竖，杏目圆睁，毫不畏惧——

　　　（白）：我乃清白人家的女儿，不过欠了你几两银子而已，你怎可如此欺辱于我！

白眼狼（白）：嘿……我欺辱你了？我是挑挑你。敬酒不吃吃罚酒，来呀！把她抓起来，送到我府上去！

王有龄（白）：休得无礼！

　　　（表）：这声音并不高，但字字着实，铿锵有力。引得茶馆里所有的人都注目观看。只见坐在角落里的读书人立起身，把衣裳掸一掸，走前几步，拱一拱手——

　　　（白）：这位仁兄请了！

白眼狼（表）：一个穷酸外乡人，我原想杭州本地啥人有胆子来管我的闲事。

　　　（白）：喂，阿乡！你到了杭州也不打听打听，大爷我是谁，你胆敢管老子鸟事吗？

王有龄（白）：方才这位姑娘说得明白，欠债还钱，理所应当，但不过他父亲新丧，一时困难，就该宽限几日才是，竟然青天白日，朗朗乾坤，强抢民女，难道这杭州城内就没有王法了吗？

白眼狼（白）：王法？几钿一斤？这王法对我辈是没法！还了钱我就放人，没有钱，我就把人带走，关你鸟事！你要做好人，好呀，你来还！我看你自己穷得与叫化子差不多了，滚吧！

王有龄（表）：读书人气得脸涨得通红，回过头来问姑娘——

　　　（白）：姑娘，你到底欠他多少银两？

云　姑（白）：五两银子。

王有龄（表）：瑟瑟抖的手伸到夹袍里，摸出来一块银子。

（白）：姑娘，这块银子五两只多不少，你去还了这笔阎王债吧！

云　姑（白）：相公，我们萍水相逢，素不相识，怎么使得？

王有龄（白）："同是天涯沦落客，相逢何必曾相识"，区区之数，以解燃眉之急，不必拘礼。

云　姑（表）：姑娘接过银子，对读书人望了一眼，感激之情，难以言表，深施一礼，然后转身将银两放在桌上。

　　　（白）：还你的短命债！

白眼狼（表）：气呀！一件好事竟被穷酸搞"黄"了。本来如意算盘打得蛮好，这小姑娘长得标致，带回去，等白相厌了，卖到堂子里，凭她的姿色至少好卖一百两，真是色财兼得，双赢呀！拿起这块银子掂掂，估计有六两左右，心犹不甘呀！

　　　（白）：本钱还了，利息呢？

云　姑（白）：这块银子足有六两，还不够你的利息么？

白眼狼（白）：嘿……你可知我放的是什么债？印子钱！利上加利，利上滚利，这利息至少十两。

王有龄（白）：你……欺人太甚了！

白眼狼（白）：还不出，很好！来呀，把这小妮子带走。

胡雪岩（表）：胡雪岩旁边看得实在气不过了，这读书人搞不定了，所以挺身而出。

　　　（白）：慢！白老大做事太过分了！

　　　（表）：从身边摸出一张十两银子的银票，放在桌上。

　　　（白）：这十两银票拿了去吧，把借条拿来。

白眼狼（表）：今朝是什么日子？又来了一管闲事。按说借出去五两，不到一个月收回来十六两，赚足了，好罢休了，但白眼狼想到"双赢"，还是不死心。

　　　（白）：十两，不行！我说是利息要五十两。

胡雪岩（白）：你……岂可言而无信？

白眼狼（白）：什么信不信的，几钿一斤？（他样样论斤买的）

王有龄（表）：白眼狼如此蛮横无理、嚣张跋扈，读书人忍无可忍了，我，我要骂人了！

（白）：嘟！大胆狂徒，竟敢在光天化日、众目睽睽之下，仗势欺人，强抢民女，真是天良丧尽，禽兽不如也！（他这也算是骂人的）有我在此，岂容尔等鼠辈横行！姑娘不怕，有我！

胡雪岩（表）：胡雪岩想不到这文弱书生竟有如此胆识，佩服！我亦豁上了！把辫子朝头颈里一盘，衣裳撩起，踏上一步，作啥？预备打相打了！

（白）：姑娘莫慌，还有我！

（表）：他人虽瘦小，气势倒也有点。

白眼狼（表）：白眼狼气昏了，居然有人敢向我"叫板"，那么让你们瞧瞧我的厉害。立起身来摇摇摆摆去到读书人面前，一把抓住读书人的胸脯，一记巴掌打了过来……

王有龄（表）：这巴掌像蒲扇般大，打在脸上非开花不可，胸襟又被抓住，避让不开，只得闭上眼睛"杭"他一记。只听得"哎唷"一声，巴掌没有打到，而且抓住胸襟的手也松开了。怎么回事？睁眼一看，原来这只巴掌被人抓住了。

白眼狼（表）：白眼狼这一巴掌用足了力气，离开读书人的脸只有一寸光景，突然感到脉门上被人一把抓住，又酸又麻。谁？定睛一看，呆住了，原来出手的就是那小姑娘。

王有龄（表）：读书人更加看不懂了。只见姑娘对自己嘴一偏，示意要自己让开，这点读书人反应极快，身体让过一边，只见姑娘右手抓住白眼狼的右手往前一送，左手在白眼狼的背上猛击一掌，那白眼狼冲出几步，合扑跌倒在地——
"哗——"整个茶馆一片惊呼，有的甚至喝彩叫好，茶客纷纷议论。

茶客甲（白）：老兄，我没有看清楚，这大块头是怎样跌出去的？

茶客乙（白）：嗨！这读书人有本事的！大块头一巴掌过来，他不慌不忙身体一偏，脚里使了"鸳鸯连环拐"，大块头一个跟斗跌出去，这种叫功夫！

茶客甲（白）：不对！我看到大块头的手是被这姑娘抓住的，好像是姑娘打的。

茶客乙（白）：这样说起来，是二个人一道打的，配合得好，这叫"双打"，而且是"混合双打"！

白眼狼（表）：跌在地上自己也弄不明白是怎么一回事？坍台呀！还要扎点

"极面子"。

（白）：啥人，一块西瓜皮丢在地上，害得大爷我跌了一跤！

茶客甲（白）：白老大，季节不对，西瓜还未上市了。

（表）：一个哄堂大笑。白眼狼恼羞成怒，立起身对二个小流氓吆喝一声——

白眼狼（白）：阿大、阿二，上去把那小妮子的衣服统统扒光了。

（表）：那二个小流氓听见老大要我们去扒光小姑娘的衣裳，起劲呀！冲到姑娘面前，四只咸猪手伸了上来。姑娘身子往下一沉，一记"扫堂腿"，把二个小流氓打倒在地，痛得哇哇大叫，爬不起来。白眼狼呆脱了，想不到今朝碰着"定头货"了，谅你不过一个小姑娘，能有多大能耐。白眼狼把辫子盘一盘，运一运功，用足全身力气，朝姑娘当胸一记"黑虎偷心"，姑娘身体一偏让过这一拳，用右手一把抓住白眼狼的右手，左手抓住白眼狼的颈皮，右手用力向后一拗，立时把白眼狼的右臂拉脱了骱。然后朝他屁股猛踢一脚，"登……"踢得白眼狼直朝前冲……店堂里一片叫好声。大家从心里佩服，佩服什么？佩服这么大的块头速度有如此之快！白眼狼心里明白，又要跌了。不能再跌了，一定要忍住，直冲到店门口，脚在门槛上一绊，着着实实一跤跌到了街上，跌得鼻青嘴肿。挣扎着站起来，对着店堂里吼叫："有种你不要走！"只见姑娘一个箭步跳到门口，白眼狼此时看到姑娘的影子都怕了，你不走我走，狼狈而逃。

姑娘回到店里，整整衣衫，走到胡雪岩与读书人面前，盈盈下拜。

云　姑（白）：幸得二位恩公仗义救弱，慷慨解囊，小女子没齿难忘。

（表）：这两个朋友都是目瞪口呆，到底倷是恩公，还是你是恩公？读书人想，不是这姑娘出手，我脸上早开了花了。堂堂须眉不及一个妙龄少女，我还像煞有介事，胸脯一拍，"姑娘不怕，有我"！所以对着姑娘嘴里只是"惭愧呀，惭愧"！

胡雪岩是越想越后怕，当时我一时冲动，我这种身坯可经得起大块头打？不是姑娘出手，我至少住半个月医院，想想实在

"难为情"。这二人，一个是"惭愧"，一个是"难为情"，意思是一样的。

王有龄（白）：姑娘一身武艺而深藏不露，真是奇女子也，令人敬佩！

云　姑（白）：请问二位恩公尊姓大名，日后定当报答。

王有龄（白）：区区小事，何足挂齿，在下乃异乡之人，四处漂泊，居无定所，今日一别与姑娘相见无期，不必问姓道名了。

胡雪岩（表）：暗暗佩服这读书人，"区区小事"？这五两银子对你是生活必须的，你给她还了债，自己大饼也没得吃了。他说得轻松是为了使对方减少负担。不留姓名是不图回报，真是高风亮节！这个朋友我是交定了。店小二上来向姑娘介绍——

小　二（白）：姑娘，这位是福建来的王相公，那位是阜康钱庄的胡先生。

云　姑（白）：二位恩公，务请在此稍待片刻，小女子去去就来。

（表）：说完，转身出门而去。等姑娘一走，整个茶馆像开了锅了，议论纷纷，还有讲风凉话的，讲现成话的……胡雪岩听了暗暗叹息，假使当时茶客都纷纷而起，群起而攻之，这白眼狼也不敢如此嚣张。中国人最擅长的就是明哲保身，社会风气如何好得了！这里人声嘈杂，还是换一个清静点环境与读书人畅谈一番，于是叫店小二在楼上开一间雅座，准备一些酒菜，邀请读书人一同上楼坐定。先自我介绍一番，然后请教读书人尊姓大名。

王有龄（白）：原来是雪岩兄，失敬了！卑人姓王名有龄字雪轩，乃福建候官人氏。

胡雪岩（白）：雪轩兄，久仰！请问仁兄因何流落在此？

王有龄（白）：唉！一言难尽。

（表）：王有龄的社会阅历很浅，但他自小饱读经书，遵循了"仁、义、礼、智、信"五常，作为自己的为人处世的准则，所以他今日能不畏强暴，挺身而出。这是一种信念，不是心血来潮。同时他看到了胡雪岩在危急之中也能见义勇为，慷慨相助，使他十分感慨。为什么店内这么多的茶客唯独他能出手相助？居然还是一个生意人。真是君子之道，和而不同。王有龄隐隐感到遇着了一位可以倾心相交的知音了。所以愿意把自己的遭遇与苦闷倾诉一番。

（唱）：仁兄呀！

我家是世代簪缨百余年，先祖是先忧后乐尚清廉。

家父是遵从遗训思进取，谁料想科场失意奈何天。

世态炎凉寻常事，门庭冷落度日艰。

（表）：我父亲十年寒窗苦读，但屡试不中，心灰意懒，于是他把希望寄托在我的身上。

（唱）：

望子成龙心急切，指望我金榜题名捷报连，云开日出上青天。

不料我重蹈覆辙难成器，名落孙山运太蹇，秋闱止步不能前。

老父为儿常戚戚，向隅独自泪涟涟。

（表）：我父亲认为读书就是为了做官，不做官读书有什么用？考不取怎么办？捐官——因为当时清政府财政空虚，允许有钱可以买一个官做，称之为捐官。那时我家道中落，入不敷出了，但父亲决定破釜沉舟。

（唱）：他是押房产，卖耕田；当衣物，换银钱；

捐了个六品花翎愧祖先。

（白）：捐了一个六品顶戴。

胡雪岩（白）：喔！原来仁兄是有功名的一位老爷，失敬了！

王有龄（白）：取笑了，我乃捐班，并非正途，惭愧！

（表）：这捐来的六品顶戴，只是虚衔，要补实缺谈何容易，上下打点已无钱可使，父亲只能托关系帮忙，谁知人情浇薄，在福建候补了一年多，音息全无。父亲只得带着我背井离乡，北上京都，寻求先祖父的门生故吏援助，谁知到了杭州，父亲染上了瘟疫，一病不起客死他乡。

（白）：实不相瞒，眼下我是身无分文、举目无亲，上不得京邦，回不了家乡，困顿在此，一筹莫展也。

胡雪岩（白）：原来如此。

（表）：想不到这读书人竟沦落到山穷水尽的地步，令人可怜！可叹！

他眼前缺少的是机遇，一旦有了机遇，此人不会默默无闻，一定能出人头地。我与他巧遇，也是缘分，我如何能助他一臂之力……正在沉思之时，姑娘闯了进来。那姑娘换了一身衣裳，背了一个包袱，双手高举一口宝剑，双膝跪地。

云　姑（白）：二位恩公仗义相助，小女子无以为报。此剑乃先父遗物，虽非神品，亦是一口利器，今奉与二位恩公，权当报偿。

胡雪岩（白）：姑娘不可如此，快快请起。一旁请坐下叙话。来……我与你介绍一下这位是朝廷六品候补的命官王有龄王大人；我乃阜康钱庄的伙计胡光墉是也。这口宝剑我们是万万不能接受的。

　　　　（表）：他是个书生，做官也是文官，不会使剑，要来无用。我更是一个生意人，拿了一口宝剑，生意都吓跑了。自古道宝剑赠英雄，你是个巾帼英雄，你佩此剑最为合适。何况这是传家之宝，更不能随便送人。

　　　　（白）：姑娘投桃报李的心意，我们领了。今日我们三人在此相遇，并不是日后相见无期，而是来日方长也。

云　姑（表）：我跟随父亲江湖漂泊多年，难得能遇到这两位慷慨仗义的正人君子。尤其这读书人明明是手无缚鸡之力，而不畏强暴，挺身而出保护我。一声"姑娘不怕，有我"真使我心潮起伏，激动不已，他这是"明知不可为而为之"，这叫"大勇"，令人敬重，他们两人不嫌我出身卑微，而邀我与他们同桌而叙，这对我是何等的尊重，所以心里十分激动！

　　　　（白）：二位恩公日后若有用得着我之处，小女子愿赴汤蹈火，万死不辞。

胡雪岩（白）：姑娘言重了。

　　　　（表）：现在胡雪岩觉得姑娘这话说得太严重了，谁知将来这姑娘确实为了这两人出生入死，怎么想得到呢？

　　　　（白）：姑娘身怀绝技而栖身江湖，必有隐情。胡某生性好奇，冒昧请教，可否略告一二？

云　姑（白）：这个……

　　　　（表）：隐私人人都有，也不是绝对不说的，甚至有时憋在心里难受要发泄出来，但是只愿意告诉自己信得过的人。眼前这二人，直觉告诉我是可靠的，信得过的，憋在心头多年的辛酸往事可以一吐为快了。

（白）：在恩公面前，小女子怎敢隐瞒，我名叫肖云姑，父亲真名叫肖继祖，原是广东水师提督关天培大帅麾下一名游击将军。

王有龄（表）：提起关天培，王有龄肃然起敬。几年前关天培在虎门抗击英军，孤军奋战，壮烈殉国，是中华民族的大英雄，而姑娘的父亲原来是关天培的部下的四品武官，怪不得这姑娘有一身武艺。

（白）：原来姑娘是将门之后，失敬了！

云　姑（表）：正当虎门危急之时，关将军命令我父亲将水师提督的关防印信送交广州总督衙门，这是朝廷命器不能陷入敌手，并望广州城早作防卫；还将一个木匣交付我父亲，内藏关将军的几颗牙齿与几件旧衣，俟机送到他的故乡江苏淮安，以示他誓死报国的决心。广州失陷后，我父亲带着我转辗到了淮安，将木匣交付给关家，就此流落在当地，由于我父亲武艺高强，深受当地漕帮的爱戴，拥护他当了清江浦的漕帮老大，后来因我父亲抱打不平，失手打死了一名作恶多端的千总，受到官府通缉，于是只得隐姓埋名，转辗来到杭州，在钱塘江畔以打鱼为生，到此不过半年多，父亲不幸染上了瘟疫，不治身亡了……

胡雪岩（白）：喔！原来如此，不知姑娘今后有何打算？

云　姑（白）：这个……小女子举目无亲，心中茫然……

胡雪岩（表）：难怪，一个女孩儿家举目无亲，虽然有一身武艺，但孤身一人怎能独闯江湖？

雪岩对王有龄看看，又对云姑望望，突然灵光一现，觉得这是一个难得的机遇。胡雪岩最大的长处就是"独具慧眼"有知人之明——"识人头"，而且善于把握机遇。正是由于他有这样的本事，从而使他能在三十年后成为历史上唯一的红顶商人。

现在胡雪岩的脑子里迅速把三个人的情况作了综合分析，觉得这三者的互补性很强。假使三个人各归各，恐怕都成不了气候，要是三个人结合起来，优势互补，就有可能做得轰轰烈烈。虽则他们二人目前都身处困境，但有上升的潜力。而我恰恰有这个能力可以帮助他们解脱困境，所谓"蛟龙岂是池中物，风雨不来狂不得"。虽然有风险，但这风险值得一冒！这就叫"风险投资"。或许这也是我人生的转折点。对！

（白）：王兄，姑娘，在下倒有一个计较，不知可行否？

王有龄（白）：请教！

胡雪岩（表）：雪岩从身边摸出一个油纸包，打开包取出一张银票，放在桌上。

（白）：这是一张五百两的银票，或可略助王兄补缺之需。

王有龄（表）：在王有龄眼里这五百两银子简直就是一笔巨款。你身边怎么随身带着这么一笔钱？心中迷惑不解，呆呆地望着胡雪岩。

胡雪岩（表）：胡雪岩微微一笑，这就叫缘分，这也是机遇！我必须解释清楚。

（白）：我不过是钱庄的一名伙计而已，哪来这么多的银钱？实不相瞒，这五百两银子不是我的。不过，我可以作点主。

（表）：我是阜康钱庄的出店先生，我的职责就是放账与收账，所谓"放账容易收账难"，钱庄最怕的是"呆账"与"死账"。"呆账""死账"多了，钱庄就会亏损，甚至倒闭。而我的长处就是善于把"呆账""死账"变为"活账"收回来，因此东家对我十分信任。在半年前，钱庄发生了一件烦心的事——

（唱）：城隍山前一酒楼，远近闻名已数秋。
店主是沉迷赌博难自拔，犹如失足陷泥沟；
只落得倾家荡产一命休，撇下了寡妇孤儿对面愁。
他是欠我钱庄纹银四百两，人去楼空账难收，急得东家日夜忧。
东家是欲思告到官衙去，我是再三劝阻说来由，决不能釜底把薪抽。

（表）：打官司是有成本的，即便打赢官司，那酒楼的房子是租来的，那些生财家什能值几两银子，得不偿失呀！而那孤儿寡妇却是断了生路，两条性命呀！

（唱）：可怜母与子，生计难自谋；
人到患难处，何必苦追究；
可放手处且放手，得罢休时且罢休。

倒不如再借她纹银一百两，帮她重振门庭还有盼头；

胜似那南海烧香把阴功修。

（表）：那酒楼倒闭并非是生意不好，而是老板不争气，沉湎赌博，把家产都输光了，若能帮助老板娘重新开张营业，钱庄的贷款还有指望收回，而且还给了她们母子一条生路，这对双方都有好处。我的东家心地比较善良，也是对我的信任，同意再借一百两银子给老板娘重新开张。那老板娘还真争气，她勤奋能干，比那老板更善于经营，生意做得十分红火，她很讲信用，平时省吃俭用，只是半年光景，便把五百两银子积聚下了，今天亲手将五百两银票交我还贷，我尚未交到柜上，所以说我们太有缘了。不过，这是钱庄的钱，只是借贷给你，待日后你补缺成功，再逐渐还清贷款。

（白）：如今我将银票交付于你，助你一臂之力，以解燃眉之急。

王有龄（表）：王有龄十分感动，胡雪岩真是雪中送炭，急公好义，但是我北上求官缺补，没有十分把握，万一补缺不成，岂不连累了他。

（白）：蒙足下雅爱，扶困济危，弟感激莫名，只是我前途未卜，万一有失，岂不连累了足下，恕弟不敢领受。

胡雪岩（表）：我身为出店先生有放贷的权，但似这样大笔的贷款一般要得到东家的批准才行，这次我是自作主张了，我是看好你的为人，一定会有光明前途的。

（白）：事在人为，兄台志存高远，必定有锦绣前程，这风险么在下甘愿承当。请兄台不必多虑。

王有龄（白）：我与足下萍水相逢，非亲非故，何以克当？使不得的。

胡雪岩（表）：见王有龄执意不受，怎么办？有了！

（白）：仁兄，在下有一冒昧请求不知可应允否？

王有龄（白）：请讲！

胡雪岩（白）：在下虽与兄台萍水相逢，但一见如故，倾心仰慕，欲与兄台结为金兰之交，不知可嫌弃否？

王有龄（白）：卑人乃落魄书生而已，得遇足下高义侠胆，十分钦敬，能与足下结为金兰，乃三生有幸也！

（表）：这二人真是情投意合，当即八拜，义结金兰。王有龄比胡雪岩大一岁，从此他二人兄弟相称。

胡雪岩（白）：兄长，如今我们已为异姓兄弟，有福共享，有难同当，如今兄长有难，小弟理当共担，望兄长收下这银票，奔赴前途，这善后之事小弟自会妥当处之。

王有龄（白）：既然如此，愚兄愧领了。

胡雪岩（白）：不过，小弟却另有一份担忧。

（表）：如今世道不太平，路上盗匪横行，还有不少江湖骗子，而你是老实人，不通人情世故，缺少社会阅历，带了这笔银钱，很危险，弄得不好非但银钱被骗被抢，而且性命堪忧，我不放心！

（白）：依小弟之见，这位云姑娘身怀绝技，熟悉江湖，她正也身无去处，不如请她保护兄长一同北上如何？

云　姑（表）：云姑一听，非常兴奋，即刻表态。

（白）：小女子愿随恩公北上，宁拼一命，也保恩公无虞！

王有龄（表）：王有龄一听双手乱摇。

（白）：万万使不得！

（表）：圣人云：男女攸关，授受不亲，一男一女同进同出，成何体统？即使清清白白，也难免被人背后议论，况且我在家乡已有妻室，如今我与一个女子同行，怎么对得起我的糟糠之妻？而且还坏了姑娘的名节，万万不可！

云　姑（表）：听王有龄说家中已有妻室，怅然若失，心中有一股说不出话的滋味。

（白）：既然恩公不愿男女同行，如此待我推荐一人跟随恩公同行，请少待。

（表）：说完，姑娘提了包袱出去，不多片刻，只见进来了一位少年，头戴瓜皮小帽，身穿青布夹袍，腰束蓝色腰带，布鞋白袜，神态从容，英姿飒爽，双手抱拳一拱。

云　姑（白）：小可肖云飞有礼了！

王有龄（表）：王有龄一看这小伙子面貌与云姑十分相像，自称肖云飞，大概是姑娘的兄弟。

胡雪岩（表）：胡雪岩一看起先也一呆，仔细一看恍然大悟，原来这是姑娘女
　　　　　　　扮男装的。

　　　（白）：姑娘，缘何这般模样？

云　姑（表）：姑娘佩服胡雪岩的目光犀利，一眼就认出来了。我女扮男装今
　　　　　　　朝又不是第一次，可以说是轻车熟路了。

　　　（白）：二位恩公有所不知，容小可告禀。

　　　（唱）：自幼孤单母早丧，与父亲相依为命度时光。

　　　　　　　生性不喜脂粉气，不习女红习刀枪。

　　　　　　　父亲他负使命，走淮扬；杀千总，为漕帮；

　　　　　　　遭通缉，再逃亡；改名姓，隐钱塘；

　　　　　　　我是寸步不离奔四方。

　　　　　　　女儿家行走江湖多不便，狂蜂浪蝶不胜防；

　　　　　　　故而脱却罗裳换男装。

　　　（表）：到了杭州落了脚，我才恢复女装，但这套男装的行头还在，现
　　　　　　　在正好用得着。

　　　（唱）：我是闯荡多年路途熟，分明善恶识行藏。

　　　　　　　恩公不必生顾虑，我仗剑同行料无妨。

胡雪岩（表）：雪岩一听哈哈大笑。

　　　（白）：原来如此，啊兄长！与这个少年相随同行，不必多虑了吧？

王有龄（白）：这……她毕竟还是女子呀！不妥呀不妥！

胡雪岩（表）：这读书人实在有点迂腐，太讲究一个"礼"字了。倒不如我们
　　　　　　　将姑娘认为义妹，然后兄妹同行，于"礼"上也说得过去，读
　　　　　　　书人不至于太为难！

　　　（唱）：姑娘，我们有意认你为义妹，不知意下如何？

云　姑（表）：姑娘一听喜出望外，躬身下拜。

　　　（白）：二位哥哥在上，受小妹一拜！

雪　岩（白）：贤妹，快快请起，哈……

王有龄（表）：王有龄勉强同意云姑一起北上，究竟此去求官补缺能成功吗？
请听下档。

第二回 义托三桩

（表）：咸丰十一年，在浙江巡抚签押房中坐着三个人。正中坐的现任
浙江巡抚王有龄，十五年前还是一个落魄书生，现在居然是镇
守一方的封疆大吏了；上首坐的阜康钱庄的老板胡雪岩，十五
年前还只是钱庄的伙计，现在居然是杭州城内赫赫有名的巨商，
而且还捐了四品道员的官衔；下首坐着的是肖云姑，她现在是
巡抚王有龄的内管家。

按说这三人都今非昔比了，但今朝却都是愁容满面，焦虑不安，
尤其是王有龄显得十分憔悴，神情惨淡。为什么？因为太平军
的忠王李秀成带领十万大军已兵临城下，围困了杭州城，日夜
攻打，形势十分危急。看来此番是凶多吉少，作为一省最高的
行政长官，下属虽多却不能同心同德，能托大事的只有雪岩与
云姑，所以把雪岩与云姑请来托付大事……

有　龄（白）：二位贤弟！

胡雪岩（白）：大哥！

云　姑（表）：怎么王有龄称呼"二位贤弟"？不错！因为当初王有龄与云姑
结伴同行，一路上云姑是女扮男装，所以王有龄称她为"云
弟"。回到杭州后，云姑虽然恢复女装，王有龄依然叫她为"云
弟"，云姑心里明白这是王有龄有意避嫌，云姑也习惯了。

王有龄（白）：当年茶馆相遇，至今已一十五年了。

胡雪岩（表）：日子过得真快，一歇功夫已经十五年了。

　　　（白）：是呀！当年茶馆的情景犹历历在目也。

有　龄（唱）：当年狼狈奔京城，欲思求官耀门庭。

　　　　　　一路上幸得云姑壮行色，转辗跋涉到吴门，偶遇故人何桂清。

（表）：到了苏州，遇着了江苏学台何桂清（学台——相当于现在一省
的教育厅长）这何桂清少年时受到我王家的恩惠。虽然现在身
居三品大员，还是感恩念旧的，他与浙江巡抚有交情，所以不
但资助我银两，还亲自写了一封荐书给浙江巡抚。

（唱）：他位高身显赫，却不忘旧时恩；

赠银三千两，一封推荐信；

我是日夜兼程返武林，从此是跻身仕途步青云。

我是初入官场无所措，幸得雪岩从中善调停，方能够化险为夷解迷津。

你是竭力尽心辅佐我，使我长空万里展鹏程。

（白）：愚兄得以忝居高位，皆二位贤弟相助之力也。

胡雪岩（白）：大哥说哪里话来？你我弟兄祸福与共、生死不渝也。

（表）：雪岩也非常感慨，这十几年来风风雨雨，有喜有忧。就说当年我自作主张借你五百两银子，也确实担了风险的。不料想只时隔半年你就回来了，你恪守信义还了贷款，我立刻交付柜上。

（唱）：我是还贷纹银五百两，再向店东说原因。

店东宽宏无微词，还夸我一片拳拳赤子心。

虽则店东称良善，可怜他膝下无儿孙。

有家业，少亲人；身后事，谁继承？

竟将区区作螟蛉。

（表）：东家把我当作义子看待，他临终前遗命把钱庄交我掌管，从此我就成了阜康钱庄的老板。这可以说是我一生中的"第一桶金"。

（唱）：

我是如鱼得水展鸿图，长袖善舞巧经营。

诚为先，信为本，亦官亦商相辅成；

于公于私得双赢。

（表）：我利用钱庄的资金支持王有龄的事业，反过来我借助王有龄的权势发展我的业务，从中谋利。

啊呀！这样说起来，这胡雪岩不是"以权谋私"吗？请注意，这是一百五十年前呀！你要他学雷锋呀？！胡雪岩并不是损公利私，而是先公而私，已经很不容易了。

云　姑（表）：可惜好景不长。王有龄是临危受命为浙江巡抚的，上任不久，太平军就杀过来了。此时浙江已全省糜烂，官场腐败，军心涣散，前有强敌，后无援兵，让一位书生出身的王有龄去指挥数千兵士去对抗十万太平军，无疑是飞蛾扑火，但王有龄忠于职守，亲临一线，拼命抵抗，弄得焦头烂额，忧心如焚。云姑是看在眼里，急在心里。

这云姑自从在茶馆相遇后，对王有龄就产生了感激与崇敬之心，尤其是在与王有龄结伴而行的半年之间，对他产生了爱慕之意。

但王有龄是一位道学之士，正人君子，只将云姑当作兄弟，连"妹子"都不肯叫一声，云姑"胸闷"呀！

（唱）：

我与他兄弟相称结伴行，一路上形影相随不离分。

道路不宁多崎岖，披星戴月走风尘。

他是知书达礼不愧是真君子，不由我日久暗生爱慕情，怎奈他家中早娶亲。

他是忠贞无二念，不忘结发情，我只得苦闷心间自吞声。

我本想一走了之无妄念，空山寥寂过一生，断却相思未了情。

（表）：不料回到杭州，朝廷委任王有龄为海运局总办。这海运局是负责把全省的漕粮运送到北京去的，由于时局不稳，盗匪四起，漕运的任务是十分凶险的。前任总办就是因为一批漕粮中途被抢劫而被朝廷杀头的。这差使王有龄如何办得了？还亏得二哥胡雪岩出谋划策，他知道我父亲曾做过清江浦的漕帮老大，与漕帮的渊源很深，所以请我出面与漕帮沟通，终于打通了关节，办好了海运局的差使，因此我留了下来。后来王有龄把夫人从福州接来了。这位夫人虽然十分贤惠，但生性懦弱，不善于处理家务。又是雪岩劝我留下帮王有龄管理家务，使他安心为官，无后顾之忧。

其实胡雪岩也曾经劝说过王有龄纳云姑为妾，王有龄坚决不同意。王有龄认为纳妾是太委屈云姑了，而且王家是礼仪传家，讲究道学，从不纳妾，他是说到做到。不像他的前任抚台，也号称"三不主义"——"不求官""不要钱""不纳妾"。其实他的"三不"下面都要加二个字："不求官——嫌小""不要钱——嫌少""不纳妾——嫌老"。而像王有龄这样做官的在清政府中是极少的、难得的。就是胡雪岩与他的观念也不一样。那胡雪岩毕竟是生意人，他的为人处世是重义气、讲诚信，一诺千金。但在声色方面却是"家里红旗不倒，外面彩旗飘飘"。这在当时的时代背景下亦无可厚非，何况"金无足赤，人无完人"。

胡雪岩心里明白，当前形势十分危急，王有龄此时叫我前来不是为了叙旧的，一定有大事商量。

胡雪岩（白）：大哥，目下长毛猖獗，围攻甚急，兄长有何对策？

有　龄（表）：王有龄长叹一声——

　　　（白）：唉！实不相瞒，杭州城已是内外交困，朝不保夕也！今日请你前来，愚兄有三桩大事相托。

胡雪岩（表）：原来哥哥要托三桩了！

　　　（白）：大哥吩咐，小弟万死不辞！请问这第一桩？

有　龄（唱）：唉！贤弟呀！

　　　　　　大军压境事非常，日夜攻城太猖狂。

　　　　　　孤城无援难支撑，更愁城内已断粮。

　　　　　　家家不见炊烟起，饿兵无力举刀枪，怎能杀敌上疆场。

　　　（表）："人是铁、饭是钢"，饿了肚皮如何打仗？按理这粮饷是归藩台管的，而这藩台林福祥既不尽心筹划，又不协力守城，反而勾结浙江提督米兴猷带了一部分军队到民间抢粮，趁火打劫，简直比长毛都不如。

　　　（唱）：他是纵兵抢掠如盗贼，残害黎民灭天良，怨声载道尽恐慌。

　　　　　　城池未破先遭劫，我是愧对苍生枉断肠。

　　　（表）：我只有指望你助我一臂之力了，好在你有四品候补官衔，我现在就委任你为杭州粮台，负责筹划粮食，以救全城军民——随手取过信封，内有一张杭州粮台的委任状，还有一张二万两的银票，双手交付胡雪岩。

　　　（白）：望贤弟立即潜出城外，千方百计调集粮食速速送抵杭州，我与杭州子民翘首以盼。

胡雪岩（表）：胡雪岩肃然起立，双手接过信封。

　　　（白）：卑职领命。

（唱）：

我们祸福相依如手足，临危受命理应当。

为使乡亲无饥馁，我舍生忘死亦何妨！

（白）：请中丞大人放心，卑职定在一月之内把万担粮米送抵杭城。请问这第二桩？

有　龄（表）：杭州城四面楚歌，已成孤城，若无援兵相救，无论如何也守不住的。

（唱）：

我是孤立无援频告急，如同石沉大海信渺茫。

万念俱灰盼不到，抬头不见日月光。

忽闻江西传捷报，异军突起左宗棠，他是气昂昂督师进浙江。

（表）：我久闻左宗棠为人正直无私，善于用兵。他所统率的湘军纪律严明，骁勇善战，所向披靡。可惜他才从江西进入浙江，离我太远了。

（唱）：

虽则是远水难解燃眉急，但愿一线寄希望，求左公挥兵东进射天狼。

（白）：这里有书信一封，无论杭城安危如何，务必将此书信亲自面交左公。当今天下，救我浙江者非左宗棠莫属也。

胡雪岩（白）：卑职领命。

有　龄（白）：云弟。

云　姑（白）：大哥。

有　龄（唱）：

雪岩此去多凶险，怕的是途中不测有灾殃，还望你一路同行作保障。

（白）：雪岩此去事关重大，不能有半点闪失，还望云弟仗剑同行，保护雪岩安全往返，愚兄感激不尽也。

云　姑（白）：这个……

（唱）：

闻言语，意彷徨，左右为难费思量。

虽则是仗剑同行分内事，舍己忘身也应当。

然而黑云压城城欲摧，大哥他孤掌难鸣怎提防，我是放不下心来断却了肠。

（白）：只是大哥的安危……

有　龄（白）：哎！我左右自有亲兵护卫。

（表）：万一城破，你本事再大，怎挡得住千军万马？况且我已将生死置之度外了。你留在此地保护我，根本起不了作用，只是尽一片心而已，你保护雪岩出城办粮，倒有你的用武之地。

（白）：云弟不须多虑，愚兄重托了！

云　姑（白）：是，遵命！

胡雪岩（白）：请问大哥，这第三桩？

有　龄（表）：前二桩是公事，第三桩是私事了。我是浙江巡抚，一省之主，守土有责呀！

（唱）：

城在人亦在，城破人亦亡，我是忠心不二报穹苍。

（白）：一旦城破，我理当以身殉国，只是可怜我那夫人和幼子……

（唱）：

我与夫人患难与共二十载，她是相夫教子性温良。

最可叹王家一脉单传子，正在幼年还未成长。

怕只怕妻儿无端要遭连累，玉石俱焚把命丧。

因将妻儿托付你，转移他处把身藏，好承继王家的后嗣香。

待等天下太平日，送他母子返家乡，布衣粗食去度时光。

（白）：拜托二位贤弟了！

胡雪岩（表）：雪岩听得十分感动，更佩服大哥的气节。林则徐有一句名言"苟利国家生死以，岂因祸福避趋之"，大哥做到了。

（唱）：

闻言不觉泪盈眶，无限酸辛倍凄凉。

兄长呀！我们惨淡经营共甘苦，情同骨肉义无双，好比那桃园结义的刘关张。

我先将母子妥安置，使你后顾无忧守钱塘。

万一苍天降不测，抚孤之事有我承当。

云　姑（唱）：

那云姑是心如绞，痛肝肠，低头悲泣湿衣裳。

这分明是临终遗言相嘱托，生离死别在当场。

哥哥呀！只要云姑存一息，我当呕心沥血教儿郎，承继香烟永流芳。

　　（白）：哪怕粉身碎骨亦不负大哥所托！

有　龄（白）：二位贤弟的深情厚义，恐愚兄无以为报也！受愚兄一拜！

　　（表）：王有龄撩衣跪拜在地，雪岩与云姑亦然跪地回拜，弟兄三人挥泪而别。后事如何？请听下档。

第三回　辕门献粮

（表）左宗棠奉旨督办浙江军务，带领湘军从江西打到了浙江衢州，连战连捷，军威大振。到了衢州后，他接到朝廷谕旨说杭州已经失守，浙江巡抚王有龄壮烈殉难。朝廷封左宗棠为闽浙总督兼浙江巡抚，迅速点兵恢复杭州与浙江全境。左宗棠身负重任，感到责任重大。但使他犯愁的是军中缺少粮饷。由于浙江连年战乱，田地荒芜，民间也是严重缺粮，要就地筹粮十分困难。所谓"兵马未动，粮草先行"，必须先要解决粮饷问题。所以今朝召集众将升帐议事。

左宗棠（白）：来，升帐！

护　兵（白）：是！大帅有令，升帐伺候！（鼓声、号角声、虎威声……）

　　（表）：左宗棠一向爱民如子，军纪十分严明。为了不扰民，他把大军驻扎在衢州城外。他的总督行辕就设在附近的关帝庙内。在关老爷的神像前摆了一张公案，案上放着文房四宝与令旗、令箭。左宗棠在十六名带刀戈什哈的簇拥之下升座公案。

左宗棠（挂口）：

百战东南平妖逆，运筹帷幄定乾坤。

众　将（白）：卑职等、末将等参见大帅！

左宗棠（白）：众位将军少礼，一旁请坐！

众　将（白）：谢大帅！

左宗棠（表）：左宗棠字季高，湖南湘阴人，是中国近代史上的一位关键人物。他生性豪爽、刚直不阿，廉洁俭朴、疾恶如仇。平定太平天国的统帅级人物，倒说都是一介书生，并非赳赳武夫，而且都是进士出身，如曾国藩、胡林翼、李鸿章等等，唯独这左宗棠只是一个举人，居然做到巡抚、总督直到后来拜相封侯，这在清朝历史上是罕见的。因为他的功劳实在太大了！最值得使后人推崇的是他在平定太平天国后，又克服了重重险阻，花了十四年时间，平定了由外国势力支持的陕甘与新疆地区的叛乱，收复了数百万平方公里的广袤领土。为中华民族立下了盖世奇功。可以这么说：假使没有左宗棠，如今中国的版图很可能缺少五分之一。所以后人评价说："自唐太宗以后，左宗棠是对国家主权领土功劳最大的第一人"——这是后话了。

现在左宗棠是以兼辖浙江、福建二省的总督身份，升座大帐。

　　（白）：众位将军，本部堂奉旨征剿发逆，平定浙江，本当即刻挥兵东进，救万民于水火之中。怎奈军中粮饷匮乏，一旦进兵，恐难以为继，故而当前首要是如何疏通粮道，以供军需。望尔等畅言献策。

众　将（表）：今朝参加会议的都是总兵、副将、参将等三品以上的大员，当然明白这粮饷的重要性，现在我军连战连捷，士气正旺，但是一旦缺粮，战士吃不饱肚皮如何打仗？要动摇军心的。我们大多是湖南人，对浙江人生地不熟，要疏通粮道，谈何容易，一时之间缺少良策。这个……

其中一位中军副将叫王德榜出列禀告。

王德榜（白）：禀大帅，这浙江粮饷的供应责在浙江藩司，今有原浙江藩台林福祥与原浙江提督米兴猷在辕门候见多日，何不召见他二人问明详情，再作计议？

左宗棠（表）：我早就知道这二人带领一些残兵败卒从杭州逃到衢州，在辕门求见。我迟迟不见，因为对这二人心存疑惑。听说杭州城的将士不是饿死就是战死，为何唯独这二人能全身而出，而且毫发无伤？我怀疑他们是畏敌不前或临阵脱逃。我本想先查明原因再作处理。王德榜说得对，不妨先召见，问明情由再说。

（白）：王将军说得有理，传二人进见！

王德榜（白）：遵命！

（表）：林福祥与米兴猷听到左大帅传见，心里惴惴不安！为什么？自己做的事自己心里明白。按说此二人一个是浙江布政使，又称藩台；一个是浙江提督，是巡抚最主要的助手。但在围城之时，他们非但不协助守城御敌，反而纵兵抢掠民财。后来形势紧急，他们二人为了活命，竟然用重金买通太平军，放一条生路，带了家眷与一部分军队，开了艮山门，逃出了杭州。不久杭州城失守，被太平军占领了，这二人何去何从？假使投降太平军吧，这二人也感觉到虽则目前太平军占领杭州，声势不小，但毕竟是强弩之末了。太平天国的覆灭是早晚的事，一旦失败，叛国投敌是要灭族的。后果太严重了！现在听说左宗棠兼任浙江巡抚，作为原浙江的官员理应向他报到。而且林福祥的姐夫湖南巡抚张亮基是左宗棠刚出山时的顶头上司，与左的交情很深，谅必左宗棠不会太难为他老上级的小舅子吧！所以决定到衢州上辕门求见。

心里早就想好了一番鬼话，但毕竟做贼心虚，所以战战兢兢进了大帐。只见上面坐着一位五十岁左右的胖老头，但气宇轩昂，一双虎目，炯炯有神，令人望而生畏。

林福祥：卑职原浙江布政使林福祥

（白）：参见大帅！

米兴猷：卑职原浙江提督米兴猷

左宗棠（白）：罢了！嘟！尔等身为一方大员，守土有责，理当与王有龄中丞大人同赴国难。今杭州失陷，尔等居然能全身突出重围？嘿……（拍惊堂木）还不从实讲来！

林福祥（白）：大帅息怒，容卑职告禀。

（表）：杭州失守，其责任都在王有龄身上。这王有龄虽则位列封疆，但毕竟捐班出身，既不通政务，又不知军事。太平军围攻杭州，他举措失当。我们屡次进言，他都不纳。他只相信一个人，就是钱庄老板胡光墉。他们二人勾勾搭搭，营私舞弊，弄得人心惶惶，军心涣散。尤其是当城中断粮之际，王有龄竟然把仅有的饷银二万两交给了胡光墉，胡光墉趁机携款逃之夭夭，使得城内断粮绝饷，饿死了不少人。我们本当战死沙场，报效国家，但为了要使杭州失守的真相大白于天下，故而拼命杀出重围，禀告朝廷，我们是来检举揭发的。

（白）：望大帅详察！

（表）：这林福祥恶毒呀！倒打一耙，把责任都推在王有龄与胡雪岩的身上。好在王有龄已死，死无对证了！

左宗棠（白）：哦！这胡光墉何许人也？

林福祥（白）：这胡光墉就是杭州阜康钱庄的老板胡雪岩，他与王中丞称兄道弟交往密切。区区一个商人居然捐了四品顶戴，就是他吞没了二万两饷银不知去向了！

左宗棠（表）：这篇鬼话瞒得过别人，如何瞒得过左宗棠？分明是一派胡言，漏洞百出。不过关于王有龄与商人胡雪岩交好，我倒也有所耳闻。对此我也有些看法。这王有龄也是读书人出身，而且为官清正，操守很好，怎么会与一个商人纠缠不清？俗话说"无商不奸"呀！据林福祥胡雪岩吞没二万两饷银之事，虽不可全信，亦不可不信。

（白）：这个么……

（唱）：沉吟不语费思量，那王有龄作事也荒唐。

他清正廉明官声好，慷慨殉难阵前亡，不愧是忠心报国一栋梁。

不料他竟与奸商同为伍，其中暧昧难参详。

白璧有瑕真可叹，盖棺难论短与长。

可恨胡雪岩，作事太嚣张；经商无道义，贪财丧天良；

吞没饷银罪非常。

待等杭州恢复日，定将他缉拿到公堂，立斩巨贪在当场。

（表）：关于王有龄有没有问题，我当奏报朝廷，派员调查。关于胡雪岩，目前我还无暇顾及，待到了杭州后，我第一个就拿他开刀。至于眼前这两个宝货，言辞闪烁，矛盾百出，肯定不是好东西。

但一时没有真凭实据，怎么处理呢？

正在此时，一名戈什哈进来禀报。

戈什哈（白）：报禀大帅，今有浙江候补道胡光墉辕门求见。

左宗棠（表）：真是"说到曹操，曹操就到"。现在送上门来了，来得正好！左宗棠虎目圆睁，咬牙切齿，一声吩咐——

（白）：来！刀斧手伺候！命他报名而进！

中　军（表）：旁边中军官心中一凛！今朝本来是军事会议，用不着刀斧手的，看来大帅动了杀机了。片刻工夫，八名刀斧手手捧鬼头刀分列在大帐两边。

（白）：大帅有令，胡光墉报名而进呀！

胡雪岩（白）：是，浙江候补道员胡光墉告进！

（表）：胡雪岩与左宗棠初次会见就是在这样一个紧张的气氛之中的，但是谁能想到这次会见是具有深远历史意义的。因为后来左宗棠平定新疆叛乱，粉碎了国外势力的分裂阴谋，收复了领土主权，建立了不朽功勋，而胡雪岩恰恰是他最有力的支持者。可以说若无胡雪岩，左宗棠的西征就难以成功；反过来左宗棠也成就了胡雪岩，使他成为中国历史上唯一的"红顶商人"。现在我们评价胡雪岩往往着重于他的诚信经商的一个方面，他所创建的"胡庆余堂"成为诚信经商的样板。而忽略了他在保卫祖国领土完整方面作出的卓越贡献……这是后话了。

现在，胡雪岩进了大帐，只见左宗棠满面怒容，一股肃杀之气，心里也有点紧张。又见旁边站着二位官员，畏畏缩缩，很注目。胡雪岩一看，认得的，就是藩台林福祥与米兴猷。真是不是冤家不碰头！对了！怪不得左宗棠怒气冲天，肯定这贼胚恶人先告状了。胡雪岩定一定神，上前参见。

（白）：卑职浙江候补道员胡光墉参见大帅！

左宗棠（白）：尔就是胡光墉么？本部堂早有耳闻，尔与王中丞交往甚密，想必是一位能员了！

胡雪岩（表）：这是在触我霉头，懂的。

（白）：禀大帅，卑职本是商人，不会做官，只会做事，怎当得起能员二字？只因卑职受王中丞知遇之恩，誓共生死，故而不避劳怨，勉力做事而已，自问还不敢为非作歹，亦不敢营私舞弊。

左宗棠（白）：嘿……好一个"誓共生死"！我且问你，如今王中丞已经殉难，你怎么活生生在本部堂的帐下？

胡雪岩（表）：大帅的意思是我跟了王中丞在危城之中共患难，紧要关头，我一个人走了，所谓"誓共生死"，成了骗人的谎言了？

胡雪岩（白）：可容卑职辩白几句？

左宗棠（白）：讲！

胡雪岩（白）：容禀。

（唱）：贼兵猖獗卷狂飙，困守孤城似煎熬。
粮饷断绝无炊火，饥民遍地哭嚎啕；
愁煞中丞泪沾袍。

（表）：中丞大人身为巡抚，守土有责，不能离开杭州，更不能亲自到上海去买粮食，他认为只有我能办得到，所以把我召去，委我重任。

（唱）

他是付我饷银二万两，要我筹来粮米救同胞。
中丞重托声泪下，我把生死二字脑后抛，义不容辞去走一遭。

（表）：谁知一出杭州就遇一小股太平军的盘查，还亏得与我同行的壮士武艺高强，杀退了敌兵。但我肩上还是被砍了一刀。

（唱）：偏遇贼兵相拦截，我是受伤忍痛亡命逃。
钱塘江畔风浪急，扁舟一叶任飘摇。
转辗来到上海地，顾不得伤势沉重痛难熬，筹款买粮四处跑。

（表）：在十天之内，我已购粮米一万担。在上海漕帮的帮助之下，借得运粮大船三十只，不过大队的粮船难以隐蔽，万一遇见太平军，那完完大吉了。于是无奈出重金请美国人华尔领导的洋抢队派兵保护。

（唱）

重金雇佣洋抢队，保护粮船一路平安到城郊。
实指望送粮入城以解燃眉急，怎奈是十面包围似笼牢。

（表）：太平军重重包围，粮食送不进去。我连夜派一位壮士潜入城中，面见王中丞，请他派兵接应，三更后壮士回来了，他是泣不成声，他说杭州城内尸横遍地，惨不忍睹。王中丞已无兵可派，大势已去矣！

（唱）

中丞有遗命，孤城已不保；浙江盼光复，全仗左季高；

接济粮米最重要。

故而我奉命溯江衢州去，来到辕门把令交。

（表）：我是奉前任巡抚的命，作为粮台，筹办粮食，现在向你这现任的巡抚交差。说完身边摸出二只信封，双手呈上。

（白）：卑职交令。

左宗棠（白）：原来如此。

（表）：我误会了胡雪岩了。左宗棠是性情中人，一旦解释了误会，脸色马上缓和了，接过两封信，一封里面是一张任命胡光墉为粮台，办理粮米的委任状；还有一张二万两银票；另一封信是王有龄写给左宗棠请求援兵的信，其中亦提到林福祥与米兴猷狼狈为奸、抢掠民间的劣迹。左宗棠对二人望望，等一歇与你们算账，我现在最关心的是这一万担粮食。

（白）：胡道台，这一万担粮食今在何处？

胡雪岩（表）：这三十只粮船现在就停泊在衢州城外二十里处。

（白）：请大帅派人前去交割，以充军用。

左宗棠（表）：左宗棠真是喜出望外，我正愁军粮没有着落，接下来这仗怎么打？这胡雪岩是雪中送炭呀！有了这一万担粮食，平定浙江指日可待了。

（白）：来，看座。胡道台请坐！中军听令，速派人前去粮船交割清楚。

中　军（白）：遵令！

（表）：中军带人前去接收粮食。

左宗棠（表）：不对呀！这买粮的二万两的银票还在，你这粮食从何而来？再说现在粮价飞涨，就是这二万两银子也买不到一万担粮食呀！

（白）：胡道台，这二万两银子原封未动，你那粮食从何而来？

胡雪岩（表）：这银票乃是饷银，我是不能动的，将来要说不清楚的。弄得不好还要连累王有龄，人言可畏呀！好在我的钱庄在上海有一个分号，我就把分号里的银子全部买了粮食。

（白）：这二万两乃王中丞交付的饷银，卑职不敢动用，那购粮之款，乃是我尽其所有，报效朝廷的。

左宗棠（白）：奇呀！尔本是商人，从商者岂不唯利是图，你尽其所有报效朝廷，却为何来？

胡雪岩（表）：当粮船停在杭州城外送不进去之时，就有人对我说，这粮食是你自己花钱买的，既然送不进去，何不就地把粮食卖了？现在浙江缺粮，粮价飞涨，可以赚几倍的钱。我坚决不同意，因为我受王有龄之重托，一诺千金，岂可见利忘义？既然王有龄遗命叫我把粮食送到大营，我必须照办。

（白）：禀大帅，卑职如此行为，为报王中丞的知遇之恩；第二，为使大帅早日肃清浙江全境，略尽绵薄之力，卑职虽读书不多，亦知晓"天下兴亡、匹夫有责"的道理也。

左宗棠（白）：哦！

（表）：我原以为是"无商不奸"。却不料这个商人却是有情有义，而且胸有大志，我倒是有点偏见了。怪不得王有龄器重他，说明王有龄有知人之明。

（白）：原来雪岩兄是一位义士，失敬了！

胡雪岩（白）：大帅过誉了。

左宗棠（白）：来，上茶！

（表）：出色！本来左宗棠对胡雪岩动了杀心的，现在却以上宾之礼相待，真所谓"前倨后恭"！

林福祥与米兴猷在旁边站了半天了，尴尬呀！鬼话拆穿了，怎么办？赶紧补漏洞，拍马屁。

林福祥（白）：大帅，方才卑职不明原委，胡乱猜测，误会了胡大人，不知胡大人乃是忠义之士，令人可敬可佩！可歌可泣！是我们的表率，是我们学习的榜样……

左宗棠（白）：（拍惊堂木）嘟！尔等胆敢在本部堂帐前巧言令色，诬陷忠良，该当何罪？尔等在城中的所作所为还不从实讲来！

林福祥（白）：卑职对朝廷是忠心不二，唯天可表的！王中丞大人是最清楚的……

胡雪岩（表）：这两个贼胚认为王有龄已殉难了，死无对证了，我要当堂揭穿他们的罪恶行径，以告慰王有龄的在天之灵。

（白）：启禀大帅，我那时曾派一位壮士潜入城中，面见王中丞，那王中丞在临危之际，有亲笔所写血书一封托这位壮士带出，要亲自面呈大帅。

左宗棠（白）：此人叫何名字？

胡雪岩（白）：此人叫肖云飞。

左宗棠（白）：现在何处？

胡雪岩（白）：现在辕门候见。

左宗棠（表）：我正想要了解杭州城在失陷前后的情况。

（白）：来，传肖云飞进见。

中　军（白）：是！肖云飞进见呀！

云　姑（表）：肖云飞就是云姑，因为她是女扮男装，故而改名为云飞。听见传唤，随戈仁哈进了大帐。

云　姑（白）：草民肖云飞叩见大人！

左宗棠（表）：只见进来一位三十岁左右的中年男子，身材并不魁梧，却是英姿勃勃。

（白）：罢了。尔就是肖云飞肖壮士么？

云　姑（白）：不敢，正是在下。

左宗棠（白）：就是尔只身潜入城中面见王中丞的？

云　姑（白）：正是。

左宗棠（白）：当时城中是如何光景？

云　姑（表）：问起当时城中的光景，只有四个字——惨不忍睹！

（白）：大人容禀。

（唱）

　　　　未曾开言泪盈眸，悲从中来塞咽喉。

　　　　可叹生灵遭涂炭，满目疮痍哭杭州。

　　　　只见那饥民骨瘦如干柴，饿殍满街垒如丘；

　　　　那残兵苦苦守城头。

（表）：我到巡抚衙门见到了王中丞，只见他是浑身血污，心力交瘁。他说杭州大势已去，回天无术。这批粮食速速送到左大帅营中，千万不能落入长毛手中。当场写了封血书，也是他的遗书，要我务必带出城去亲自面呈左大帅。

（白）：那王中丞长叹一声道："我王有龄不负朝廷，只负了杭州城内数十万忠义士民"！

（唱）

我恨煞那藩台林福祥，提督米兴猷；

狼狈同为奸，臭味本相投；抢掠民间财，四处把粮搜；

搞得怨声载道万民愁。

更可恶他们开城投敌逃生去，艮山门失陷难挽救；

真是千古罪人把骂名留。

我是城在人亦在，城破人亦休；

拼将一死赴冥幽，不负朝廷壮志酬。

但愿得王师东进平妖逆，兵贵神速统貔貅。

扫荡烟尘擒敌酋；万民翘首盼左侯。

待等两浙平定日，请上方剑斩却奸佞头。

他是一腔热血三千泪，化作长虹冲斗牛。

（表）：说完，云姑泣不成声！旁边二个贼胚吓得魂不附体。事体穿绷要杀头的！赶紧强辩。

林福祥（白）：大……帅，这分明是此人与胡雪岩串通一起，陷害卑职，请大帅明察！

云　姑（白）：云姑从怀中取出血书，双手呈上。

（白）：大人，王中丞遗书在此，请大人观看。

左宗棠（表）：接过血书，拆开一看，果然与肖云飞完全一致，左宗棠顿时怒发冲冠，大喝一声——

（白）：嘟！大胆的奸贼，王中丞亲笔遗书在此，铁证如山，你还敢抵赖吗？

（表）：这米兴猷说是武将而胆小如鼠，一看赖不脱了，赶紧推卸责任。

（白）：大帅，这都是林藩台指使卑职干的，我没有办法，做了错事，林福祥（表）：这朋友"不吃加"了！他承认了，我也赖不脱了，讨饶吧！

（白）：这……都怪卑职一时糊涂，还望大人念在我姐夫的份上，从宽
发落。

左宗棠（白）：尔姐夫是谁？

林福祥（白）：就是前任湖南巡抚张亮基。

左宗棠（白）：（气状）嚯……

（表）：气呀！张亮基怎么有你这样一个小舅子？

（白）：中军听令，林福祥与米兴猷纵兵抢掠，为害百姓，临阵畏缩，
贪生怕死，开城投敌，叛君误国，罪大恶极，军法难容。速将
二人革去顶戴，推出辕门斩首示众！

（表）：刀斧手一拥而上，将二个贼胚绳捆索绑捉出辕门开刀问斩。

左宗棠（表）：对胡雪岩望望，真是个人才！我大营的后勤保障就缺少这样的
人才。

（白）：雪岩兄此番功劳不小，本部堂自当奏明朝廷，另行封赏。老夫
意欲委任雪岩兄为浙江粮台，保障军需，望勿推却！

胡雪岩（白）：蒙大帅错爱，光墉当效犬马之劳。

左宗棠（白）：好啊！哈……

　　从此左宗棠与胡雪岩合作二十多年，成就一番轰轰烈烈，惊天动地的大事
业！"胡雪岩传奇"到此告一段落。

陈希安、程锡元观摩《胡雪岩传奇》

❶ 第一回《茶馆巧遇》：徐桂芳、沈文军、颜丽花

❷ 第二回《义托三桩》：张凌平、沈文军、唐蔚羽

❸ 第三回《辕门献粮》：孙庆、徐桂芳、张凌平

（表）：二千五百年前，吴国的姑苏城中，今朝全城戒严，交通管制。为啥？因为今朝吴王要出宫赴宴。

吴王姓姬名僚，因为他是吴国的国王，故而历史上称之为王僚。王僚身高七尺，紫面长髯。头戴紫金王冠，雉尾高挑，内穿黄金锁子连环唐猊宝甲，外罩王袍，足蹬步云履，腰悬湛卢宝剑，望上去威风凛凛，气概非凡。

王僚（挂口）：继承大统登王位，

称霸东南压诸侯。

卫　士（白）：启奏大王，御驾俱已齐备。

王　僚（白）：吩咐起驾！

卫　士（白）：喏！大王有旨起驾呀！

（号角声，鼓声，马蹄声，队伍行进声……）

王　僚（表）：王僚骑一匹金鞍玉辔的龙驹宝马，两边二十四名校尉都是高头大马，近身护卫。心腹大将王孙雄带领二百名禁卫军全副武装，手执刀枪剑戟，前呼后拥……

这样的阵势不像是出去吃饭，倒像是出征打仗，虽说是一国之君，但毕竟只是出去吃顿饭而已，也用不着如此大动干戈！不！这要看是啥人请客吃饭，今朝请王僚吃饭的不是别人，而是他的堂房兄弟——公子姬光。

王僚心里明白，我继承这个王位的合法性是有争议的。我父王死了以后，我利用手中的权力，连一般程序也没有走，直接登上了王位。姬家门里的别的兄弟都无异议，唯独这姬光心中不服。不过此人心机极深，表面上不露声色，对我恭而敬之，但据我所知，他暗地里招贤纳士，心怀叵测。我一时抓不到他的把柄，不能对他处置。今朝姬光请我过府饮宴，嘿！所谓"宴无好宴，会无好会"，黄鼠狼给鸡拜年，不安好心！我假如回绝不去赴宴，倒说我胆怯心虚，要被人耻笑，我一国之君的威严何在？"明知山有虎，偏向虎山行"，因此我全副武装，加强一级战备，我倒要看看你姬光搞点什么花样！一旦发现蛛丝马迹，立刻拿下就地正法！

无多片刻，队伍浩浩荡荡来到公子姬光府门前——

卫　士（白）：启禀大王，公子光已在府门跪接大王。

王　僚（白）：命他进见。

卫　士（白）：大王有旨，公子姬光进见呀！

姬　光（白）：喏！姬光领旨。

　　　　（表）：姬光早就得报，为了表示恭敬，特地早早跪在门前等候。现在王僚召见，立起身来抬头一望——呀！这支队伍全副武装，简直像上战场一样。这副架势全在我意料之中，心里一阵冷笑，但表面上还是装得战战兢兢样子，低头快步走到王僚马前跪伏在地。

　　　　（白）：大王在上，臣弟姬光拜见大王，愿大王千岁！千千岁！

王　僚（表）：王僚下马，双手携起姬光。

　　　　（白）：御弟，自己兄弟不必大礼，快快平身！

姬　光（白）：兄王御驾光临，臣弟不胜惶恐！兄王请呀！

王　僚（表）：对姬光望望，一副诚惶诚恐的样子，但我知道你的心里是一百个不适意。因为你心里认为这个王位应该是你的，对吗？

姬　光（表）：当然！照了规矩本应该由我继承王位。吴国的王位传承制度有二种：兄终弟及；父死子继。我父亲有弟兄四人，父亲乃是长子继承了王位，我父王死了后，我原本名正言顺可以继承王位，但我尊重父王先实行"兄终弟及"的遗愿，故而将王位传给老二，老二不愿为王而出奔延陵隐居，就传位给老三，老三死后传位给老四——就是王僚的父亲。现在老四死了，理应将王位还给我们长房，而我是长房长子理应由我继承。不料你王僚竟然不走程序，利用手中的权力抢先登上了王位，造成既成事实。你这是不合法的！

王　僚（表）：我完全合法！我父王死后，无兄弟可以继承，只能"父死子继"，我是父王的长子，当然由我继承，完全符合制度，用不着讨论通过的。我继承叫"父死子继"，你继承变成"父死侄继"了！你服也罢，不服也罢，反正我已经登上了王位，掌握了生杀大权。我就是君，你就是臣，你识相点，我可以让你过几天安稳的日子，你要是有野心，蠢蠢欲动，我立刻将你碎尸万段！懂吗？

姬　光（表）：懂！姬光心里明白，即使我没有野心，一味委曲求全。日子也不会好过，因为我是你的一块心病。所以我与伍子胥密谋已久，决定孤注一掷，夺回王位。明争，绝对争不过，因为国家机器掌握在你的手上，虽然朝廷上也有一些支持我的，但他们都不敢出头露面。只能暗杀，今朝我与伍子胥已周密安排妥当，你不来便罢，你既然来了，就叫你来得去不得！

王　僚（表）：谈也不要谈！我是有备而来。有道是"来者不善，善者不来"！这二十四名校尉是跟了我多年的心腹，个个骁勇善战，而王孙雄将军对我亦忠心耿耿，他带领的二百名勇士都是从禁卫军中挑选出来的"特种部队"，若有风吹草动，可以杀得你片甲不留，鸡犬不存！

王　僚（白）：哈……御弟请呀！

姬　光（白）：兄王先请。

王　僚（白）：如此。挽手同行！哈……

　　　（表）：走到公子府门前，王僚突然面孔一板。

　　　（白）：王孙将军何在？

王　孙（白）：末将在！

王　僚（白）：两厢搜来！

王　孙（白）：喏！

　　　（表）：王孙雄一声吩咐，一百禁卫军将公子府团团包围，自己带领一百禁卫军到府内四处搜查，如临大敌。足足搜查了半个时辰，王孙雄来禀报——

　　　（白）：禀报大王，内外仔细搜查，并无异常。

王　僚（表）：王僚听报，面色稍稍缓和一些。对姬光望望，难道你今朝是真的请我吃顿饭？拍拍我马屁？亦有可能。因为王僚与姬光从小一起大的，在众多弟兄之中他们两个还是最谈得来的，关系一向不错。自从登上王位之后，弟兄之间就疏远了，彼此都有心病。王僚想亦有可能你姬光自己觉得事已成事，木已成舟，死了这份心了！不……我对他太了解了，此人心机深不可测，不可不防！

王僚与姬光手携手踏进公子府，直到大厅。大厅正中一张案桌，王僚居中坐定，二十四名校尉两边护卫。姬光在左侧一张案桌坐定。大厅两边各排列四十名禁卫武士，王孙雄身配宝剑带领二十名禁卫武士排列在大厅门口，封锁了大厅的出入。那些送菜、上酒的侍者，要进入大厅都必须通过严格的安检，而且所敬的酒菜都必须经过银针测毒。二千五百年的化学知识比较浅薄，只知道砒霜、鹤顶红之类的毒药，只要用银针一试就能立刻判断。不比现在的化学知识太丰富了，什么三聚氰胺、苏丹红……等等，那些不法商贩的下毒手段太有想象力了！你到饭店去吃饭带一根银针是没有用的，最好是随身带一个化验所，真是防不胜防！

姬　光（表）：姬光坐在一旁，看到王僚防备如此森严亦不免有点心惊肉跳，但装出一种十分委屈的样子，摇头叹息！

王　僚（表）：王僚心中十分得意，想王孙雄的保卫工作做得好，回去后要给他升职加薪。对姬光望望，咦！一脸委屈的样子。

　　　（白）：呀，御弟！为何这等模样？

姬　光（白）：兄王！臣弟自小受兄王爱护，过从甚密，兄弟之情视如同胞骨肉。自兄王登基之后，兄王忙于国事，疏于往来，臣弟念兹在兹。今臣弟偶得太湖上佳鲜鱼一尾，知兄王平生所喜也，故而特聘名厨精心烹调，邀兄王屈尊下处饮宴，共享佳肴，以表兄弟之情，奈何兄王如临大敌，臣弟诚惶诚恐，不知所以，故而有些伤感！

王　僚（白）：喔！御弟有所不知，而今列国之中弑君犹如杀鸡屠犬一般！

　　　（表）：你把列国志翻开来看看，现在的世道杀个把君王如同杀只鸡杀只狗一样简单。太没有道德观了！一把手这只位子不是好坐的。拍马屁的人多，觊觎的人亦多！不得不防呀！兄弟呀！不要怪我。而且列国之中弑君篡位的手段是千篇一律——就是派刺客行刺。这个办法效率高，成本低，现在流行的。实在缺少创意！啥人要用这种手段来对付我，嘿！他在作死！我并非一般养尊处优的君王，我有一身武艺。我的儿子庆忌有万夫不当之勇，我虽不及我儿子能力敌万夫，但几个人也难近我的身。况且我还有两件护身宝物：一件就是这口湛卢剑，是铸剑大师欧冶子所造，切金断玉，削铁如泥，一旦宝剑出鞘，便可所向披靡，谁能近得我身？另一件就是我里面穿的一件唐猊宝甲，刀枪不入……即便这刺客再厉害也奈何我不得！

（白）：这两件宝物俱是我父王所赐，作为防身之用，可保万无一失！

姬　光（表）：你这点花头我早就料到了。你爷给你两件宝物，你到处宣扬，尽人皆知。而我爷给我的一件宝物你知道吗？我是深藏不露，秘不示人。什么东西？也是欧冶子所造的一口鱼肠剑。这欧冶子是当时最有名的铸剑大师，他一共造了五口宝剑，三长两短。名曰：胜邪、纯钧、湛卢、鱼肠、巨阙。锋利无比。交锋时谁碰到这五口剑，就完了！所以后来人遇到危险了，常常会说"三长两短"，就是这个出典。当时是冷兵器时代，一把宝剑体现了这个国家的军工生产水平，代表了国家的军事实力。好比现在一个国家有没有核武器一样。王僚腰间挂一口湛卢剑就好比腰里挂一颗原子弹一样，有威慑力！湛卢剑是三口长剑之一；而鱼肠剑是两口短剑中最短最锋利的一口宝剑，只有七寸长，实际上是一柄匕首，我爷对我说过，能刺穿唐猊宝甲的只有鱼肠剑。你自以为"万无一失"，殊不知你的"一失"就在我的手中。

姬　光（白）：兄王所言极是，若有鼠辈敢冒犯兄王无疑以卵击石也！

王　僚（表）：你明白就好。

（白）：呀……哈……！

姬　光（表）：姬光高举酒杯，

（白）：臣弟敬兄王一樽，愿兄王江山永固，万寿无疆！

王　僚（白）：孤叨扰了，御弟同饮。

姬　光（表）：酒过三巡，菜上五味，大厅中原来紧张的气氛渐渐缓和下来了。姬光突然眉头一皱，双手按腹，表现出十分痛苦之状。

王　僚（白）：呀！御弟为何这般模样？

姬　光（白）：臣弟略有不适，腹中有些疼痛（大约我昨日吃坏了），臣弟欲"更衣"了。

王　僚（表）："更衣"就是上厕所，古代人讲话还是比较文明的，你快点去吧！免得拉在裤子上，影响食欲。

（白）：御弟请便！

姬　光（白）：臣弟告退片刻。

（表）：姬光出大厅到"更衣室"，他去上厕所，禁卫军总不能跟进去，而"更衣室"内有暗道直通密室。

在密室中伍子胥带领了一百名敢死队已准备妥当，就等姬光来，便可动手了。

这伍子胥原是楚国的大将，因遭楚平王迫害只身逃奔吴国，姬光看中伍子胥的文韬武略，引为心腹。他给伍子胥许了愿，只要能让他登上王位，就兴兵伐楚，为伍子胥报灭门之仇，所以伍子胥死心塌地为姬光出谋划策，招贤纳士。姬光夺位心切，几次与伍子胥密谋刺杀王僚，伍子胥认为要刺杀王僚谈何容易。虽然"鱼肠剑"锋利无比，但关键还在于用这柄剑的人——这个刺客不但要有"一不怕苦，二不怕死"的精神，还必须勇猛有力，身手矫捷，一出手便要置王僚于死地。伍子胥千挑万选，选中一名刺客名叫专诸。

专诸何许人也？专诸是姑苏人，家境贫寒，自小丧父，由寡母抚养长大。专诸对其母极其孝顺。虽有一身武艺，但郁郁不得志。伍子胥与之倾心相交，结为兄弟。平时伍子胥经常送衣送食资助专诸。有一次专母病危，专诸衣不解带昼夜服侍，专母奄奄一息，亏得伍子胥延请名医为专母治疗，终于起死为生。专母暗自叹道："吾生矣，吾子必死矣！"果然不久伍子胥向专诸提出，请他去刺杀王僚。专诸说理当从命，但必须禀告母亲……专诸回家见其母，不言而泣。专母就问儿子："尔为何如此悲伤？莫非伍将军要用你么？想我一家受伍将军厚恩，大德当报。有道是'士为知己者死'，死得其所也！尔不必以我念。"专母为怕专诸三心两意，而乘专诸不备悬梁自尽，使专诸无后顾之忧。于是专诸抱着必死之心准备刺杀王僚。

姬光想刺客有了，可以动手了。伍子胥认为时机未到，因为王僚有一子名叫庆忌，此人有万夫不当之勇，手握兵机，颇有威望。即便刺杀王僚侥幸成功，只要庆忌在，也难夺王位……现在机会来了，王僚派庆忌出使卫国，这是天赐良机。抓住机会请王僚过府赴宴，伍子胥料定王僚生性高傲，不会不来。而且伍子胥还联络了禁卫军统领王孙雄。这王孙雄表面上是王僚的心腹大将，深得王僚信任，实际上他与姬光关系极其密切，是姬光长期潜伏在王僚身边的一颗定时炸弹。这两百名禁卫军全在王孙雄的控制下，只要专诸刺杀成功，"蛇无头而不应"，这禁卫军就可能全体倒戈。只要对付这二十四名校尉就可以了。到时伍子胥从里杀出，而姬光的兄弟夫概带领一百名勇士埋伏在府门附近，从外杀入，里应外合，胜券在握！现在就等专诸出场了。

大厅上上最后一道菜了——太湖鲜鱼。

侍　者（白）：进鱼了！

专　诸（白）：来也！

（表）：专诸身高七尺，身材魁梧，怕引人注目，故而出来时有意将双腿微微弯曲，缩头缩颈，弯腰成90度，双手托一只木盘，高举过顶。这只木盘有三尺长，一尺宽，上面盛一条烹煮好的鲜鱼，足有二尺长，望上去鲜嫩无比，香气扑鼻。就在这条鱼的下面藏着一柄削铁如泥的"鱼肠剑"——这柄剑叫作"鱼藏剑"真是名副其实了。

专诸来到大厅门口，上来四个校尉，见此人一身厨师打扮，照例对他全身抄捡，通过"人工扫描"，查得并无夹带——无论如何想不到毛病出在这条鱼身上，就放专诸进入大厅。

专诸一进大厅就跪倒在地，禀报一声。

专　诸（白）：太湖渔人，向大王进献鲜鱼一尾。

王　僚（表）：自从进了公子府后，王僚的神经一只绷紧着，两个时辰下来，不见姬光有异样动静，心里反而有点失望。一根神经觉得吃力了，有点松懈了。现在看见盘子里的这条鱼，呀！好鱼！王僚是"老吃客"了，一望便知，胃口亦开了！所以王僚生平最喜欢吃鱼。王僚想今朝咣啥花头了，让我吃了鱼就打道回宫，以后再说吧。

王　僚（白）：来来来，呈上来！

专　诸（白）：喏！

　　　　（表）：专诸高举木盘，低头膝行向前——这是规矩，无论送酒上菜的只能膝行，不能立起来走的。到王僚案桌前，专诸将木盘往台上一放——

校　尉（白）：快快退下！

专　诸（白）：喏！

　　　　（表）：专诸嘴里答应，手里动作极快，左手将鱼翻起，右手抓起"雪白澄亮"的鱼肠剑，胸一挺，足尖用力一蹬，用足全身之力扑向王僚，鱼肠剑对准王僚胸口猛刺——这个动作专诸已反复联系过n遍了，做到了"稳、准、狠"！

王　僚（表）：王僚大惊失色，猝不及防。要想偏让，来不及了！距离太近。想拔剑，连手搭到剑柄的时间都没有。还好，好在我有唐猊宝甲护胸，谅也无妨！

专　诸（表）：无妨呀？唐猊宝甲碰到克星了！专诸的臂力过人，而速度快，唐猊宝甲如何挡得住，"嚓——"，直透前胸。

王　僚（表）：啊呀！王僚吃着一剑，方始明白——这保险马甲也咣啥用场！

专　诸（表）：乘势用力将宝剑一转——

王　僚（表）：这鱼肠剑，唐猊宝甲也挡不住，怎经得起在你胸膛里掏一掏呀？顿时倒地身亡。

两边校尉起先呆一呆，看到大王倒地，才醒悟过来。刺客！纷纷拔出剑向专诸乱砍，可怜专诸被斩成肉酱。

此时厅外杀声四起——"杀——杀篡位的奸王姬僚呀！"伍子胥带领敢死队从里面杀出来，外面由姬光的兄弟夫概带领勇士从外面杀进来。"杀呀！"

起先禁卫军还准备抵抗，只见他们的统领王孙雄持剑高呼："弟兄们，姬僚篡夺王位其罪当诛，而今姬僚已死，识时务者为俊杰，我们应当归附公子光为是！"这些禁卫军想，我们吃饭领工资是打工仔，啥人当老板关侬啥事体。他们弟兄之间争权夺利，何必我们去拼性舍命？圣人说过："有奶便是娘。"王孙将军尚且如此，我们就省点力气吧！这些禁卫军在王孙雄带领下全体反戈一击！唯独这二十四名校尉拼死反抗，结果全部战死！

姬光很快控制了局面，终于登上梦寐以求的宝座。但是这王位坐得稳吗？王僚的儿子庆忌在卫国得到消息，立刻招兵买马准备反攻，姬光的王位岌岌可危！后事如何？以后再说。

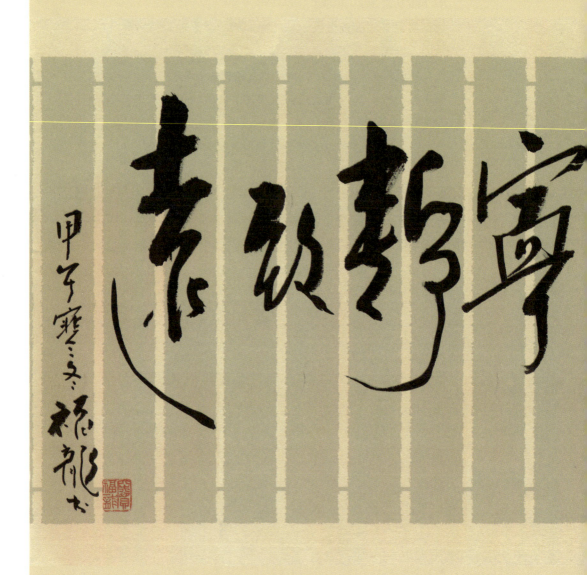

寧靜致遠

甲子霜之冬 福龍書

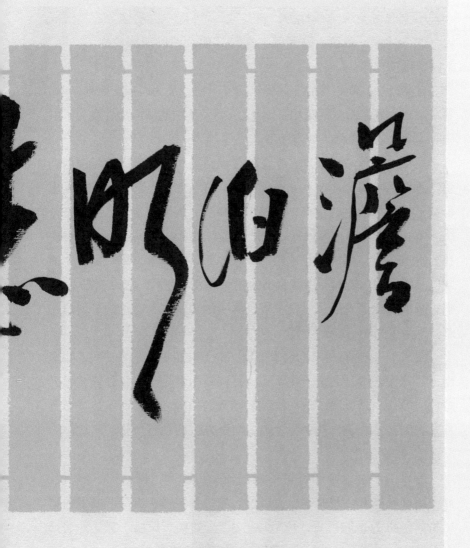

随笔、诗词、对联、歌词

蒋派，当今评弹第一流派

这个论题，或许会引起争议，无妨，有争议才有生气。

评弹流派原来一概称为"调"，冠以姓氏，以示区分，相沿成规。如：马调、俞调、陈调等。这与其他戏曲的流派，称为"派"不同，比较特殊。

自20世纪30年代后，评弹流行于上海，成为时尚，风靡一时，名家辈出，流派纷呈，竞相争艳。"蒋调"从中脱颖而出，成为了引领时代潮流的新流派，红遍江南。

其实，早年的蒋月泉先生在电台唱开篇，得到了广大听众的喜爱，而在艺术的全面发展上还很不足。盛名之下，其实难符。后来得到了姚荫梅先生的指点，他如当头棒喝，醍醐灌顶，从此发奋苦练。尤其在参加了上海评弹团之后，在实践中不断学习，不断提高，在艺术追求上，更加精益求精，兼收并蓄，吸取了京剧、昆曲、话剧以及唱歌中的养料，丰富自己的唱腔与表演艺术，使说、噱、弹、唱、演得以全面发展，形成了特色鲜明的艺术体系，达到了巅峰状态，成为了叱咤书坛的巨擘。

在二十多年前，"三枪空中书场"的万仰祖老先生采访我，我提出了"蒋派艺术"之说。我认为"蒋调"固然是蒋月泉评弹艺术的特色，但这只是反映了他在唱腔艺术上的独到之处，而不能概括蒋月泉表演艺术在说、噱、弹、唱、演全方位的独特风格，因此称为"蒋派"似较合适。

愚以为，仅以唱腔特色形成的流派，称为"调"，无可非议。如：丽调、侯调、尤调等。而以说、噱、弹、唱、演都形成了独特风格的，更为难能可贵，应冠以"派"。如杨（振雄）派、徐（云志）派、薛（筱卿）派、严（雪亭）派、张（鉴庭）派等。

虽然群星璀璨，观众却各有所爱。而能达到一致公认的，当首推蒋派艺术无疑。

蒋派艺术深入浅出，雅俗共赏，其流传之广，受众之多，影响之大，无与伦比。我们只要回顾一下蒋派艺术的历程，就不难发现其中的因果。

蒋先生一生坚守长篇演出，他的一部《玉蜻蜓》，已足以名垂青史了。但他并不满足，还虚心向杨仁麟先生学习《白蛇传》，并在陈灵犀先生的帮助下，对这两部书进行加工整理及创新，去芜存菁，删繁就简，以适应时代潮流，满足了现代的审美情趣，形成了雅俗共赏、久演不衰的蒋版的长篇弹词《玉蜻蜓》与《白蛇传》。凡蒋月泉以下几代弟子，能说这两部书的不乏其人，其中许多选回与唱段，如《庵堂认母》《厅堂夺子》《骗上辕门》《沈方哭更》《合钵》《断桥》……等都已成为耳熟能详的传世之作。

与此同时，他还十分重视中篇评弹的演出，他参加过《一定要把淮河修好》《厅堂夺子》等十多部中篇的演出。对待每一部中篇他都是精心构思，力求创新、一丝不苟，深层次刻画人物的内涵，塑造了赵盖山、白求恩、王孝和，以及林冲、王佐、徐上珍等人物形象，栩栩如生，在观众中留有不可磨灭的印象。而且，几乎每一部中篇都留下了精彩的唱段，传唱至今，百听不厌。

蒋先生一生留下的经典唱段（包括开篇）之多，其他流派是无可比拟的。蒋调已成为中青演员的必修课，业余爱好者更有"十票九蒋"之说，可见蒋派艺术流传之广，受众之多。

蒋派艺术对其他流派的形成也产生了较大的影响。如徐丽仙的"丽调"、尤惠秋的"尤调"、张鉴庭的"张调"、杨振言的"言调"等。这些流派唱腔都是在"蒋调"的基础上，根据自身条件，吸收了其他音乐元素而形成的，足见蒋派艺术影响之深远，堪称一代宗师！

"雅俗共赏"这个词已被用滥了。其实真正做到雅俗共赏谈何容易！雅与俗是两种审美观，演员与观众都有不同的取向。由于演员本身对雅与俗的理解而有不同的取向，从而满足了一部分观众的审美，而另一部分观众却不以为然，甚至不屑一顾。能真正达到雅俗共赏的境界者，真如凤毛麟角。而蒋派艺术就是其中佼佼者。然而来之不易啊！这是他具有工匠精神，锲而不舍的追求而得来的。

比如《玉蜻蜓》，是蒋先生的代表作。这是我最为欣赏的一部长篇弹词，不仅情节曲折、引人入胜，而且上至显宦望族，下至贩夫走卒，人物众多，皆活色生香；民风、民俗一览无遗……我誉之是明朝的"清明上河图"。经蒋先生加工、整理、去芜存菁，更加合情合理，感人肺腑。但令人扼腕的是这部书原来的唱词却比较粗俗，与此书的格调大相径庭，如同白璧有瑕，不登大雅之堂。于是他在陈灵犀先生帮助下，悉心加工、改编，使主要唱段由浅入深，文采斐然，升华了《玉蜻蜓》的内涵，达到了雅俗共赏的境界。蒋版的《白蛇传》亦如是。

继承与发展，传承与创新，蒋先生得以完美的体现，这缘于他高度的文化自信。

蒋派艺术宛如一块绝世美玉，浑然天成。其实这是经过他精雕细琢而成的，却不露痕迹，你根本看不出来！蒋派之妙，就在于此。

蒋派，称为当今评弹第一流派，不为过也！

2017 年 10 月 20 日

蒋月泉（左）与杨振言（右）、金声伯（中）在上海评弹国际票房成立大会上合影

真要细算起来，我听书已不止一个甲子了，而听上海评弹团的书恰好是一个甲子，就中篇而言，从《一定要把淮河修好》，直到《上海光复记》，在这六十年间，凡上海评弹团演出过的中篇，我似乎无一遗漏。我作为上海评弹团的铁杆粉丝，大概当之无愧吧！

我自幼就喜欢听人讲故事，偶然在收音机里听到沈笑梅说《济公》《乾隆下江南》等，就入迷了。记得念小学时就随着大人到沧州书场听书，虽不能全懂，但亦兴趣盎然，从此我的人生道路上与评弹艺术形影相随。不夸张地说，我从听书中受到的影响与启迪，不亚于在学堂中得到的教育。这话当今的年轻人是会大惑不解的——除了我的女儿。

我的听书从小就选择性很强。想当年书场林立，名家辈出，而我却独钟情于上海评弹团，他们的表演风格是那么严谨、精致而又丰富多彩，使我为之倾倒，甚至崇拜！在我是少年时家境还算宽裕，但我却心甘情愿地把自己所有的零花钱都交给上海评弹团了。在团庆六十周年之际，请不要忘了我当年的一份"奉献"。

在我读中学时，听书入迷的程度近乎荒唐了。当时正值评弹鼎盛时期，上海评弹团在仙乐书场推出三对兄弟档，联袂演出长篇分回——华士亭、华佩亭的《四进士》；杨振雄、杨振言的《西厢》；张鉴庭、张鉴国的《钱秀才》，可谓珠联璧合，精彩绝伦。我与几位书迷同学经不起"诱惑"，竟然相约逃课去听书，甘愿冒被老师训责的后果，几十年后我诧异地发现这几位逃课的同学个个都事业有成，有的甚至声名显赫，其中就有原上海市第二轻工业局局长范大政兄，我这并不是在鼓励逃课，而是真实地反映当时评弹在学生中的普及程度，也生动地体现了评弹艺术的诱人魅力，真是"不如园林，不知春色如许"呀！

中篇、短篇与选回等表演形式，上海评弹团是始作俑者，这种新的形式适应了时代潮流，符合了现代人的生活节奏与审美要求，深受观众欢迎，从而也扩大了观众群，我有一位邻居大哥，他常取笑我小小年纪"孵书场"，像个小老头子。有一次我特地请他去静园书场听上海评弹团演出的长篇精华选回——杨斌奎、杨振言的《怒碰粮船》；张鉴庭、张鉴国的《花厅评理》；张鸿声的《大闹演武堂》；刘天韵、苏似萌的《玄都求雨》……从此这位邻居大哥一发不可收拾。比我还要"书迷"！因此我常开玩笑地说："上海团的选回是听不得，听了就像吸了鸦片一样，要上瘾的！""选回"是演员将长篇改成若干段落，取其菁华，删去繁缛，编辑而成，既精炼又精致；既连贯又独立成章，这是上海评弹团继中篇之后的又一创举，现在已屡见不鲜了。

当年上海评弹团是名家云集，群星灿烂，流派纷呈，如蒋月泉、杨振雄、严雪亭、张鉴庭、薛筱卿、姚萌梅、朱雪琴、徐丽仙、周云瑞都是流派创始人；又如张鸿声、吴子安、唐耿良、吴君玉等也都是评话流派的代表人物。1961年春节，上海评弹团在上海音乐厅隆重举行了流派演唱会，演员大多是流派创始人以及代表人物。真是"此曲只应天上有，人间难得几回闻"，可谓空前绝后，我有幸躬逢其盛，并保留了一份油印的说明书，实在是弥足珍贵呀！除了这些流派创始人外，出类拔萃的演员不胜枚举。可以说天下书坛名家，上海评弹团占其七八，其艺术优势可见，时至今日，虽不复往日之盛，但后继有人，不乏英才，其优势尚存。

那时我们也追星，其痴迷程度当不亚于现在的小青年追刘德华、张学友，但比较"文明"。自以为是听书的人，要有点"腔调"，故意装出一副文质彬彬的样子，手里拿着一柄纸扇，默默地望着那些名家响档的身影，而心中却是无比地仰之慕之！

不想若干年后，我竟与我所仰慕的名家们结下了不解之缘，有的还成了忘年之交，莫逆之交，可谓不枉平生了！在与他们交往的过程中，使我深深感到他们有一个共同点，就是他们不仅有高尚的艺品和艺德，更有一种对评弹艺术执着追求的精神，所以能成为一代名家绝非偶然，只要是与他们谈到艺术，他们就会精神焕发，滔滔不绝，孜孜不倦，甚至眉飞色舞……这就是艺术家的本色！杨振雄先生在专心致志写《长生殿》时，竟然"月余不与人言"，令人生敬！他们都认为这归功于上海评弹团内有一种良好的艺术氛围，形成了良好的风气。

他们也都争强好胜，但绝非是那种贬低别人而抬高自己的江湖习气，而是能客观地看到他人的优势，激励自己努力提升去一争高下，如蒋月泉见杨振雄创作并演出了《王佐断臂》，获得了好评，蒋先生虽然参演了，但他并不满足，于是精心改编演出了《厅堂夺子》，乃成经典之作，称颂至今。这是一种良性竞争，有利于评弹艺术的发展，既在竞争，却又相互推崇，相互尊重。这种气派，这种胸怀，我们后辈有吗？反正我是问心有愧的。

名家自有名家的风范。他们的说噱弹唱都是从人物感情出发，把自己的优势与特长发挥得淋漓尽致，不屑以庸俗的卖弄去博取廉价的掌声与笑声。他们的目的不是为了评奖，而只是把一件精美的艺术品奉献给观众，观众满足了，他们也就满足了，道理就这么简单。因此六十年来上海评弹团的精品力作能层出不穷，并广为流传，脍炙人口。而这些经典之作，似乎都没有评过什么大奖。愚以为作品的流传与评奖无关，评奖是作为"政绩"给上级看的，观众才不管你得过什么奖呢！

时光荏苒，逝者如斯。古人云"江山代有才人出，各领风骚数百年"，话虽如此，但现状却不容乐观。说到要振兴评弹艺术，吾辈还是寄厚望于上海评弹团。

我听书已一甲子了，肯定我会听书一辈子的。

2011 年 10 月 19 日凌晨

不入园林，不知春色如许

我先引一则一位不相识的观众在网上发表的观后感："今天我看的评弹《林徽因》，是人生中第一次，心里充满了好奇……现场的字幕翻译，演员们抑扬顿挫的表演，一点都没有因吴语不通而减分，反而更有味道，得到了极大的享受……从今往后多了一个爱好，听评弹！"

这一则观后感反映了四个信息：一，第一次听评弹；二，冲着"林徽因"来的；三，是位不通吴语的外地人；四，爱上了评弹。这并非孤例，在北京大学、上海师范大学等高校的巡演中，在演出后的互动环节上，就有不少同学表示自己是第一次听评弹。他们直言不讳，来时不知评弹为何物，乃是为"林徽因"而来，听了之后，被评弹艺术折服……

陈云老首长说过，"评弹要就青年"。由于各种客观因素，使得当前的青年误以为评弹只是老年人的文化生活方式，因此望而却步。评弹界的有识之士对此十分重视，亦做了一些努力，但收效甚微。看来要吸引青年进入评弹，非一朝一夕之功，要打场持久的攻坚战！

"不入园林，不知春色如许。"要吸引年轻人，首先要从题材突破。评弹固然有许多经典杰作，如《珍珠塔》《玉蜻蜓》《三笑》《描金凤》等，但对于从未接触过评弹的知识青年缺少诱惑力，因此题材要有时代感，吻合年轻人的喜好。

先要把他们引入园林，然后再让他们细细领略评弹的春色。于是我们经过分析讨论，反复研究，决定创作中篇评弹《林徽因》。果然，这位在知识青年心目中的女神，不负众望，让年轻人趋之若鹜。这正是我们争取青年知识分子成为评弹观众群体的初衷。通过多次演出实践，基本达到了预期的目标。

有了好的题材，还要讲好故事。既然讲故事就要悦耳动听，耐人寻味，引人入胜。由于这是近代的真人真事，剧中人物无虚构，都是社会名流，故而不能为吸引眼球而天马行空，信口雌黄。必须是大事不虚、小事不拘，使观众感到入情入理，真实可信。故事情节中不可避免地提及林徽因与徐志摩、梁思成、金岳霖之间的感情纠葛，从中体现了林徽因的高尚情操，而不是八卦绯闻。其实像类似这样的情感纠葛，在现实生活中也时有发生，但是要处理到这种境界，化作一段动人的佳话，恐怕是绝无仅有的，这对现实生活也有一定教育意义。

林徽因的情感生活只是她的一个侧面，更让人动容的是她具有强烈的家国情怀、文人风骨和为事业献身的精神，这才是她的价值核心。一位弱不禁风的女子，忍受着病痛的折磨，不畏艰难险阻，伴随着丈夫走遍了万水千山，为考察、保护中国古建筑奋斗了一生，作出了不可磨灭的贡献。有人赞叹说："她不是不让须眉，而是让须眉汗颜。"对此我们理所应当用浓墨重彩，大书特书！

我们在创作过程中，遵循了评弹艺术的规律，但有所突破，有所创新。一般开场都是介绍时代背景、人物概况等，而本剧却以演员向观众提问开场，迅速拉近演员与观众的距离，让观众第一时间就与演员一起进入情境。实践证明，效果是理想的。至于老听众对于"一人一角"有所非议，认为评弹艺术的特点就是"一人多角"。这是创新吗？其实老听众的意见没有错，在长篇评弹中，以双档与单档为主，必须一人多角，有时还需角色互换。而中篇评弹的形式不同，"一人一角"是屡见不鲜的，如《白蛇》中的《断桥》一折，长篇以双档表演为主，上手演"许仙"和"小青"，下手演"白娘子"，而在折子书中，以三股档形式演出，就是"一人一角"了，所以，这倒不是本剧的创新。

由于主人公的传奇人生太丰富，信息量太大，在短短两个小时内很难全面铺开，只能舍繁就简，取其精华，因而难免顾此失彼。观众从各种不同的角度表示不满足，编者无奈，只得留点缺憾让观众评说吧！

可怜一曲《长生殿》

《长生殿》经历了七灾八难,终于问世了,字里行间凝聚了杨振雄先生的血与泪。视艺术为生命,视《长生殿》重于生命,这就是书坛一代巨擘的本色。

五十多年前,弹词名家辈出,流派纷呈,作为一个初出茅庐的后生,要从中脱颖而出,何其难也!然而少年振雄心高气傲,岂甘寂寞?乃孑然一身,漂泊江湖,励志发愤,卧薪尝胆,广采博纳,另辟蹊径,一部长篇弹词《长生殿》就孕育在那穷乡僻壤、寒窗孤灯之下,正如鲲鹏展翅,扶摇直上九万里,其志非燕雀所知也。

士别三日,当刮目相看,何况漫长的五年。似乎从石头中迸出来的杨振雄,以一部《长生殿》震惊了上海书坛,令人耳目一新,拍案叫绝。真是"不鸣则已,一鸣惊人;不飞则已,一飞冲天"!

也由于弹唱《长生殿》,才形成了他独有的高雅飘逸的表演风格——杨派艺术;所以说《长生殿》是杨派艺术形成的起源,而《长生殿》又是杨派艺术用血与火炼成的"舍利子"。二者相辅相成,成为"江南明珠"宝库中的稀世珍品。

令人扼腕叹息的是由于众所周知的原因,几十年来《长生殿》未能充分展示其全貌,只是在极其艰难的环境下,排除了各种干扰,选演了其中几个片段,如《絮阁争宠》《太白醉吟》《咸阳献饭》等。虽然只是窥豹一斑,由于振雄先生的卓越绝伦的表演,乃使人识知《长生殿》之魅力所在,在击节赞叹之余,却感到万分遗憾,这是不可弥补的损失!

也就是这几回广陵绝唱,在十年浩劫中被视作"为封建帝王歌功颂德、涂脂抹粉"乃至"妄图复辟"的罪证,批斗不已,打入"牛棚",如同身陷囹圄,受尽折辱。更使人痛心疾首的是,以其一生心血写成的《长生殿》书稿,竟毁于一旦,荡然无存,令人欲哭无泪,仰天长叹!

为了《长生殿》几遭灭顶之灾的振雄先生,无怨无悔,情不移,

《长生殿》读者见面会

黄异庵与杨振雄说《西厢》

志不改，常冀有朝一日能再弹唱《长生殿》。

1989 年，在纪念杨振雄书坛生涯六十周年时，振雄先生演出了他的得意之作《太白醉吟》，轰动了书坛，名家耆宿皆往观摩。令人感动的是，在剧场中第一位就座的观众就是百岁高龄的国画大师朱屺瞻先生，长须飘拂，正襟危坐，直至终场；接踵而至的有昆曲大师俞振飞、国画大师应野平、宋文治等，听后皆赞不绝口，登台道贺。

得到先贤的赞许，振雄先生足以慰藉平生，然而总未能以全剧面向观众而抱憾！学林出版社之周清霖兄，亦是深知评弹三昧的"杨迷"，由于他的力促，

前排：张国柱、桑弧、徐一发、蒋月泉、吴宗锡、俞振飞、朱屺瞻、应野平、黄异庵、宋文治　后排：窦福龙、李庆福、程之、唐耿良、陈希安、张静娴、蔡正仁、周柏春、孙淑英、蒋云仙、邢晏芝、徐美琴、沈伟辰、杨骢、张培、周介安、周荣耀

使振雄先生能圆其旧梦，偿其夙愿。

为了不辜负知音的殷切期望，不辜负自己的一生追求，振雄先生重振笔墨，闭门谢客，穷经究典，字斟句酌，伏案疾书……全身心投入了《长生殿》之创作，几乎达到了忘我的境界。偶尔与我通一次电话，则谓"已有月余不与人言了"。其专心致志如此。长年累月，终于积劳成疾，突然中风，经多方抢救治疗，虽脱离险境，却落个半身不遂，行动艰难；但他还是无怨无悔，一往无前，为了未竟的事业而继续奋斗。他不仅与病魔斗，还要与各种干扰斗。为了《长生殿》，振雄先生太苦了！

篆刻大师陈巨来先生以洪昇的名句"可怜一曲《长生殿》"为振雄先生治印一方赠之，这实在是振雄先生坎坷不平而又光彩夺目的一生写照。

贺秦建国喜收高徒陆人民

立雪蒋门志不移，
师承经典正相宜。
薪传还望青蓝说，
裕前光后自有期。

2009.3.15

丁亥岁晏贺老艺人专场题平头诗

老到功夫皆出奇，
艺坛寥寂一时稀。
人传心授期来者，
颂此精神乐不疲。

获牡丹文学奖有感

国色天香格外鲜，
姚黄魏紫各争先。
新枝折得非侥幸，
家祭不忘告慈严。

2008.10

周剑萍先生从艺五十年演出专场
赋句书赠之

历经沧桑志不忘，

古稀犹可学张狂。

铿锵声自丹田出，

依旧当年小周郎。

1996.9

贺蒋月泉先生从艺六十周年暨八十寿辰

一代宗师耀四方，

书坛处处学蒋腔。

风流不减逢花甲，

嵩寿更添百岁长。

1996 年春

杨振言先生荣获"亚洲杰出艺人奖"赋此为贺

仰之北斗论交迟，

玉壶冰心贵相知。

德艺双馨谁得似？

重洋飞越获奖时。

沈世华收周慧为徒撰句以贺

端庄淡雅自非凡，

恪守师承新调翻。

宛转声情谁得似？

绕梁三月雁门关。

2009.4.16

悼潘闻荫兄

品茶谈笑自难忘，
相叙东山日月长。
玉牒召君天上去，
人间痛失小孟尝。

2012.8.25

立春感怀

瑞雪纷飞又立春，
奈何春色不撩人。
故交零落知音少，
寂寞谁知一狂生。

注：壬辰年相继去世的故友有汪可强、杨华生、潘闻荫、汪正华、张学津、张振华。

2013.2.8

薪传有望

钱国华、陈琰伉俪收蒋军、费奕为徒，使《神弹子》传承有绪。张振华碧落有知，当抚掌大笑也。

小书大说动书坛，
引得新风一脉开。
师训谆谆当继力，
薪传有望续神弹。

2014.8.20

丙戌冬月，薛惠君大姐华诞，赋句为贺

身怀绝技堪封王，
蕙质雍容自端庄。
华诞欣逢争上寿，
赤心一片举霞觞。

注：惠君姐的琵琶冠绝当今，世称"琶王"。

无　　题

流年蹉跎欲何求？
老去书生强出头。
看淡功名非易事，
不如抱膝论《春秋》。

2018.2.28

念奴娇　赠邢晏芝

溯源家学，听莺歌燕语，旧腔新发。身手从来高格调，红遍江南半壁。毕氏哀情，杨妃艳事，楚楚如人物。绕梁声在，为君忘味三月。

休叹艺苑凋零，清声雏凤，成就须功力。记得断桥边上树，曾著纷纷飞雪。疏影横斜，暗香浮动，一任群芳惑。承前开派，后人应有评说。

1990.5.1

浪淘沙　赠吴君玉、徐檬丹伉俪

风雨忒无情，芳草凋零，凌霜傲雪独精神。叱咤书坛功力在，载誉倾城。

相携逆流行，濡沫情深，求精问艺贵用心。五十春秋惊四座，一展平生。

注：吴君玉书坛五十周年纪念演出，予撰句，汤兆基书赠之。

点绛唇　赠张建珍

玉树临风，一身清气知多少。曼歌微妙，三月梁间绕。

出塞昭君，杨妃清平调。真微肖，千般窈窕，赢得声声好。

注：张建珍于逸夫舞台举行专场演出，予作小令助兴，颜梅华书赠之。

庚寅冬日

诉　衷　情

堂皇学府建湖旁，旧貌换新妆。师生同勠心力，放眼望，更辉煌。

思进取，惜流光，训骓骦。几经传承，桃李成蹊，书苑芬芳。

注：上海评弹国际票房参观苏州评弹学校新校舍，予赋词，颜梅华书赠之。

2001.11.18

念奴娇　赠张振华

书坛盛事，想当年，倾倒大江南北。流派纷飞贤者众，真教一时称绝。并蓄兼收，广采博纳，突起异军出。力张神弹，还惊多少豪杰。

求得师法自然，宁抛窠臼，年少心如铁。挥洒自如情所至，激烈之中飘逸。独启新风，自成一格，创意时时发。樽前相论，当今谁堪君匹？

2007.8

凌波曲　自度曲赠庄凤珠

凌波微步，绰约仙姿，梦里瑶台上酒时。琵琶妙拨，一曲相思，深情善感说西施。君不见，神弹子，红且紫，珠联璧合天下知。

2007.8.30

❶ 由作者策划举办的迎春茶话会
上，众多老艺术家参加活动　左
起：吴君玉、王盘声、姚慕双、
金声伯、张某、筱声咪、于飞、
邢晏芝、舒适、范明德

❷ 与张学津

❸ 张振华、作者、杨振雄、杨振言

❹ 左起：潘闻荫、杨振言、作者

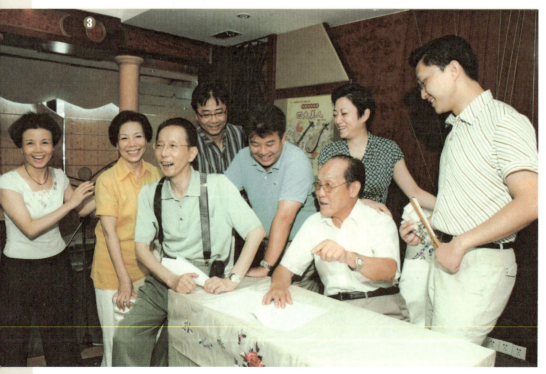

❶ 年轻时的邢晏芝

❷ 张建珍赏雪

❸ 吴君玉又在放噱头了！左起：沈玲莉、沈世华、窦福龙、毛新琳、秦建国、吴君玉、吴静、高博文

❹ 吴君玉与颜梅华、作者

❺ 薛惠君与作者夫妇

❻ 前排左起：陈小雯、夏红、陈东、顾彩霞、查小刚、蒋文、陆建华
后排：董友宁、沈仁华、窦福龙、金悠清、秦建国、许霈霖、刘雪平

❶ 杨振言在授奖大会上致答谢词

❷ 周剑萍与张鉴国

❸ 庄凤珠唱《姑苏台》

❹ 庄凤珠主持《雅韵盛典》

为"吴越人家"题楹联

吴门多俊杰，看座上皆为雅士；
越国出佳人，顾眼前尽是丽姝。

乙亥年秋

悼 杨 振 雄

留后世叹成绝唱，论德艺乃至高至上，长传不息；
将此身化为弹词，虽病残而无怨无悔，尽瘁方休。

悼 杨 振 言

或谐或庄，艺臻化境，千年一叹；
亦师亦友，心透灵犀，再世续吟。

2008.5.7

悼 张 鉴 国

双张绝艺，生来人品逾艺品；
十指连心，弹出和声即心声。

2004.3.14

悼 程 之

操守五常，高风仰止皆称道；
艺通三界，化境渐臻不自居。

乙亥年元月

卖 花 歌

卖花哎！卖花哎！
卖花姑娘手提篮，
一路清香沿街喊：
栀子花，白兰花，
夜来香，茉莉花，
穿小巷，过大街，
卖花哎！卖花哎！
俏声音伴着花香飘来。
洁白的花儿啊，
勿要说只有女儿家爱，
多情的游客，
请你买一朵二朵戴，
远走天涯香不散。
栀子花，白兰花，
夜来香，茉莉花……

寒 山 寺 钟 声

何处敲钟声？
暮云轻，晚霞明，
枫桥下，春潮生。
田野一片静悄悄，
唯闻敲钟声。
钟声伴着枫江水，
上下千年流不尽。

灿烂的文化，
历史的见证，
吸引了多少画家诗人，
迎来了多少朋友贵宾。
一幅幅画卷，
一篇篇诗文，
写不尽江南名胜，
唱不尽水乡风情。
何处敲钟声？
何处敲钟声？
江枫渔火寒山寺，
夜半钟声天下闻。

七 里 山 塘

姑苏城外美如画，
山前山后开桃花。
风细细，柳斜斜，
踏青路上笑语哗。
游春要走山塘路，
水乡风光不虚夸。
一座座拱桥连小巷，
一条条石板铺长街，
到处纵横有河汉。
河中摇小船，
河边是人家，
沿窗谁在弹琵琶？
只听得轻声低唱《昭君怨》，
拨弦又弹《浪淘沙》。
船儿载着歌声去，

橹声欲乃水哗哗。

岸旁还有垂钓客，

一竿何妨捕鱼虾。

猛抬头望见青山如猛虎，

巍巍宝塔映紫霞。

摇橹不嫌船行慢，

不觉来到虎丘山门下，

果然是七里山塘景色佳。

小提琴演奏家、作曲家唐康年。1985 年，作者与唐康年相约去苏州采风，合作创作了一套
表现苏州风情的民歌《姑苏新歌》

窦·福·龙·评·弹·作·品·集

行家评说

从《卖花歌》到《马嵬坡》

邢晏芝

"卖花哎！卖花哎！卖花姑娘手提篮，一路清香沿街喊……"

我与窦福龙首次合作，就是这首《卖花歌》，从此我与他结下了不解之缘。《卖花歌》流传至今已有三十多年了，深受欢迎，但是很少有人知道这首歌的词作者是窦福龙。同时我还唱过他写的《七里山塘》《寒山寺钟声》《洞庭东山》等好几首民歌。他写的歌词清新脱俗，耐人寻味，颇有宋词的情趣，使人倾慕。但这不过是他"小荷才露尖尖角"而已。真正充分显露他卓越才华的，乃是他闭关半年，脱颖而出的弹词系列开篇《金陵十二钗》，震惊了书坛！三十年间，参加过演唱的著名评弹演员达四十多人，流派纷呈，不乏佳作。以弹词开篇而言，至今未见有超越者，堪称经典之作。

我有幸作为第一人选，演唱了《林黛玉》。由于唱词文采典雅，意境生动，韵律规范，使我充分发挥了唱腔的艺术特色，生动刻画了人物形象，获得了一致好评，成为我的代表作之一。通过多次合作，我与他结下了深厚的友谊，彼此视为知音。

一曲《林黛玉》不仅得了观众的认可，还赢得了评弹巨擘杨振雄老师的青睐。

窦福龙与杨振雄老师是忘年至交，亦师亦友，杨老师对他是十分信赖与倚重的。在策划举办"杨振雄书坛生涯六十周年纪念演出"时，杨老师提出要挑选一位合作演出《长生殿·醉吟》的女下手，窦兄就极力推荐了我。由于杨老师对我唱的《林黛玉》存有良好的印象，就欣然接受了。从此我进入了杨派艺术的殿堂。在排练《醉吟》的过程中，杨老师对我的教导使我终生难忘。之后，窦兄又推荐我与杨老师合作演出了《挑帘》与《絮阁争宠》，我进一步领悟了杨派艺术的精髓，使我在以后的艺术道路上得到了飞跃的发展。至今感恩不尽！

于是我矢志立雪杨门，杨老师亦有意收我为徒。窦兄深深了解我与杨老师的心愿，经过他精心策划，上海评弹国际票房隆重举行了盛大的拜师仪式。我当时心情十分激动，百感交集，以至泣不成声，拜倒在恩师的膝下。恩师当场赠我一块华丽的锦缎，嘱咐我去做一件旗袍，要在以后演杨贵妃时穿着……在恩师逝世数年之后，我在上海大剧院首演《四大美人·杨妃篇·马嵬坡》时，穿上了用这块锦缎做的旗袍，了却了恩师的心愿。

窦兄对杨派艺术研究至深，深谙此中三昧真谛。恩师在世时，曾戏封他为"杨派掌门弟子"，虽是一句戏言，但足见恩师认可他的造诣，因此我亦尊之为大师兄。他写的脍炙人口的《四大美人》，其中《杨妃篇·马嵬坡》就是他遵从了老夫子生前的嘱托，以杨派艺术的风格写就的，精彩绝伦。在讨论剧本时，他再三要求我与张振华、金声伯二位老师能体现他的创作意图。因此我毅然弃用我自己的唱腔特色，而完全用杨调演唱……由于我们倾注了真情，全身心投入，台下观众无不为之动容，演出获得了巨大成功。后来我又演出了《杨

杨振雄与邢晏芝演出《醉吟》

邢晏芝拜师

妃篇·西宫情》，还指导了张建珍演出了《杨妃篇·清平调》，都体现了杨派艺术的风范。后起之秀如毛瑾瑾、许芸仙、朱琳、陆锦花等都出色地继承下来，弘扬了杨派艺术。此时此刻大师兄的心情谅必与我一样：可以告慰老夫子在天之灵了！

　　我与窦兄相交、相知近四十年，深知他为人胸怀宽广，坦荡真诚，从来不说假话。他对我虽是倾心竭力，百般呵护，但有时也不乏批评指摘，我虽难免有些委屈与不快，但我心底明白，他的雷霆雨露都是为我好！他不仅是我艺术道路上的良师益友，也是我所敬重的长兄。《心寄弦情——窦福龙评弹作品集》是他一生心血的结晶，是为评弹艺术宝库增添了一份宝贵的财富。他的作品如同"阳春白雪"，必须假以时日，人们会逐渐体会到他的精妙之处。

　　我为窦福龙兄贺！也为弘扬评弹艺术贺！

2019.3.16

　　上海是国际文化大都会，而上海大剧院是其中标志性的重要演出场所。评弹在十六年间有缘三次进入上海大剧院演出，分别是评弹交响音乐会《金陵十二钗》、评弹新篇《四大美人》和中篇评弹《林徽因》。而这三部作品都出自窦福龙先生的生花妙笔。这并非偶然的巧合，而是窦先生厚积薄发的结果，是比获得任何奖项都高的荣誉，实至名归。

　　这三次上海大剧院盛大演出过程，也是我与窦先生从相识到相知的历程。20世纪80年代，我有幸参加了由他编创的系列开篇《金陵十二钗》的演出（第一版），用"蒋调"演唱了《薛宝钗》，获得认可和好评。又在2000年与庄凤珠老师合作，参与交响版《金陵十二钗》的演出（第三版），再次演唱《薛宝钗》，整场演出取得了轰动性的效果，对评弹艺术而言，开创了一个崭新的局面！值得一提的是，开了评弹艺术进入上海大剧院演出之先河！

　　从此以后，我们的接触交往日益增多，情趣相投，多有共识，成为了莫逆之交。特别是在2004年至2017年，我担任上海评弹团团长的十多年期间，无论是在工作上、艺术上，还是在创作演出上，都得到了他的关心和帮助。他所主持工作的上海评弹国际票房，在整体上给了我以及上海评弹团以极大的支持，很是感动！现在回想起来，还是记忆犹新，历历在目。在这期间，得到窦先生的允诺，聘请他成为了上海评弹团的特约编剧，以至以后的创作，顺利顺意，推出的作品均获成功！对于这一切，我的心中，永存感激之情，感恩之意！

　　而在2000年之后，窦福龙先生对评弹的一往情深、创作耕耘，达到了一个巅峰状态：2002年，窦福龙先生创作的评弹新篇《四大美人》隆重推出，再次进入上海大剧院演出（第二次），作品风靡一时成为经典；2006年窦先生在原有的基础上又完成了评弹《四大美人》系列中篇（《西施篇》《貂蝉篇》《昭君篇》《贵妃篇》）的创作，分别在上海、北京、香港、台湾等地演出，可谓盛况空前；2015年至2019年，《四大美人》又带去日本（日文版），美国（英文版）演出，反响强烈！在历次的比赛展演中，《四大美人》节目屡屡获奖，荣誉无数。一个剧目历时十多年，演出经久不衰，观众热情不减，在当下的戏曲界实属少见！窦先生就此作品，2008年荣获了中国曲艺最高奖牡丹奖文学奖！

2015年，窦福龙先生编写的原创中篇评弹《林徽因》问世，在上海兰心大戏院连续一周的首轮演出，场场爆满，一票难求，成为上海文化的一大盛事。同年原创中篇评弹《林徽因》第三次登陆上海大剧院演出，完成了窦福龙先生评弹作品在大剧院演出的"三连冠"！

之后，又一轮的晋京演出，进清华，去北大，到长安大戏院……京城掀起了一股林徽因热。趁着这个势头，又将中篇评弹《林徽因》带去台湾演出两场，受到了热烈的欢迎和青睐。这几年，中篇评弹《林徽因》开启了走进高校、全国巡演的模式，受到了学生、白领阶层的热烈追捧。迄今，原创中篇评弹《林徽因》的足迹，已经遍布全国二十多个省市，近三十多个城市，评弹艺术借助《林徽因》，向外界做了一次前所未有的推广和传播，非同凡响！

非常有幸，窦福龙先生的作品三次挺进上海大剧院，我都没有缺席，我演唱了《金陵十二钗》中的《薛宝钗》，试演了《四大美人》中的《雁门关》《西宫情》《姑苏台》，和《林徽因》中《紫燕绕梁》，真是不容易。环顾左右，"连中三元"者，好像唯我一人，可谓生逢其时，是为有缘也。令人难忘的是《四大美人》、《林徽因》的两次创作，与窦先生彼此间的相互探讨、精心创排，对作品的严格要求、精益求精，我们在认同上都有着高度的一致，价值观、艺术观，形成了难得的默契，因而在艺术创作的过程中，深化了情感，增进了友谊。

此外，窦福龙先生还为苏州吴中区评弹团创作编写了中篇评弹《孙武与胜玉》，为浙江省曲艺团创作编写了中篇评弹《胡雪岩传奇》，均是频频获奖，赞誉连连！

从20世纪80年代到新世纪的今天，三十多年的历程，窦福龙先生在评弹艺术传承和发展的道路上留下了深深的痕迹，《心寄弦情——窦福龙评弹作品集》为我们记录下了这一切，非常珍贵！

秦建国（右）、沈世华（左）与作者

人们对评弹"一支笔"的陈灵犀有过这样一段评价：和陈灵犀同辈的老报人不少，而真正留下名声，留下作品的，唯有陈灵犀——即成功于评弹！

而今，对窦福龙先生也可以这么评价：其他身份都已褪去，唯有作品流传于世，美誉一生，归于评弹！

愿窦福龙先生健康长寿，艺术长青，鹤发童心，笔耕不辍，为评弹艺术留下更多的美篇佳作，谱写评弹新篇章！

2019.3.8 于澳大利亚墨尔本

——窦福龙先生的评弹创作成就

高博文

评弹的创作与影视和其他戏曲不同，因其是吴语说唱艺术，语言部分有"六白"之分，唱词部分讲究格律平仄和音韵。故一般戏文专业毕业的编剧很难在评弹剧本的创作上发挥优势。过去有演员自编自演的，评弹鼎盛时期，更是有一大批文人雅士涉足期间，如陆澹安、陈灵犀、平襟亚等，留下了很多文学性、艺术性都相对较高的作品。我喜欢上评弹是在 20 世纪 80 年代中期，当时的专业评弹编剧已少之又少，我所知道的也就如饶一尘、邱肖鹏、徐檬丹等。然当时有一台名家云集的新创评弹《金陵十二钗》演唱会引起了轰动，这十二首开篇作者的大名引起了我这个小观众的注意——窦福龙，这是我第一次知道他的名字，也是第一次领略了他的古典文采和他深谙评弹唱词规范的功底。幸运的是 1986 年在上海大华书场举办的专场演唱会和 1988 年在美琪大戏院上演的上海曲艺节开幕式演唱会我都在现场，也想不到日后在成为一个专业评弹演员后，我参与演出了几乎所有窦先生为上海评弹团专门创作的系列作品，实在是一段可贵的缘分。

2001 年 1 月，堪称评弹《金陵十二钗》演唱会升级版的交响音乐会在上海大剧院上演，这次演唱会创造了评弹史上的两个第一。第一次以整台交响伴奏的形式演绎评弹，第一次整台评弹节目进入大剧院大剧场演出。我有幸与来自苏浙沪的名家新秀们一起参与了这次演出。窦先生既是词作者又是制作人，看他忙前忙后，事无巨细。既要为演员，特别是青年演员讲解唱词内涵，对唱腔他也很内行，每次排练都会提出不少好的建议。整台演出的成功倾注了他大量的心血。

从此以后，和窦先生接触和合作的机会越来越多了，印象最深的是 2006 年由他创作的系列中篇评弹《四大美人》

赴港演出。四个中篇等于是四台大戏,由来自苏浙沪三地的名家新秀共同演绎,集中在香港大会堂上演,这在评弹赴港演出的历史上也是从未有过的。作为编剧的窦先生其实也是位文化活动家,对评弹界特别熟悉,好多著名的艺术家都是他的好朋友,不容易的是他对青年新秀也是了然于胸、十分关注。这四个中篇评弹非但有吴君玉、张振华、邢晏春、邢晏芝、庄凤珠等名家坐镇,也有盛小云和我以及施斌、吴静等青年演员参与。很荣幸的是我演了其中的三回书,分别是《西施篇·浣纱溪》《西施篇·姑苏台》和《貂蝉篇·授禅台》,也是参演回目最多的演员,和吴君玉、庄凤珠、倪迎春等老师的合作让我受益良多。后来我知道所有回目阵容的安排,窦先生花了很大的心思。他后来自己也经常说起那次演出活动的初衷和意义,就是要用这样一个新的原创作品把老艺术家的知名度和深厚艺术功底展现好,更重要的是带动一批青年演员在艺术传承和艺术创造上能跨上一个新台阶,再有也是让香港的观众感受到了评弹事业欣欣向荣、后继有人的景象。包括后来 2010 年的《四大美人》两次日本巡演,以及在中国台湾地区的演出,都体现了这样一种精神,也取得了显著的成效。

高博文与作者对谈《林徽因》

窦先生非但擅长写古代题材，对近现代人物也能充分驾驭，他创作的中篇评弹《林徽因》隆重上演，引起了不小的轰动。这个剧目在北京长安大戏院进行了公演，还在北大和清华两所著名的高校进行了演出，值得骄傲的是，这个作品在三年内进行了五轮全国巡演，几乎走遍了全国各省市自治区，这在评弹演出地域的拓展上也是开先河和创纪录的。

　　今天我们再来回顾这一系列的艺术活动，无不蕴含着窦福龙先生对陈云同志提出的"出人出书走正路"指示的用心实践。他虽然不是一位专职的评弹工作者，却因为自幼喜爱而成年后又笔耕不辍，为评弹界特别是上海评弹团创作了一批精品力作。影响深远，深受欢迎！他也是众多评弹演员的好朋友，无论老少，彼此经常有切磋，有交流，特别是他对青年演员十分爱护，循循善诱、诲人不倦。是益友更是良师。这是十分难能可贵的。时间过得真快，认识窦先生时我才刚毕业不久，今天已成了团队的管理者。进入了新时代，评弹艺术还在传承和发展中不断前进。从我个人来讲感谢窦先生多年来的提携和帮助，从团队来讲感谢他那么多年来对上海评弹团的热爱和支持。衷心祝愿他健康长寿，能够创作出更多的人民喜爱的好作品。

窦福龙与弹词「流派之说」

翁思再

二十多年前，窦福龙先生有感于杨振雄先生既采用俞振飞的昆腔和陈遇乾的陈调，又在《西厢记》里以俞调来表现张生，认为"杨调"的叫法受局限，后来当他面对上海电台主持人万仰祖的采访时，第一次公开提出"杨派"的概念。此论令人耳目一新，多年来一直萦绕在我的脑际，于是结合美学理论，努力梳理评弹话语领域所存在的问题。

长期以来人们用"调"指称苏州弹词表演艺术家的风格，如蒋调、张调、俞调、丽调等，然而顾名思义"调"隶属于音乐范畴，描述的是艺术家的弹唱风格与唱腔特色，未能涵盖其在说表、手面、眼风、角色等方面的表演特色。然而苏州弹词是一种"说、噱、弹、唱、演"的综合艺术，为了准确描述一些艺术上比较全面的弹词大家的风貌，提出"派"的概念是符合学理的。"派"能包含"调"，而"调"不能涵盖"派"，确立这样的上下游关系之后，可以避免描述时的混乱。

以往由于"调"与实际上存在的"派"之间的界限模糊，因此产生"以调代派"的现象。事实上流派创始人以"调"作为创作工具的做法比比皆是。如早期产生的陈调是一种单一的调式和板式，如同京剧中称"二黄"和"原板"等音乐程式。陈调凝重遒劲的风格常被用于描述类如戏曲"老生""老旦"的角色。蒋月泉的陈调《徐公不觉泪汪汪》借鉴京剧高拨子，唱出了"衰派老生"的无奈心境；杨振雄的陈调《武松打虎》借鉴昆腔，表现了"短打武生"的豪迈气概；刘天韵的陈调《林冲踏雪》体现了林冲英雄末路的沧桑襟怀；朱雪

翁思再

琴的陈调《方太太思子》则唱出了思儿心切的悲凉情绪。不仅陈调如此，但凡表现类如戏曲青衣角色的弹唱则多用俞调，而表现小生角色的弹唱则多用夏调。在这些作为调式与板式或特定唱腔的"调"之外，还有些"调"经过不断丰富、强化，综合性越来越强，于是行内私下称"蒋派陈调""杨派陈调"，而"口中有，笔下无"。窦福龙是第一位将称"派"的信息透露给媒体者。或者说，关于弹词"唱腔流派"的提法虽然早已有之，但向媒体公开指称某调为"派"者始于窦福龙。

强调区分"调"和"派"，并非仅出于学理辨析，更是有着促进弹词艺术健康发展的现实需要。如果弹词艺术没有"流派自觉"，依旧混淆"调"与"派"，那就会继续将审美的重心引在唱腔之一隅，而忽视同样重要的说表艺术和其他表演手段，从而助长"重唱腔、轻说表""重开篇、轻长篇"的不良倾向。长此以往，弹词艺术势必萎缩成"音乐会评弹""饭店评弹"，日渐背离弹词艺术的本体。

有鉴于此，2012年前本人与沈善曾、张梧合写论文《评弹流派概说兼论蒋派的基础性》，这是对窦福龙先生设立弹词流派之说的响应和演绎。我们进一步对评弹艺术的"派"和"调"予以划分，并对基础性流派和特色性流派予以区别，俾美学理论及其研究方法进入苏州弹词艺术，进行总体上的逻辑梳理和分野。此文后来参与全国曲艺论坛荣获一等奖。如今追根溯源，当感恩于福龙兄20多年前登高一呼对我们的启发。

今当福龙兄评弹作品结集出版，特撰此文为贺。

乙亥年二月于范余轩

　　评弹艺人，历来对于书目的传承与创新十分看重。姚荫梅因别出机杼改编《啼笑因缘》而得"巧嘴"之名，杨振雄因费一苇助其编写《武松》，继《长生殿》之后轰动苏浙沪，中年蒋月泉能艰难攀上评弹艺术的高峰，更是离不开陈灵犀呕心沥血为他编写的《庵堂认母》《厅堂夺子》等精品力作。所以蒋月泉曾发自肺腑地说："没有陈灵犀，就没有我蒋月泉。"由此可见，评弹艺术家功成名就的背后，始终伴随着一批默默无闻终生致力于笔耕的评弹作家的身影。

　　上海评弹团自改革开放以来，在评弹书目的创作上可以说年年新品、精品迭出，与时俱进，成绩斐然，始终与社会主义新时期飞跃发展的速度相适应，令人惊叹！从《金陵十二钗》到《四大美人》，从《林徽因》到《蒋月泉》（总撰稿人），可谓炮炮打响，一路走红。如果说上海评弹团在20世纪五六十年代曾红遍大江南北，那么它今天的影响所及，已扩展至全国各地，甚至远播重洋，更抵西方国家，让异域人民领略了具有四百多年历史的评弹妙音的熠熠风采！

　　而这些打响的中篇评弹与开篇不少出自一人之手，他便是被业内外人士公认的沪上评弹一支笔——窦福龙先生。实事求是地说，上海评弹团在当今整个戏曲生态式微的大气候下，能坚守阵地，稳中求进，并博取不菲成绩，其中多少凝聚着窦福龙先生的心血。

　　初识窦福龙先生还是九年前的事。2010年，笔者接受了《蒋月泉传》的撰稿任务，除搜集书面资料外，开始进行大量采访，

唐燕能

以便获取可信的口述资料。先上门拜访王柏荫、潘闻荫，继而采访江文兰、江肇焜。之后，经秦建国团长牵线，在评弹团会客室采访了窦福龙先生。初次见面，福龙兄穿一件花格子衬衫，背带西裤，手握司的克，面目清癯，一派绅士风度。他没有几句寒暄，便开门见山地触及话题。与别人不同，福龙兄没有孤立地介绍蒋老师，而是把蒋月泉与杨振雄两位先生的艺术作了对比，并打了一个十分生动的比喻：杨振雄的艺术就像一块精雕细琢的美玉，看上去鬼斧神工，它的特点是一个雅字；蒋月泉的艺术，粗看是一块璞玉，浑然天成，看不出雕琢的痕迹，其实是经过精心加工的，它的特点是雅俗共赏。恰恰要做到雅俗共赏很不容易。为了说明这个问题，他列举了两位艺术家的代表作品《王佐断臂》与《厅堂夺子》，且详加剖析与评述，他对两位艺术家的作品及艺术风格，如数家珍，其熟稔的程度让我吃惊，钦佩不已！他说，那是在当时安定的政治环境下艺术家们的一种良性竞争：双方既不买账，又佩服对方；我承认你好，但我要想办法比你还要好。这就形成了上海评弹团 20 世纪五六十年代名家辈出、硕果累累、百花争艳的鼎盛局面。对福龙兄的采访，使人感觉他没有一句套话、虚言，句句实话，说到要害，令人过耳不忘。后来我将这次访谈稍加整理，全文放在《蒋月泉传》"双峰对峙的历史性合作"一节中，读者反映很好。

近年来，窦福龙在中篇评弹的创作中收获颇丰，继《四大美人》首次进入上海大剧院之后，《林徽因》在清华、北大等十多个高校演出，打破了语言隔阂，受到莘莘学子的热烈欢迎。中篇评弹《蒋月泉》（总撰稿人）则在纪念这位评弹泰斗诞辰一百周年之际隆重推出，并进京上国家大剧院演出，受到唐家璇、杨洁篪等中央领导同志与首都观众的好评。窦福龙创作上的成功，除了归功于他对于评弹本体艺术的深度理解、创作基本功的扎实，以及对创作规律的熟练把握，还在于对创作题材的极度敏感与深刻领悟。他的创作理念，总是跟着时代的节拍亦步亦趋，勇于打破陈规，推陈出新。突出的例子便是《林徽因》。

笔者此前在《评弹艺术》上曾著文《适应时代潮流，重视评弹脚本的创作》，提出民国时期的题材是一个富矿，大可挖掘。理由是清末民初人文思想空前活跃，大家辈出，他们的情感世界呈现五光十色的复杂状况与动人情景。发生的故事背景广阔，从海外到本土，从茶楼到商埠，从田野到校园，从书斋到职场，从深宅大院到高等学府，从穷乡僻壤到歌榭舞厅，人物活动的范围广，跨度大。长衫旗袍、西装革履的风采，亦土亦洋、亦中亦西的生活方式，亦俗亦雅、亦庄亦谐的话语意趣，绅士淑女情爱世界的别绪离愁，最能勾起浓郁的怀旧意识。一如今人对北洋时期老北京和对 20 世纪三四十年代旧上海的记忆与留恋！既熟悉又陌生、且不远又渐去的故事产生的距离美，容易激发以长衫旗袍为主要装束的说书人的表演欲望。从贩夫走卒到达官贵人，四方杂处，官话与英语及各地方言的交汇，又为书说人提供了大显身手的艺术平台，他们从故事场景的切换与各式人物感情的变化中可以充分调动艺术手段，并吸取前辈艺术家表现近现代人物的经验，将说表的达意与弹唱的抒情发挥到极致。我举了几对才子佳人的例子，如：鲁迅与许广平、郁达夫与王映霞、徐悲鸿与蒋碧薇，特别介绍了徐志摩与陆小曼、林徽因的故事，名诗《再别康桥》即徐志摩追求林徽因无果而写，成为百世流芳的佳作。

应当承认，从徐陆之恋中撷取林徽因的故事，写成一个中篇评弹的主意极好，也很务实，因为前者显然属于长篇评弹的题材，倘要付诸实施，非投入大量的时间与精力是完成不了的。而林徽因的爱国情怀，以及她与梁思成对我国古建筑研究的成果与贡献已为世人瞩目，其著名度自然不逊于徐陆二人。再者以林的故事写成三回书的中篇评弹，既缩短了创作周期，又在具体操作上切实可行。

窦兄创作《林徽因》，写得很艰苦，几易其稿，在唱词上可谓字字推敲，句句斟酌，煞费苦心，还几番征求各方意见。笔者与唐力行教授在政协参与了对该中篇初排的讨论，会上各种意见都有，似乎让作者无所适从。力行兄与我都觉得，初稿的结构大致合理，可以做些微调，尤其对唱词欣赏有加，以为他把古典诗词与现代诗的语汇巧妙融合，真正做到了雅俗共赏，很见功力。我与力行兄在发言中都作了肯定。

数月后，经上评团上下通力合作，中篇评弹《林徽因》终于与观众见面，受到普遍好评。此后，便受各省市邀请，去全国巡回演出，评弹再不只是苏浙沪一带的宠儿，已成为全国不少观众的新爱。

走笔至此，笔者为窦福龙先生在评弹创作上取得的可喜成绩由衷地高兴，这是他积 57 年评弹创作经验所取得的丰硕成果。看似偶然，其实是必然。他从学生时代起便博览群书，爱好读书的良好习惯一直延续至今，在文史哲经诸学科中，他对中国历史与唐诗宋词兴趣浓厚，且颇有几分研究心得。工作之后，昆剧、京剧、评弹、越剧、豫剧、评剧，包括北方曲艺等成了他的业余爱好，且深入其间而不得出：他痴迷杨振雄的"杨调"，竟能自弹自唱，为杨振雄先生认可，称其为"杨调掌门人"；他崇拜京剧马连良先生，竟在马先生长子马崇仁及马先生高足张学津面前高歌一曲，醉到众人，被赐予"马门弟子"的美誉。为此，他特意在名片上钤上了"迷马醉杨"的印章。凡此种种都为他日后编写评弹作品打下了深厚的功底。

　　福龙兄的评弹创作始于20世纪60年代初，其时他还是个中学生，就尝试写了评弹开篇《郝建秀》，获得大中学生文艺汇演的"优秀创作奖"。1963年至1966年，他任静安区威海街道文化站站长期间，创作了中篇评弹《争印记》，还应浙江省著名评弹名家王柏荫先生之邀，写了长篇弹词《满意勿满意》。20世纪80年代，他利用业余时间创作了《姑苏新歌》与评弹系列开篇《金陵十二钗》等。其中《金陵十二钗》受到各方的关注，得到了骆玉笙、刘兰芳等老艺术家的好评，荣获上海市第一届曲艺节优秀创作奖，历时三十几年，至今仍在传唱。2002年创作了评弹系列《四大美人》，2002年在上海大剧院首演，2006年赴中国香港演出，2010年赴中国台湾演出；2015年赴日本演出，都引起了轰动，好评如潮，于2008年荣获第五届牡丹文学奖。演出的老中青三代著名演员达七十余人，几乎囊括了苏浙沪所有的评弹名家。退休后，他为吴中区评弹团创作了中篇评弹《孙武与胜玉》，荣获2013年度全国优秀曲艺作品金奖。2014年，为浙江省曲艺团创作了中篇评弹《胡雪岩传奇》，荣获浙江省优秀创作奖。2015年，为上海评弹团创作了中篇评弹《林徽因》，至今已走遍了十几个省，二十几个市，为弘扬评弹艺术作出了贡献。

　　今逢窦兄大作问世，实为上海评弹界一大盛事！窦福龙评先生将评弹艺术的传统形式与时尚的审美需求全方位地对接、转化与创新，继往开来，为后人提供了"谢朝华于已披，启夕秀于未振"的重要借鉴，它作为评弹艺术的一份宝贵财富，将在未来的岁月里持续地散发出历久弥新的沁人心脾的芳香。

窦福龙先生是上海评弹国际票房副会长兼秘书长，是一位资深的评弹爱好者，也是一位有影响的剧作家。

二十几年的实践证明，上海评弹国际票房的工作在社会上是被认可的，口碑是好的，开展的各项活动均传递了正能量。在这些方面，窦福龙先生功不可没，花了不少心血。他文学、历史功底深厚，知识渊博，而且他还是一位京剧爱好者，是"马派"名票。窦福龙会长不仅要组织安排评弹国际票房的各项活动，还要构思创作有分量的新剧本，难能可贵。

上海评弹国际票房可以讲是一艘大船，是团结联谊之船，是传承传播之船。是一座切磋评弹艺术、信息交流的平台，有助于长三角地区文化艺术的交流和资源的整合。这艘船这座平台需要有才华有能力的人去操作，窦福龙先生是合适的人选。他施展自己的才华，将票房工作做得有声有色，同时他笔下佳作频出，两者相得益彰。

上海评弹团国际票房举办抗洪赈灾义演　苏浙沪三地数十位演员参加

左起：蒋澄澜、方文襄、窦福龙

　　这次窦福龙先生将自己编创的几部作品汇编出版是一件十分有意义的事情，深表祝贺。同时还要感谢他多年来为票房工作的开展花了不少心血，感谢他为评弹艺术的发展与繁荣作出了不少贡献。

2019 年 3 月 27 日

我结识窦福龙先生是在 2015 年春夏之交一次与上海评弹界几位朋友的聚会上。当时机缘相合，我俩恰好坐在一起，正所谓同声相鸣，同气相求，交谈之间大有一见如故，相见恨晚的感觉，从此亦师亦友，结为莫逆。

近几年来，频观先生之作，时聆先生之言，深感其不但是众口皆碑的"江南才子"，还是一位不可多得的评弹大作家，而且更是一位对评弹事业赤胆忠心，有过重要贡献的社会活动家。此次先生厚积薄发，择其所著开篇、中篇及所藏珍贵照片等付梓面世，实为评弹界的一件盛事，值得额手称庆。蒙先生另眼，余得以出版之前拜读大著，深受启迪，兹此略谈三点体悟，以求正焉。

一、篇 精 词 美

是书以《金陵十二钗》开篇集破卷，实为凤头绚丽，尽显作者择篇之精与措辞之美。此作起点高，原撰于 20 世纪 80 年代，作者年方不惑，然其用词之美与格律之精已令人刮目，被黄异庵、俞中权等苏州评弹著名墨客赞叹为，"此乃近年来少见之佳作"。

《红楼梦》位居我国四大古典名著之首，篇帙浩大，内容繁复。作者选撰十二金钗开篇成集，述简意详，恰得原著者曹雪芹之心声。这十二金叙，涵盖红书的上中下三大层次，可反映封建大家族兴衰荣辱之全貌。值得击节的是，作者在每首开篇中，均以评弹艺术形态，将原著诗词与自撰之作和谐地熔于一炉，展示了用词典雅之美。试看，《林黛玉》篇中，"质本洁来还洁去，家乡渺杳梦难寻，只落得一弯冷月照诗魂"；《薛宝钗》篇中，"愁无限，泪千行，举案齐眉恐难长"。

更需赞赏的是，作者并非纯客观描述，而是发挥评弹"跳进跳出"、时空变换的艺术特色，令登台演员可以说书人的身份，挥洒点评书中人物，从而在与观众的审美互动中，将作者的观点与思考跃然篇外。如《巧姐》篇中的"倒不如嫁于农家子，从此远离是与非，耕织夫妻百事和"；又如《李纨》篇中的"如冰化水空相羡，留得虚名也枉然，从来是贞节牌坊血泪捐"，均为个中明例。

开篇集用词之美，还体现在所选用的韵字上。评弹开篇凡"同中"至"头尤"十二韵。除"家牌"韵可用平声者较少，难以尽述复杂人物外，作者竟将其他十一个韵脚"一网打尽"。此匠心独具之举，非但说明作者对书情与韵脚运筹的融会贯通，而且使整个作品的音律丰富多彩，声调错落有致，演唱时倍受陈希安、尤惠秋、余红仙等评弹名家的赞赏与欢迎。

二、情 真 意 切

是书中坚之一，是作者所撰《四大美人》的《西施篇》《昭君篇》《貂蝉篇》《杨妃篇》四个原创中篇。当年《四大美人》惊艳神州，倾倒东瀛，誉越大洋，盛况空前，而更不易者，是于今仍时有演出。何以经典若此，余以为是各篇情真意切、透人心脾所致。

这里且不说《昭君篇》中南雁北飞、故土生离之情，且不说《貂蝉篇》中为主献身、知恩图报之情，且不说《杨妃篇》中山盟犹在、饮恨马嵬的死别之情，只想略举《西施篇》第四回书"姑苏台"中爱恨交织、无以为计的复杂情愫以例证之。

是回书，作者立足基本史实，充分发挥艺术想象力，创编了一台情感激越、难以自己的"关子戏"：此刻，越王勾践卧薪尝胆，经十年生聚，已是复国在即；吴王夫差亲美色、诛贤相，已是众叛亲离、孤军被困姑苏台；浣纱女西施身负重任，打入吴国，迷乱其君，削损其力，已是大功告成在即；而越国大夫范蠡明知勾践"一石二鸟"和"借刀杀人"之计，但在君臣礼节的羁绊和或恐有幸复见阔别心上人的希冀下，已是义无反顾地受命上山劝降。在这种"箭在弦上，不得不发"的情势下，各方复杂的真情和厚意均得到了充分的渲泄和释放。夫差先是狐疑不决，必欲在临死之前弄清自己钟爱十年的"爱妃"，究竟是真情还是假意；终而在听到爱妃的悔愧心声后爱恨交加，拔剑相向，欲与西施一起殉情。西施先是欢愁交集，既庆幸国恨家仇将报，又愧对吴王的一片真心；终而在"人非草木，孰能无情"的感悟下，向夫差和盘托出受命作为奸细入吴乱政的真情，并"心愧疚，暗伤神，辜负君王十载恩"，含泪表达了"任凭大王处置，妾无怨无悔"的心迹。而范蠡则先是惊喜万状，因还能与西施"一朝相见"而感到死亦无憾；终而在西施对吴王的说项下得以抽身，又萌发了与爱侣"一叶扁舟，退隐江湖"之念。应该说，作者此等以人性挖掘情意本质的功力，是难能可贵的。

三、气 宏 势 新

作品之气宏，要求其内涵精神宏伟与博大；作品之势新，要求其外部形态之新颖与创辟。气宏势新，则要求其内外之气与势有机结合起来，使整个作品体现一种与时俱进的都市特色和海派风韵。余以为，作者收入此集的各种评弹作品，无论是开篇或中篇都展示了这种应用性的艺术特征。它是适应在城市的大剧院、大舞台上演出的，是适应城市各类白领、学生和工薪阶层的精神需求和审美欣赏的，是适应海内外各种艺术样式的相互渗透与交融的，是适应各种形式的媒体，通过各种信息渠道，进行便捷交流与互动传播的。在这方面，红遍大江南北大剧院，倍受城市各界好评的中篇《林徽因》可为其典型的代表作。

此中篇，从渲染氛围看，体现了一种大都市的生活韵律，从北洋政府的首府北京到抗日战争时期的陪都重庆，从美国宾夕法尼亚的大学校园到中国上流社会的"太太客厅"；从塑造人物看，刻画了能工善文、才华横溢的民国传奇女子林徽因的家国情怀与气节风骨；从描述情节看，演绎了"三个男人与一个女人"的感情纠葛，展示了中国近现代史上三大才子梁思成、徐志摩、金岳霖各自的命运际遇；在演出阵容上，设计了"一人多角"与"一人一角"两种模式的协同，特别是第一回安排了四个档，分演三男一女角色，有效地增加了表演感染力。不难想象，中篇的这些艺术筹划，对于在城市中生活的各阶层人士具有多么重要的市场吸引力。人们在工作之余进出中高档次的剧场舞台，抽出二三个小时去欣赏充满都市气息的评弹艺术，是一种多么愉悦的审美体验与精神享受。

当然，除前及开篇与中篇外，其他如中篇《孙武与胜玉》《胡雪岩传奇》、短篇评话《鱼肠剑》等，亦均为传承创新的上乘之作，其中不乏获得国家与省市优秀曲艺大奖者，这里就不一一评析了。

俗谚云，文如其人。窦福龙先生之所以佳作迭出，誉满江南，乃是其人生素养之结晶。他从青少年时即酷爱历史，对古今兴衰感悟甚深；颇好古典诗词，而立之年即能吟作旧体；对《红楼梦》研读犹精，尝为沪上红学会员；更为要者，其自幼酷爱评弹，熟稔各种流派，且能自弹自唱。除之而外，他与蒋月泉、杨振雄等诸多艺术大家过从甚密，与好些优秀的中青年演员也交结忘年，故其多篇佳作之演出，几乎囊括了苏浙沪老中青三代评弹名角，遂成艺界一时轰动，传为美谈。

今先生将其毕生荟萃之图文奉呈社会，使我等也得以分享其评弹审美内涵之精彩，实为人生之一大快事。

左起：华觉平、窦福龙、殷德泉、孙光圻

窦福龙先生的"书",也就是他专门为说"书"的人和听"书"的人创作和撰写的评弹作品,除了那部因作为总撰稿人与他人合作共同完成而不被他记入自己一人名下、收入集子的作品《蒋月泉》外,总共七部中篇评弹。

这位评弹艺术的超级粉丝在年逾耳顺、放下了自己的经营主业退休之后,孜孜不息、倾心倾力地躬耕创作,取得了收获和成果时,我们不得不钦佩与敬佩——像窦福龙先生这样年高的"新"作者,实在是不多见。七部在人生的金秋所奉献的,并且部部都产生了不小影响的新鲜原创,我们又当然应该由衷感叹:不少不少!少乎哉?不少矣!

这种被称为"中篇评弹"的评弹艺术的形式,就历史而言并不很长,只是出现于新中国成立之后。但是就时间来说,从20世纪50年代初至今,则也已有了近七十年的光阴,确实也不可言短。而窦福龙先生对这种不长不短的评弹艺术的新形式的"目

周关东

不斜视"的专注，则是需要专心、专研、专攻和专长的。

因为，评弹的短篇，必须在极短和有限的时空内，迅即完成作品的起承转合和一波三折，从而展显和赢得精彩与喝彩。这就像田径场上的短跑，需要瞬间的爆发力与强劲的冲刺力。而评弹的长篇，则更需要的是除此之外耐力，始终保持着步步紧接、回回不脱的抓人与扣心，就像赛道上的长跑和公路上的马拉松，既要见功力，更需要有功夫，从而才能获得金牌与大奖。窦福龙先生的"书"，即他的几乎全部的评弹作品，都是这种既不长也不短的中篇，说明了他在这方面的专爱与专攻和所具有的专心与擅长，既需要有"短"的功力，也需要有"长"的功夫。"长""短"兼具，才能在"中"之中游刃。

更何况，中篇形式不是靠一个演员或一档演员即可一气到底的事，它需要多档演员先后登台，各种流派各显风采，在共同合作和相互映衬中集体完成，因此作为这类评弹作品的创作者，就不仅需要有编创故事的好功力，而且需要有像高明的裁缝师傅那样的能为各种"身材"的演员们身"定制"，以展示其最精妙的一面的真功夫。

如果说，这种中篇评弹的艺术形式，是仅仅定义在"用三四回书的时间，在一个半天或一个晚上，说完和让听众们听完一则相对完整的故事"的框架内的话，那么窦先生所创作的评弹系列开篇《金陵十二钗》，又何尝不能说是全部由一则一则"开篇"组成的、一种特殊形式的中篇评弹呢？它虽然全都是"唱"，但是"弹唱"出的是一段《红楼梦》的"十二金钗"的凄美命运。从这个意义上说，窦福龙先生的评弹创作，从一开始就很有点脱俗与不凡。一出手，便表现出了他的创作力、创新力和创造力，并且让这种特别形式的"中篇"一举走进了上海大剧院的千人大剧场，取得了热烈的观赏盛况。

窦福龙先生的"书"，写在"不长不短"之间，而妙在"不单不散"之中。

这里的所谓"不散"是指除了《孙武与胜玉》《胡雪岩传奇》之外，他的其他五部作品，全部都一水一式的女性主角体裁。从《金陵十二钗》，到《四大美人》系列的《西施篇》《昭君篇》《貂蝉篇》《杨妃篇》，直到《林徽因》，全部都是女子为主，而且全部都是美丽的年轻女性，即使是那部专写男子汉的

《孙武与胜玉》，他也要营造出一个年轻美貌的女主角来，目光不"散"地讴歌赞美女性。

这里的所谓"不单"说的是窦先生作品中的这些女性人物，不单身处于列国、汉唐，还显身在明清、民国与当今；不单在传说中、历史上，而且在巨著内、现实里。这种在时空上的长跨度和虚实之间的变化，不仅需要作者知识面宽广，而且需要作者学识上深厚，只有这样，才能够在"不单"中见宽广，在"不散"中见深厚，而尽得其"妙"。

旁的不说，单看窦先生这些评弹作品的演出情况，我们也足可领悟到在今天评弹艺术和评弹演出市场并不景气的情况下，窦先生的这些作品，即他的这些"书"，因其独到的精妙而可以得"盛"的源出了。

我希望当我们提起窦先生这样的作者和他的作品时，真诚地期待与祝愿：这样的作者和作品，越多越好！越见精致与精彩！

若到江南赶上春

石磊

窦福龙，1940 年生，瘦得轻凛，一件派克大衣，穿着气派如大氅，偌大的戏园子里，一眼望过去，绝无仅有的醒目。暮冬午后与这位海上名票友、评弹编剧家静静对坐。吸烟，饮茶，讲戏，说至精绝处，黯淡小屋里，刹那气象万千。

窦福龙年轻时代，与王柏荫家是近邻，南京西路石门一路附近。王柏荫是一代评弹宗师蒋月泉的大弟子，当年王柏荫孤身一人在浙江曲艺团，家眷在上海。王回沪省亲，必至窦家，三五好友，聚于一屋，关起门来，听王讲《玉蜻蜓》，各位宗师各色流派，一概细细周全倾倒而至，听得小辈们大腿拍遍。窦福龙则给他们讲《基度山恩仇记》，一口气讲八个钟头。即便是半个世纪之后的今日今时，我亦听得神往，八个钟头，也是讲得相当有细节了。

王柏荫曾请窦福龙帮忙把当红的滑稽戏《满意不满意》改写成评弹剧本。窦写一回，用复写纸誊一回，邮寄到浙江给王。写一回，寄一回，如此往复。如今听起来，那种清贫简白，真真风雅古静，是难以再有的纯粹。那一日，漫漫说到最后，窦福龙淡然一句，我对《玉蜻蜓》的熟，都不是戏园子里听来的。淡白一句闲话，千言万语。

窦福龙少年时代听戏，顶顶仰慕的是评弹大家杨振雄。杨的脾气，入后台一向是从观众席里穿行而入，人头簇拥中，春秋鼎盛的杨振雄丰神玉貌，倜傥无比，令窦福龙倾倒再三，亦从未曾料到，若干年后，窦与杨，会成为生死至交，相差二十年纪，一个是老夫子，一个是福龙兄。

20 世纪 80 年代，窦福龙应苏州电台之邀，写一套《金陵十二钗》的评弹开篇，老窦淡淡讲，写十二钗，我是连《红楼梦》原著都不用翻的。是啊，上海人《红楼梦》看得倒背如流的，岂止一个张爱玲？因了这套开篇，杨窦相识，彼此叹赏半辈子。

杨振雄人称杨老爷，孤高绝决，寡言，桀骜，派头十足。他的戏，以曲高和寡出名——听不懂？我又不要他们懂。一意孤行的高邈，远离时代，远离群众，作品也真是无可复制的逸品，杨派后继乏人，亦是不奇怪的必然。为写一出《长生殿》话本，杨振雄"月余不与人语"，完全沉浸于戏里。某年杨振雄被安排上京表演，老夫子择一折《长生殿·絮阁争宠》，起唐明皇，华美非凡，艺惊四座。演毕，京城里的那票热心观众，长时间掌声雷动。回到旅舍房内，他四方团团踱步，兴奋地捧着脸，连呼开心煞了，开心煞了，刚巧走过旅舍门口的年轻赵开生，目睹此景，惊得目瞪口呆。老夫子招手叫伊进去说：开心煞了，来来来，我翻只跟斗给侬看。做艺术的，遇了知己，高山流水，是有如此的灵魂飘举。

窦福龙何其有幸，于那样的江南，邂逅那样的锦春，饱览一肚子的好戏，让后辈如我，兴叹不已。窦论评弹，蒋月泉与杨振雄是双峰。蒋月泉譬如美玉，浑然天成，费尽一切心力，打磨得让你看不见任何人工痕迹，行云流水，如若无物。杨振雄亦如美玉，只是他是极尽鬼斧神工之美玉，嶙峋奇崛，幽不胜幽。

窦福龙流连戏苑一生，自己亦是评弹编剧好手，《金陵十二钗》之外，《四大美人》《林徽因》等，亦出自其手。一生痴爱评弹的人却说，我现在什么戏都不看了。沉吟良久，淡淡续一句，曾经沧海难为水了。目光邈远，于暮冬的黄昏，起万种萧瑟。

后记

我的评弹作品结集出版事属偶然。一年前与唐燕能兄闲聊时，说起我对评弹新篇《四大美人》情有独钟，若得以付梓成书，乃平生一大快事也。燕能兄却认为既出书，就应该出作品集，不仅仅是《四大美人》……虽然我深以为然，但事属渺茫，即一笑置之。事后燕能兄对此十分关切，几次三番鼓励我，并表示愿助一臂之力。他的古道热肠，深深感动了我，我动心了！由于他的轻车熟路，四处奔走，使这

个出版计划得到了上海人民出版社领导的批准与支持，对此我深表感激。

不料这个出书计划在家中却引起了质疑。我的大女儿问我："你花了大精力，出了书，有人看吗？"此问虽是突兀，却是事实。当今社会风气，读书之人"多乎哉？不多也"！何况还是剧本，读者更是"寥若晨星"。不过，此书乃我一生心血之结晶，对弘扬评弹艺术或许有一点点作用。从长远来看，至少是留下了一份参考资料，这个精力还是值得花的。"尽人事，知天命"吧！

回顾平生，"不曾富贵不曾贫"，庸庸碌碌而已。当年经营空调业务，只是为了养家糊口，虽也有一时辉煌，但事过境迁，如昙花一现，不值一提。而业余创作却是我性之所至，由衷而发。不料传唱至今竟有数十年之久，颇有几分成就感，足以自慰矣！

人生在世，凭一己之力，若无贵人相助，终难成器。在我的创作道路上，一路走来，得遇贵人良多，"遂使竖子成名"。《金陵十二钗》的问世，皆蒙华觉平与胡国梁二位仁兄之青睐。《四大美人》脱

颖而出，全仗徐林达与方文襄二位老总之鼎力。尤其是我已年逾古稀，幸受吴孝明总监之赏识，他慧眼识珠，气度恢宏，充分调动、发挥了我的余热，先后推出了《林徽因》与《蒋月泉》两部中篇评弹，使不太景气的评弹市场，出现了盎然生机。更有上海评弹团带着《林徽因》走遍了全国三十多个大中城市，弘扬了都市评弹的风采，影响深远。在近耄耋之年，我竟然达到了创作的高峰期，这也是"多乎哉？不多也"！真是"书生老去，机会方来"啊！何其幸也！

此时此刻，我十分怀念已故的杨振雄、杨振言、王柏荫、张振华、金声伯、吴君玉等评弹艺术大师，以及垂垂老矣的陈希安、余红仙、薛惠君、周介安等。他们都是我过从甚密的良师益友，深受熏陶，获益匪浅。

还有如邢晏芝、庄凤珠、秦建国、沈世华、江肇焜、倪迎春与高博文等，都是我多年亲密合作的"死党"！由于他们的二度创作的功力，而使我的作品熠熠生辉。他们功不可没！

好的作品还必须靠好演员来呈现——这是我多年来坚持的一个观点。三十多年来，凡参演过我的作品的老中青三代著名演员达七十多人，几乎囊括了苏浙沪的好角儿。何其幸也！

这都是我命中的贵人！没有他们，我不可能有此成就。感恩戴德，自当铭记。

既已成书，是耶？非耶？任人评说。不过，只求看过书以后再作评说好吗？

正是：半世蹉跎意未平，自将碎片寄弦情。

时人不识余心乐，不图金钱只为名。

窦福龙

2019 年 4 月 7 日

图书在版编目（CIP）数据

心寄弦情：窦福龙评弹作品集 / 窦福龙著；上海
评弹团编 . -- 上海：上海人民出版社，2019
ISBN 978-7-208-15952-5

Ⅰ . ①心… Ⅱ . ①窦… ②上… Ⅲ . ①评弹 – 作品集
– 中国 – 当代 Ⅳ . ①I239.1

中国版本图书馆CIP数据核字（2019）第137279号

封面题字　　颜梅华
责任编辑　　曹怡波　　陈博成
封面设计　　周艳梅

心寄弦情
——窦福龙评弹作品集
窦福龙 著　上海评弹团 编

出　　版　上海人民出版社
　　　　　（200001　上海福建中路193号）
发　　行　上海人民出版社发行中心
印　　刷　常熟市新骅印刷有限公司
开　　本　720×1000　1/16
印　　张　24.75
插　　页　4
字　　数　363,000
版　　次　2019年7月第1版
印　　次　2019年7月第1次印刷
ISBN 978-7-208-15952-5/I·1835
定　　价　128.00元